소년의 약간 길고 흰 머리카락, 사람을 살짝 놀리는 듯한 미소, 그리고 긴 머플러. 닮았다. 정확하게는 닮았다기보다는 이거……

이세계는 스마트폰과 함께.22

화려한 가면무도회
──개막!!

「굉장한걸? 나는 폴라를 이렇게까지만드는데

200년은 걸렸는데.

고렘이라고는 하지만 멋진 움직임이야!」

「후후.」

린에게 칭찬받은 쿤은 나이에 걸맞은 미소를 지었다.

린도 후후, 웃으면서 쿤의 머리를 쓰다듬었다.

역시 자매로밖에 안 보이지만, 정말 흐뭇한 광경이다.

이세계는 스마트폰과 함께. 22

후유하라 파토라 illustration ■ 우사츠카 에이지

캐릭터 소개

모치즈키 토야

하느님의 실수로 이세계로 가게 된 고등학교 1학년(등장 당시). 기본적으로는 너무 소란을 피우지 않고 흐름에 몸을 내맡기는 스타일. 무의식적으로 분위기 파악을 하지 못한 채 은근히 심한 짓을 한다.
무한한 마력, 모든 속성 마법을 가지고 있으며, 무속성 마법을 마음대로 사용하는 등, 하느님 효과로 여러 방면에서 초월적. 브륀힐드 공국 국왕.

벨파스트 유미나 에르네아

벨파스트의 왕녀, 열두 살(등장 당시). 오른쪽이 파란색, 왼쪽이 녹색인 오드아이, 사람의 본질을 꿰뚫어 보는 마안의 소유자. 바람, 흙, 어둠이라는 세 속성을 지녔다. 활이 특기, 토야에게 한눈에 반해, 무뚝뚝하고 강하게 다가갔다. 토야의 신부.

에르제 실레스카

토야가 구해 준 쌍둥이 자매의 언니, 양손에 곤틀릿을 장비하고 주먹으로 싸우는 무투가. 직설적인 성격으로 소탈하다. 신체를 강화하는 무속성 마법【부스트】를 사용할 줄 안다. 매운 음식을 좋아한다. 토야의 신부.

린제 실레스카

쌍둥이 자매의 여동생. 불, 물, 빛이라는 세 속성을 지닌 마법사.
빛 속성은 그다지 특기가 아니다. 굳이 따지자면 낯을 가리는 성격으로, 말이 서툴지만 가끔 대담해진다. 단 음식을 좋아한다. 토야의 신부.

코코노에 야에

일본과 비슷한 먼 동쪽의 나라, 이센에서 온 무사 소녀. 존댓말을 사용하며 남들보다 훨씬 많이 먹는다. 진지한 성격이지만 어딘가 어긋나 있는 면도. 본가는 검술 도장으로 유파는 코코노에 진명류(真鳴流)라고 한다. 겉으로는 잘 모르지만 의외로 거유. 토야의 신부.

루시아 레아 레굴루스

애칭은 루. 레굴루스 제국의 제3황녀. 유미나와 같은 나이, 제국 반란 사건 때 자신을 도와준 토야에게 한눈에 반했다. 쌍검을 사용한다. 유미나와 사이가 좋다. 요리 재능이 있다. 토야의 신부.

오르트린데 스우 에르네아

애칭은 스우. 열 살(등장 당시). 자객에게 습격당하고 있을 때 토야가 구해 주었다. 벨파스트 국왕의 조카, 유미나의 사촌. 천진난만하고 호기심이 왕성하다. 토야의 신부.

미스미도 힐데가르드 레스티아

애칭은 힐다. 레스티아 기사 왕국의 제1 왕녀. 검술에 능하며 '기사 공주'라고 불린다. 프레이즈에 습격당할 때 토야에게 도움을 받고 한눈에 반한다. 긴장하면 말을 더듬는 습관이 있다. 야에와 사이가 좋다. 토야의 신부.

린

전(前) 요정족 족장, 현재는 브륀힐드의 궁정마술사(잠정). 어려 보이지만 매우 오랜 세월을 살았다. 자칭 612세. 마법의 천재, 사람을 놀리기를 좋아한다. 어둠 속성 마법 이외의 여섯 가지 속성을 지녔다. 토야의 신부.

사쿠라

토야가 이센에서 주운 소녀. 기억을 잃었으나 되찾았다. 본명은 파르네제 포르네우스, 마왕국 제노아스의 마왕의 딸이다. 머리에 자유롭게 뺄 수 있는 뿔이 나 있다. 감정을 겉으로 잘 드러내지 않지만, 노래를 잘하며 음악을 매우 좋아한다. 토야의 신부.

폴라

린이 【프로그램】으로 만들어 낸 곰 인형으로, 마치 살아 있는 것처럼 움직인다. 200년 동안 계속 움직였다. 그사이에도 개량을 거듭했다. 그 움직임은 상당한 연기파 배우 수준.
폴라…… 무서운 아이!

코하쿠

토야의 첫 번째 소환수. 백제라고 불리는 서쪽과 큰길의 수호자로, 짐승의 왕 신수(神獸). 보통은 새끼 호랑이 크기로 다니며 최대한 눈에 띄지 않으려 한다.

산고&코쿠요

토야의 두 번째 소환수. 두 마리가 한 세트. 현제라고 불리는 신수, 비늘의 왕. 물을 조종할 수 있다. 산고가 거북이, 코쿠요가 뱀.

코코쿠

토야의 세 번째 소환수. 염제라고 불리는 신수. 새의 왕. 침착한 성격이지만, 외모는 화려하다. 불꽃을 조종한다.

루리

토야의 네 번째 소환수. 창제라고 불리는 신수. 푸른 용으로, 용의 왕. 비 기를 잘하며, 코하쿠와는 사이가 나쁘다. 모든 용을 복종시킬 수 있다.

모치즈키 카렌

정체는 연애의 신, 토야의 누나를 자처하는 중. 천계에서 도망친 종속신을 포획하는 대의명분으로, 브륀힐드에 눌러앉았다. 느긋한 말투, 꽤 게으르다.

모치즈키 모로하

정체는 검의 신. 토야의 두 번째 누나를 자처한다. 브륀힐드 기사단의 검술 고문에 취임. 늠름한 성격이지만 조금 천연스럽다. 검을 쥐면 대적할 상대가 없다.

프란셰스카

바빌론의 유산 '정원'의 관리인. 애칭은 세스카. 메이드복을 착용. 기체 넘버 23. 입만 열면 야한 농담을 한다.

하이로제타

바빌론의 유산, '공방'의 관리인. 애칭은 로제타. 작업복을 착용. 기체 넘버 27. 바빌론 개발 정부인.

벨플로라

바빌론의 유산, '연금동'의 관리인. 애칭은 플로라. 간호사복을 착용. 기체 넘버 21. 목유 간호사.

프레드모니카

바빌론의 유산 '격납고'의 관리인. 애칭은 모니카. 위장복을 착용. 기체 넘버 28. 입이 거친 꼬마.

프레리오라

바빌론의 유산 '성벽'의 관리인. 애칭은 리오라. 블레이저를 착용. 기체 넘버 20. 바빌론 넘버즈 중 가장 연상. 바빌론 박사의 밤 시중도 담당했다. 남성은 미경험.

파메라노엘

바빌론의 유산, '탑'의 관리인. 애칭은 노엘. 체육복을 착용. 기체 넘버 25. 계속 잔다. 먹고 자기만 한다. 기본적으로 게으르고 뭐든 귀찮아하는 성격.

이리스팜므

바빌론의 유산, '도서관'의 관리인. 애칭은 팜므. 세일러복을 착용. 기체 넘버 24. 활자 중독자. 독서를 방해하면 싫어한다.

리루루파르셰

바빌론의 유산, '창고'의 관리인. 애칭은 파르셰. 무녀 복장을 착용. 기체 넘버 26. 덜렁이. 게다가 자각이 없다. 깜빡하고 저지르는 실수가 잦다. 잘 넘어진다.

아틀란티카

바빌론의 유산, '연구소'의 관리인. 애칭은 티카. 튜닉을 착용. 기체 넘버 22. 바빌론 박사 넘버즈의 유지보수를 담당하고 있다. 극심한 어린 여자아이 취향.

레지나바빌론박사

고대의 천재 박사이자 변태. 공중 요새 '바빌론'을 비롯한 다양한 아티팩트를 만들어 냈다. 모든 속성을 지녔다. 기체 넘버 29번의 몸에 뇌를 이식해, 5000년의 세월을 넘어 부활했다.

지금까지의 줄거리

하느님이 특별히 마련해 준 스마트폰을 들고 이세계에 오게 된 소년, 모치즈키 토야. 두 세계를 휘말렸던 사신과의 싸움은 막을 내렸다. 토야는 세계신에게 그 공적을 인정받아 하나가 된 두 세계의 관리자가 되었다. 언뜻 보기엔 평화가 찾아온 것처럼 보이는 세계. 하지만 세계에는 아직도 혼란의 씨앗이 남아 있었으며, 세계의 관리자가 된 토야는 거듭 말려드는데…….

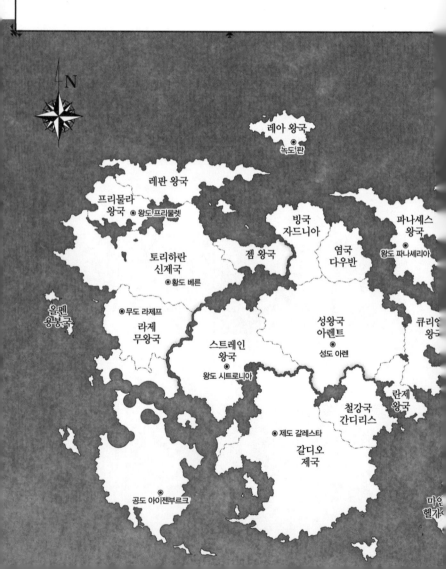

N

레아 왕국
녹도 판

레판 왕국

프리뮬라
왕국 ◎왕도 프리뮬렛

빙국
자드니아

파나셰스
왕국
왕도 파나세리아

젬 왕국

염국
다우반

토리하란
신제국
◎황도 베른

올펜
용봉국

◎무도 라제프
라제
무왕국

성왕국
아렌트
◎
성도 아렌

큐리얼
왕국

스트레인
왕국
왕도 시트로니아

란제
왕국

철강국
간디리스

◎ 제도 갈레스타

갈디오
제국

공도 아이젠부르크

마운
헨가

이세계는 스마트폰과 함께.
세 계 지 도

파레리우스 왕국

파르스
파르프 왕국

왕도 제노스칼

마왕국 제노아스

니에 왕국

왕도 니무에

엘프라우 왕국

왕도 슬라니엔

하노크 왕국

왕도 하노크스

노키아 왕국

유론 지방

왕도 베른

스

벨파스트 황국

레굴루스 제국

제도 갈라리아

선국 이센

브륀힐드 공국

왕도 아레피스

로드메어 연방

왕도 파르마

리플렛 마을

성도 이스라

왕도 레스틴

호른 왕국

펠젠 왕국

미스미드 왕국

라밋슈 교국

수도 파네라메아

왕도 베르주

대수해

왕도 아트라일

라일 왕국

기사 왕국 레스티아

드래고니스섬

레트라반바

산드라 왕국

이그리트 왕국

왕도 쿠레이

새로운 세계

표지 · 본문 일러스트
우사츠카 에이지

"새삼스럽게 무슨 얘긴데?"

"응, 뭐냐면. 일단 어서 와. 자, 한잔하고."

"……이상한 음식이라도 먹었어?"

나는 평소와는 달리 수상쩍은 행동을 하는 엔데를 경계했다.

모험자 길드 옆에 있는 주점에서 우리는 오랜만에 얼굴을 마주했다.

신혼여행에서 돌아온 뒤로 최근 며칠간은 쌓인 일이니 뭐니 해서 몹시 바빴다. 겨우 좀 쉴 수 있겠다 싶었는데 얘가 날 불러냈다. 신혼이니까 눈치 좀 챙겨라.

남자끼리 어울리는 일도 중요하지 않을까 해서 일단 오긴 왔는데, 오랜만에 만난 엔데는 어딘가 행동이 수상해서, 나의 귀찮은 일 감지 센서가 왱왱거리며 반응했다.

"결혼해 보니 어때? 순조로워?"

"……정말 너 이상한 음식이라도 먹었어?"

얘가 다른 사람의 가정에 관심을 가지다니 이상하다. 조금 걱정이 들기 시작했다. 타케루 삼촌한테 너무 많이 얻어맞아 이상하게 변한 건가?

내 표정이 많이 이상했는지 엔데가 끙끙거리며 뜸을 들이다 말을 시작했다.

"결혼이란, 다른 세계에도 다양한 형태가 존재하거든. 인생의 파트너를 정하는 의식이기도 하고 단순히 아이를 낳기 위한 계약이거나 종교의식 등 다양한 패턴이 존재하는데."

"그런데……?"

"우리 '건너는 자'는 종족 특성상 기본적으로는 결혼이라는 길을 선택하는 사람이 적어. 같은 종족이 아닌 이상 여행의 '끝'을 의미하거든. 하나의 세계에 얽매여 다른 세계로 건너가지 않는다면 이미 '건너는 자'가 아니니까. 우리는 장수종이니 상대가 단명종이라면 파트너를 떠나보낸 후에 다시 '건너는' 사람도 있기야 하지만."

"……? 결국 하고 싶은 얘기가 뭔데?"

서론이 길다. 요점을 말해.

엔데는 아…… 하고 말하며 나에게서 시선을 돌리더니, 눈앞에 놓여 있던 얼음이 든 술을 단숨에 들이켰다.

"나도 결혼하게 됐어."

"그래~~~~~~~? ………?! 뭐어?!"

엔데의 말을 듣고 나는 들고 있던 유리잔을 떨어뜨릴 뻔했다. 결혼?! 엔데가?! 그리고 보니 결혼식에서 부케 토스를 했을 때, 얘가 가장 먼저 차지했었지……? 설마 카렌 누나의 힘인가?

"자자자, 잠깐만. 상대는 물론 메르겠지……?"

"당연하지. 나는 토야처럼 여기저기에 손을 대고 다니지 않았어."

에구구, 디스당했다. 크흑.

그런데 얘가 결혼을 해? 전혀 상상이 안 간다. 그런데 왜 또…….

"메르가 너희 결혼식을 보고 흥미가 생겼나 봐. 프레이즈 문화에는 결혼이 없으니……."

"잠깐. 그런데 프레이즈는 어떻게 그…… 번식을 해?"

지배종에는 일단 남자형과 여자형이 있었다. 그거에 의미가 없다고는 생각하기 힘든데.

"상급, 중급, 하급종은 못 하지만, 지배종은 평범하게 남녀가 아이를 만들 수도 있어."

"만들 수도 있어?"

"프레이즈는 단독으로 아이를 낳을 수도 있으니까. 말이 아이지 인간의 아이처럼 작은 모습은 아니지만."

자세히 이야기를 들어보니, 먼저 모든 프레이즈는 핵 상태로 태어나는데 그게 결정 진화를 반복해 하나의 생명체로 성장한다고 한다. 따라서 자아가 형성되는 시점에는 이미 하나의 개체로 성장이 끝나기 때문에 아이 시절이 존재하지 않는다는 모양이었다.

성장한 프레이즈는 그 생명력을 모두 쏟아부어 새로운 핵을 낳을 수 있다. 그 생명력이 많으면 많을수록 낳을 수 있는 핵이 많다고 한다. 즉, 부모가 젊고 그 생명을 대가로 사용하면 그만큼 많은 프레이즈가 태어난다……. 그런 말인가?

"지배종은 조금 달라서, 모든 생명력을 주입하지 않아도 혼자 다음 세대의 핵을 낳을 수 있어. 하지만 그래선 부모의 열화된 복제일 뿐이라, 지배종들은 별로 선호하지 않는 방법이야."

"그렇다면 역시 둘이서 아이를 만드는구나? 그러니까, 그런?……만드는 방법은 인간이랑 똑같아?"

나는 뭐라고 말하면 좋을지 몰라 말을 신중하게 골라 엔데에게 질문했다. 이건 솔직히, 흥미롭잖아…….

"응, 거의 비슷하려나? 부모가 될 두 사람이 낳은 핵을 융합시키는 거야. 인간도 마찬가지잖아?"

융합……. 음, 다르지 않다면 않은 건가……? 인간도 부모님의 유전자를 이어받아 태어나니까.

"프레이즈에겐 결혼이란 개념이 없어. 아이를 만들고 싶으면 마음에 든 상대의 핵을 건네받을 뿐, 같이 살거나 서로 의지하며 살지는 않아. 가끔 그런 개체도 있지만 정말로 드물어. 대부분은 자신의 부모님을 한 명만 알고 다른 부모님은 몰라. 그래서 형제자매는 있지만, 대부분은 인간이 말하는 이부, 이복형제야."

와, 정말로 무미건조한 관계구나……. 그런 생태라면 확실히 결혼이라는 행위에 흥미를 느껴도 이상할 게 없겠어. 메르랑 그 두 사람은 식사에도 크게 흥미를 느꼈으니까.

"결혼이 뭘 의미하는지는 알고 있겠지?"

"일단 설명은 해 줬어. 서로 호의를 가진 사람이 같이 아이를 낳고, 서로 도와주며 함께 사는 일이라고."

더 파고들면 그게 다가 아니겠지만 대체로 맞는 말이다……. 맞지? 어디까지나 여러 결혼관 중 하나일 뿐이지만. 정략결혼도 있으니까.

"그런데 메르랑 너 사이에도 아이를 가질 수 있어……?"

"메르는 원래 나와 같은 세계에서 살기 위해서 세계를 건너며 진화를 거듭했거든. 이제 그 몸은 프레이즈이면서 프레이즈가 아니야. 새로운 종으로 진화해 나랑 비슷한 존재가 되었어. 그런 점은 걱정 안 해도 돼. 단……."

엔데가 흐릿한 눈으로 하늘을 바라보았다. 뭔데? 무슨 일인데? 묻기가 무서워.

"메르만 그러는 게 아니라……. 네이랑 리세도 결혼하겠다고 말을 해서……."

"뭐어어어어어어?!"

그게 뭐야?! 야야, 아까 날 디스했었지?! 너도 나랑 같은 부류였으면서! 이 하렘 자식!

내가 막 따지자 엔데가 못마땅한 표정을 짓더니 아니라며 손을 저었다.

"내가 아냐! 메르랑 하겠대. 둘 다 메르랑 결혼하고 싶어 해."

"…………왓?!"

무심코 이상한 목소리를 흘리고 말았다. ……그게 무슨 소리야?!

"결혼에 흥미를 느끼기 시작한 사람은 메르 혼자가 아니었다는 거지. 그리고 그 두 사람이 결혼하고 싶어 하는 사람은 내가 아니라 메르야."

어라라? 엔데 하렘인가 했는데 메르 하렘이었어? 메르 씨, 인기 만점이시군요…….

"그런데 두 사람 다 몸이 여성인데……?"

"그게 뭐? 몸이 여성인 사람이라도 프레이즈 지배종들은 아이를 만들 수 있어. 성별이 항상 부모와 같아지고, 부모의 특성이 잘 전해지지 않아서 선호하지는 않지만, 진화한 메르라면 상관없어."

그러십니까. 그럼 문제 없겠네……. 설사 동성이라고 해도 서로 사랑한다면 결혼해도 괜찮다고 생각하지만. 실제로 이 세계에도 그런 사람들이 있기도 하고.

이곳에서는 일부다처제를 인정하고 있다. 그와 동시에 배우자를 부양할 만큼의 재력이 있다면 일단 일처다부제도 인정하고 있다. 어딘가의 여자 공작님은 남편이 셋이라고 들었다.

아직 남성과 여성 모두와 결혼한 사례는 들어본 바가 없지만, 찾으면 있지 않을까?

"메르는 뭐래?"

"내가 싫지 않다면 두 사람과도 결혼해 넷이서 계속 사이좋게 살고 싶대. 하지만 내가 절대 싫다고 한다면 그만두겠대."

메르는 받아들일 생각이 있구나……. 이 패턴은 어떻게 평가하면 좋을까? 적어도 메르는 행복해질 듯하다. 메르에게 결혼이란 '가족이 된다'는 의미에 불과한지도 모른다.

틀림없이 메르는 엔데에게 애정을 쏟겠지만……. 지금 상태가 계속된다면 굳이 결혼을 안 해도 될 듯도 한데.

"엔데는 그 두 사람과 가족이 되기 싫어?"

"음~. 싫진 않지. 리세하고는 계속 다양한 세계를 여행해 왔고, 네이하고도 같이 살게 되면서 매우 친해졌으니까. 아직 메르가 엮이면 질투를 심하게 하긴 하지만……."

엔데가 쓴웃음을 지으며 대답했다. 그렇겠지.

네이가 결혼을 하겠다고 말을 꺼낸 이유는 엔데에게 대항심을 느낀 게 아닐까? 리세는 분위기를 따라서 자기도 하겠다고 말을 꺼냈을 뿐이고.

"그럼 너도 두 사람을 받아들일 용의는 있다는 거지?"

"응. 어떻게 될지 걱정되지만 다행히 좋은 표본이 근처에 있으니까. 토야, 에르제를 잘 대해줘야 한다? 그 아이는 자기가 직접 그런 말을 꺼내지는 않지만 태도로는 금세 나타나니 바로 알 수 있잖아?"

잠깐! 왜 내가 설교를 들어야 하는데?! 네가 에르제의 오빠냐?! 물론 동문이니 남매나 마찬가지긴 하지만!

"결혼 전에는 여러모로 참. 날 샌드백으로 사용하며 너에게 품은 불만을 쏟아냈었어. 왜 내가 토야 대신 얻어맞아야 하는 거야?"

"그건 정말 죄송합니다."

설마 그렇게 스트레스를 해소하고 있었다니. 에르제는 엔데 말대로 감정이 얼굴에 드러나는 타입이라 그럴 때는 잘 대해줬다고 생각했는데, 부족했던 모양이다.

아, 입장만 보면 엔데는 에르제와 마찬가지구나. 나나 메르를 중심으로 한 가족의 일원이라는 점에서.

"그래서 말인데. 결혼식을 너랑 똑같이 하고 싶대. 구체적으로 말하자면 같은 요리가 나왔으면 좋겠다더라고."

"아~~~."

그렇구나. 그런 거였나.

'음식'이라는 문화를 학습한 메르, 리세, 네이는 먹는 일에서 큰 기쁨을 발견했다. 결혼식에서도 세 사람이 그런 점에 신경 쓰는 건 당연하다면 당연한가.

세 사람은 정말 잘 먹는다. 확실히 말해 야에보다 더 많이 먹는다. 그런 사람이 세 명이다. 엔데의 금전적인 부담이 상당하리라 추측된다.

메르와 그 두 사람도 이런저런 알바를 하면서 돕고는 있지만, 엔데는 일단 은색 랭크 모험자. 벌이는 엔데가 더 좋겠지.

"요리를 준비하는 거야 어렵지 않지만, 결혼식에서 신랑 신부는 보통 음식을 안 먹을 텐데……. 꼭 요리 먹기가 주요 행사 같지 않아?"

"응……. 솔직히 말하면, 피로연 요리를 먹고 싶어서 결혼 얘기를 꺼내지 않았나 의심스러울 지경이야……."

"아니에요. 잘 생각하고 내린 결론입니다. 두 사람에게 실례예요, 엔데뮤온. 물론 저에게도요."

갑자기 목소리가 들려 뒤를 돌아보니 우리 등 뒤에는 허리에 손을 대고 불만스러운 듯 뾰로통한 표정을 지은 메르가 서 있었다. 어느새…….

여전히 아름다운 아이스블루 머리카락과 같은 색인 두 개의 눈동자가 지금은 불쾌한 빛을 띠며 엔데를 바라보고 있었다.

"메, 메르?! 어째서 여기에 있어?!"

"데리러 왔어요. 이야기는 끝났나요?"

"응, 그렇지 뭐. 아, 결혼식 요리는 토야가 준비해 준대."

우물거리며 엔데가 대답하자, 메르는 금세 표정을 확 바꾸어 꽃이 피는 듯한 미소를 지었다.

"다행이야! 감사합니다, 토야 씨! 고기 요리와 디저트는 조금 많이 준비해 주세요."

"네에. 잘 말해 두겠습니다……."

틀림없이 '조금'으로는 부족할 거라고 확신했다. 우리와 비교해 하객은 적겠지만 이 신부들(?)이 음식을 먹는다면 상당히 많은 양을 준비해 두는 편이 좋을 것이다. 루에게 웨딩드레스가 더러워지지 않는 요리를 생각해 달라고 말을 하는 게 좋을까……?

"그럼 저희는 이만 가 보겠습니다. 결혼식 청첩장은 나중에 보낼게요. 가죠, 엔데뮤온."

"으, 응. 토야, 미안해. 경황없게 굴어서. 다음에 또 부를게."

"그, 그래. 알았어."

메르가 잡아당기는 대로 엔데는 연행…… 아니지, 메르와 함께 주점 밖으로 나갔다. 엔데가 남긴 술과 요리를 보고 한숨을 한 번.

엔데가 결혼이라……. 이건 예상하지 못한 일이었어.

설마 카렌 누나가 연애신의 힘을 사용한 건 아니겠지?

어디 보자. 우리 결혼식에서 부케를 받은 지인이라면, 엔데랑 파르프의 소년왕, 우리 기사단의 란츠랑 벨파스트 기사단에 들어간 윌 그리고 호박 팬츠 왕자인 로베르였던가?

대부분 서로 좋아하는 상대가 있는 사람에게 부케가 가게끔 힘을 썼다는 건 안다. 소년왕과 로베르는 이미 약혼자가 있으니, 당연히 가야 할 사람에게 갔을 뿐인가?

"어? 토야잖아. 혼자서 마셔? 적적한 녀석이네."

"너 말야……."

등 뒤에서 익숙한 목소리가 들려 돌아보니 아니나 다를까 빨간 머리카락의 트윈테일 소녀와 그 소녀를 따르는 빨갛고 작은 고렘이 서 있었다.

　의적단(휴업 중) '홍묘'의 수령 니아와 그 고렘, 빨간색 '왕관' 루주였다.

　그 뒤를 보니 부수령인 에스트 씨를 비롯해, 측근인 유니와 유리, '홍묘'의 아저씨들이 우르르 주점 안으로 들어온 참이었다. 모두 옷은 전체적으로 더러워져 있었고, 온갖 곳에 찰과상이 있었지만 다들 표정을 밝았다.

　"사장님! 인원수대로 상급 술과 용 고기 요리를 내줘! 오늘 밤은 파티를 열 거야!"

　"뭔데? 주문이 아주 호화롭네? 임시 수입이라도 생겼어?"

　드래곤 고기는 매우 희귀해서 상당히 고가에 거래된다. 당연히 그 고기를 사용한 요리도 비싸다. 다만 이 주점은 옆에 있는 모험자 길드의 직영점이라 다른 가게보다는 훨씬 싸다. 나도 얼마간 납품을 하니 말이지.

　하지만 싸다고는 해도 요금 자체는 상당히 비싸다. 그걸 인원수만큼 내달라고 했으니 엄청나게 호화스러운 주문이다.

　"던전섬에서 보물을 발견했거든요. 아직 아무도 손을 대지 않은 보물 상자를 두 개요. 안에는 크고 작은 온갖 마석과 보석이 들어 있었어요. 덕분에 엄청나게 벌었어요!"

　포니테일이 특징적인 유니가 매우 기쁜 표정을 지으며 알려주었다. 와, 엄청난걸?

던전섬에 있는 보물은 그곳을 만든 마법사의 유산인 경우가 대부분이지만, 그걸 노리고 던전에 들어갔다가 공격을 당해 죽은 모험자들이 남긴 소지품도 있다.

던전의 마물들이 죽인 모험자의 소지품을 가지고 돌아가 보물 상자에 넣어 두기도 한다. 마물에 따라서는 꼼꼼하게도 반짝이는 물건과 반짝이지 않는 물건으로 나누거나, 무기와 방어구를 따로 나누기도 한다.

그래서 가끔 고대의 마검이나 인챈트된 아이템 등, 뜻밖의 물건을 발견하기도 하는데, 마석과 보석이라면 대박이 터졌구나.

"이제는 완전히 모험자 벌이가 익숙해진 모양이네?"

"바보 같은 소릴. 우리의 본업은 의적단이거든? 이건 어디까지나 돈벌이. 어딘가에서 악덕 상인이나 나쁜 대관, 썩을 귀족에 관한 이야기가 들려오면 그놈들한테서 송두리째 빼앗아 버릴 거야."

그렇게 말하더니 니아가 깔깔 웃었다. 으음, 한 나라의 왕으로서 어떻게 반응을 하면 좋을지.

브륀힐드에서는 의적단 일을 하지 않겠다고 약속했지만, 다른 나라에서 그런 놈들이 설치고 다닌다는 얘길 들으면 당장에 달려갈 기세다.

그때 주점에 들어온 새로운 사람이 시야에 잡혔다.

"어라라? 니아찡이 있네. 앗, 토야~앙도 있어. 뭔데뭔데?

파티라도 해?"

〈기긱.〉

주점으로 들어온 사람은 안경을 쓰고 일본풍 보라색 프릴 드레스를 입은 소녀. 그리고 그 옆에는 루주와 닮은 모습의 작은 보라색 고렘이 서 있었다.

예전에는 '광란의 숙녀'라 불렸던 루나 트리에스테와 보라색 '왕관'인 파나틱 비올라다.

"쳇, 보라색이냐. 뭐 하러 왔어? 돌아가, 어서 돌아가. 휘이 휘이."

"너무해. 오늘은 일이 늦게 끝나서 밥 먹으러 온 거야. 여기는 싸고 술도 맛있으니까."

루나를 보자 니아가 얼굴을 찌푸리며 개를 내쫓듯이 손을 저었다. 반면에 루나는 그 모습을 신경 쓰지 않고 엔데가 앉았던 내 맞은편 자리에 앉았다. 그리고 비올라도 그 옆자리에 앉았다. ……야. 왜 나한테 와?

"왜 얘가 자유롭게 돌아다니는 건지. 야, 토야. 지금이라도 늦지 않았으니 앨 지하 감옥에 처넣어."

"난 벌을 다 받았어. 벌이라기보다는 상이나 마찬가지였지만. 우헤헤헤."

"기분 나빠."

뭔가가 떠올랐다는 듯이 기쁘게 웃는 루나를 보고 니아가 진심으로 기겁했다. 그 마음은 충분히 이해해.

"이제는 아이들이 미소를 짓게 만들어 진심으로 감사하는 말을 듣는 게 나의 삶의 보람이야. 이제 그거 없이는 살아갈 수 없어. 그 탓에 일주일에 한 번 있는 휴일이 괴롭고 너무 괴로워서……."

"거짓말 같은데……."

눈을 반짝이며 말하는 루나를 진심으로 수상쩍다는 듯이 바라보는 니아. 이건 진심일 거야. 아마도.

상대에게 감사의 말을 들으면 엄청난 쾌감을 얻도록 내가 '저주'를 걸었으니까. 사람을 죽이는 일도 막아 둬서 할 수 없을 테니 무해……하다고는 단언할 수 없지만, 그나마 나은 상태다. 비올라도 '왕관'의 능력을 잃었고 말이야.

"토야~앙, 혼자서 마시는 중이야? 어라라? 성에서 쫓겨났어? 이혼이 코앞인 걸까?"

"아냐!"

아직 신혼이거든?! 불길한 소리 하지 마!

"아하! 새색시들을 화나게 했나 보구나? 메이드가 옷을 갈아입는 모습을 훔쳐봤다든가. 이 자식, 이전에……."

"야, 잠깐! 그건 말 안 하기로 약속했잖아!"

신이 난 니아가 뭔가를 이야기하려고 해서 나는 다급히 말렸다. 전에 한 번 네가 옷을 갈아입는 중에 【텔레포트】로 뛰쳐들어간 적이 있기야 하지만!!

주변의 우락부락한 '홍묘'의 아저씨들이 그 사실을 알게 됐다간 틀림없이 '우리 수령에게 무슨 짓이냐!' 라며 날 공격할 게 틀림없다.

젠장! 이런 곳에 더는 있을 수 없어! 그만 돌아갈래!

나는 주점 사장님에게 계산을 부탁했다.

어? 비싸네……? 아, 엔데! 그 자식, 돈을 안 내고 돌아갔구나?! 큭, 당했다. 오늘따라 일진이 안 좋네, 진짜.

엔데가 결혼 선언을 하고 며칠 후. 나는 어떤 인물의 호출을 받았다. 누구냐고?

"──너희를 부른 이유는 다름이 아니야. 이대로 가면 우리는 파멸할 거야."

불길한 서론으로 말을 시작하는 리프리스 황국의 제1 황녀 리리엘 림 리프리스.

내밀하게 이야기하고 싶다며 스마트폰이 아니라 '게이트 미러'로 편지를 보내기에, 우리는 리프리스 황궁으로 가 보았다.

나 외의 멤버는 양쪽에 유미나와 린제가 있었다. 이 두 사람은 리리엘 황녀와 사이가 좋았다. 이 두 사람도 나와 함께 리리엘 황녀의 부름을 받았다.

"대체 무슨 일이 있었던 건가요? 리리 언니. 안색이 많이 나빠 보이시는데요."

벨파스트와 리프리스는 오래전부터 우호국이었다. 그래서 어릴 적부터 교류가 있던 유미나는 리리엘 황녀를 언니처럼 잘 따랐다.

유미나의 말대로 리리엘 황녀의 얼굴은 새파랗게 질려 있었다. 괜찮을까? 【리커버리】나 【리프레시】를 걸어줄까?

"빼앗겼어……."

"빼앗겨요? 뭘요?"

"스마트폰을!"

어?! 스마트폰을 도둑맞은 건가?!

내가 가진 스마트폰을 바탕으로 박사가 만들어 낸 양산형 스마트폰은 각국의 대표 및 중신, 나의 친구와 지인에게 나누어 주었다. 그리고 눈앞에 있는 리리엘 황녀에게도 건네주었다. 그걸 도둑맞은 거야?

스마트폰은 마도구(아티팩트)로서도 상당한 가치를 지닌 물건이다. 누군가가 가지고 싶어서 노렸다고 해도 이상하지 않다. 스마트폰으로 연락을 하지 않은 이유가 그거였나.

"괘, 괜찮아요. 그 스마트폰은 설사 도둑맞았다고 해도 토야 씨의 힘으로, 다시 불러올 수가 있거, 든요. 금방 되찾을 수 있어요. 토야 씨, 맞죠?"

"저, 정말?!"

린제의 말을 듣고 새파랗게 질려 있던 리리엘 황녀의 얼굴이 순식간에 화색이 돌았다.

이런 경우도 있을지 몰라서 그 스마트폰에는 다양한 프로텍트를 걸어 놓았다. 그중 하나가 등록된 스마트폰을 부여해 둔 【어포트】와【텔레포트】로 언제든 내가 있는 곳까지 자유롭게 귀환하게 만드는 기능이었다. 그걸 사용하면 아무리 멀리 떨어져 있어도 스마트폰은 내가 있는 곳으로 되돌아온다.

"그래, 정말이야. 바로 되찾아 줄게."

나는 자신의 스마트폰 메모에서 스마트폰 배포 리스트를 불러왔다.

양산형 스마트폰에는 각각 시리얼 넘버가 등록되어 있는데, 나는 그걸 근거로 특정한 스마트폰을 끌어당겨 올 수 있었다. 만약 스마트폰 자체를 산산조각냈다면 그럴 수 없지만, 가치를 알고 훔쳤다면 그랬을 리는 없다.

어디 보자. 리리엘 황녀에게 건네준 스마트폰의 시리얼 넘버는…….

"다행이야~. 아버지가 몰수해서 어쩌나 했는데."

"……잠깐. 몰수했다?"

스마트폰을 살피던 시선을 떼고, 나는 이상한 말을 한 황녀를 바라보았다.

"그렇다니까. 의식 중에 조금 만졌을 뿐인데 아버지가 말이지~. 마감이 코앞으로 다가왔는데 시시한 의식에 출석할 시간이 어디 있어. 시간이 아까워서……."

"그건 자업자득이잖아. 역시 이건 안 돼."

"앗, 어째서?!"

에휴. 도둑맞았다면 몰라도 그런 상황이라면 되찾아 올 수는 없잖아. 이건 중요한 의식 중에 스마트폰을 톡톡 두드린 네가 나빠. '우리는 파멸할 거야.' 라니 무슨 말도 안 되는 소릴. 혼자만 파멸이겠지.

"아니, 잠깐만! 꼭 되찾아 줘야 해! 안 그러면 정말 곤란하니까! 그 안에는 쓰다가 만 원고도 있고, 만약 그걸 아버지가 읽으면 난 정말 파멸이야!"

"저어, 선생님. 스마트폰의 잠금 설정은 안 해, 두셨나요?"

"물론 설정은 해 뒀지만 번호로 설정해 둔 잠금 정도야, 시간을 들이면 풀리잖아!"

음……. 그건 그러네. 리프리스 황왕이 딸의 스마트폰을 훔쳐볼지 어떨지는 반반 정도일까. 아버지로서 중요한 의식 중에 딸이 뭘 봤는지 궁금하기는 할 테니.

"그런데 쓴 글은……."

"『진 장미의 기사단』 최신권 원고야. 이번 권은 하드한 내용인데, 신인 기사로 들어온 소년을 다른 타입의 제1 부대장과 제3 부대장이 부드럽게, 때로는 격렬하게 공략하는……."

"실명은 됐어. 완결 안 됐던 거야? 그 작품……?"

리프리스 황왕의 제1 황녀인 리리엘 림 리프리스. 그 이면의 모습은 아는 사람은 다 아는 가면 작가 릴 리프리스, 바로 본인이었다.

뭐랄까, 이 사람은 연애물······? 그런 종류의 작품이 많다.

일부 독자층에서는 폭발적인 인기를 자랑하는 듯한데, 그러고 보니 린제도 팬이었다.

"아버지가 그걸 읽으면 난 꼼짝 없이 수도원으로 가야 할 거야······. 매일같이 정령에게 기도를 올리게 시켜서 마음을 정화하려 하겠지. 틀림없이."

"정화해야 한다는 자각은 있구나······."

그렇게 과격한 글을 쓰니 뭐······. 황왕 폐하, 뒷목 잡고 쓰러지는 거 아냐?

보여 주기 싫다면 일단 리모트 와이프처럼, 원격 조작을 해서 데이터를 지우는 방법도 있긴 한데.

그런 취지의 말을 전달하자 리리엘이 나를 귀신 같은 얼굴로 노려보았다.

"뭐어?! 그걸 쓰느라 얼마나 고생했는지 알아?! 몇 개월이나 걸려 쓴 글을 순식간에 지우려고 하다니, 넌 악마냐?! 아직 인쇄도 안 했으니, 그걸 지우면 나도 죽을 거야!"

"네, 죄송합니다······."

크르르르······! 리리엘이 나를 위협했다. 얘 정말 황녀 맞아······?

당연하지만 이 세계에는 PC가 없다. 그래서 개인적으로 백

업해 둘 수가 없으니, 이런 글은 내가 건네준 '마도인쇄기[프 린 터]'로 인쇄해 보관하는 수밖에 없었다.

웬만한 일이 있지 않고서야 데이터가 소실되지 않겠지만, 자기가 실수로 지워 버릴 가능성은 충분히 있으니까. 나도 몇 번인가 저지른 실수다.

작가에게 완성 직전의 원고 데이터를 잃는다는 것은 그만큼 대미지가 큰 거겠지. 박사에게 부탁하면 복원은 할 수 있을 거라 생각하지만.

"솔직히 사과해서 돌려달라고 하는 수밖에 없지 않을까요? 안을 보기 전에요."

"물론 돌려달라고 말은 했지만, 그 조건이……."

유미나의 제안을 듣고 리리엘은 시선을 돌리며 그렇게 대답했다. 뭐야, 돌려달라는 말까지 했다면 굳이 우리를 부를 필요도…….

"'유미나가 결혼했잖느냐. 그런데 너는 어떻게 할 생각이냐. 배우자를 찾아라. 얼른 손주 얼굴을 보고 싶다'. 아버지가 그런 얘길 시작하더니…… 나보고 맞선을 보라고……."

"어? 리리엘 황녀는 약혼자 없었어?"

분명히 꽤 오래전에 황왕 폐하가 약혼자 얘길 했었던 듯한데. 내가 무심코 그렇게 의아하다는 듯이 말하자, 유미나가 흠칫하며 당황한 표정을 지었다. 어? 내가 뭐 잘못했나?

"있었는데 상대가 좋아하는 사람이 생겨 사랑의 도피를 해 버렸어."

리리엘 황녀의 말에 방 안의 분위기가 무거워졌다.

아…… 그건…….

집안을 버리면서까지 한 나라의 황녀보다도 사랑을 선택한 그 남성을 같은 남자로서 칭찬해 주고 싶은 마음도 들긴 했지만…… 차인 사람으로서는 웃을 수 없는 얘기겠지…….

황녀와의 약혼을 직접 파기할 수 없었을 테니, 그 남자에게는 그게 유일한 방법이었을지도 모른다. 벨파스트에 있는 후작 가문의 아들이라는데, 그 이후로 옥신각신할 일이 많았다는 듯했다. 그야 그런가…….

일족으로서는 왕가를 볼 낯이 없고, 같이 사랑의 도피를 한 상대 집안도 큰일이었겠지. 두 사람은 외국으로 도피했다는 모양이지만.

"나도 별로 이상형이 아니었고, 결혼해서 쓸데없는 시간을 빼앗기고 싶지 않았으니 특별히 문제는 없었지만!"

아하하하하! 하고 웃고는 있지만 눈은 웃고 있지 않았다. 앗, 이건 상당한 트라우마가 돼서 그런 거야. 그게 계기가 돼서 더 자기 취미에 몰두하게 된 건 아니겠지? 좀 안타까워 보이네…….

중얼중얼 허공에 저주 같은 말을 쏟아내던 리리엘 황녀가 유미나와 린제를 무뚝뚝한 표정으로 바라보았다.

"결혼은 꼭 해야 하나? 귀찮지 않아? 너희는 정말 행복해?"

““너무너무 행복한데요, 왜요?””

“폭발해라!”

상쾌한 미소를 지으며 즉시 대답하는 두 사람을 보고 화를 내는 리리엘. 으으음. 조금 쑥스럽네요. 아직 신혼이니까. 그 거야 당연히, 응.

“그런데 한 나라의 황녀와 맞선을 볼 상대라면 어떤 분이 좋 을까요……? 역시 왕후 귀족, 일까요?”

“아버지는 집안을 크게 중요하게 여기지 않으니, 장래성만 있다면 일개 상인이나 모험자라도 괜찮을 거 같지만, 나라를 생각하면 잔소리가 많은 사람들이 있으니 역시 그렇게 되겠 지. 상대는 우리 나라의 상급 귀족이나, 교류가 있는 벨파스 트, 리니에의 유력 귀족……. 아, 유미나네 남동생도…….”

“야마토는 안 되는데요?”

“응, 그래…….”

말이 채 끝나기도 전에 못을 박아 두는 유미나를 보고 리리 엘이 몸을 움츠렸다. 웃는 얼굴이 오히려 무섭다. 나도 당연 히 반대지만.

스무 살이나 나이 차이가 나니 역시 농담으로 한 말이겠지. 야마토 왕자가 성장해 만에 하나라도 서로 좋아하게 된다면 그건 본인들 문제이니 상관없다고 생각하지만.

……그런데 만약 그렇게 되면 이 사람이 처남댁이 되는 건 가. 뭔가 좀…….

"어, 어차피 아버지가 무도회나 만찬회를 열어 귀족 자녀를 초대할 테니, 거기에 참가하라는 이야기일 거야. 스마트폰이 인질이 된 이상 따를 수밖에 없겠네⋯⋯."

리리엘 황녀가 하아아아아아아아아⋯⋯ 하고 기나긴 한숨을 내쉬더니 책상에 엎드렸다. 그렇게 싫어?

"그, 그렇지만 어쩌면 멋진 분과 만나게 될지도, 몰라요."

"글쎄⋯⋯. 어차피 또 매번 보던 얼굴이겠지. 어떻게 됐든 난 비밀을 들킬 수 없으니 결혼은 거절하겠지만."

뚱한 표정으로 황녀가 고개를 들었다. 뾰로통하네.

일단은 맞선을 볼 의향은 있는 모양이었다. 안 하면 스마트폰을 돌려받지 못해서 그런 거겠지만.

"역시 네가 아버지에게 부탁해 주면 안 될까? 반성하고 있으니 스마트폰을 돌려달라고."

"에엑~~. 거짓말은 하고 싶지 않은데."

"거짓말 아냐. 반성하고 있어. 일단은."

그러니까, 그게 거짓말 같다는 거야. '일단은'이라니 그게 뭐야, '일단은'이라니. 어차피 황왕 폐하에게 인사를 하러 갈 생각이었으니, 말이야 해 보겠지만⋯⋯.

"아이고야. 그 아이는 대체 한 나라의 국왕을 뭐라고 생각하는 건지. 미안하군, 토야. 어차피 딸이 부탁한 거겠지?"

"네, 그거야……. 하하……."

들켰다.

리리엘 황녀의 부탁을 듣고 황왕 폐하를 찾아왔지만, 아무래도 훤히 속셈을 꿰뚫어 본 모양이었다.

모습을 보아하니 아직 안을 들여다보진 않았구나. 의식 중에 톡톡 스마트폰을 두드린 이유도 메시지를 주고받아서 그렇다고 생각하는 모양이고.

덧붙이자면 유미나와 린제는 리리엘 황녀 방에 두고 왔다. 여자끼리 쌓인 이야기도 있을 테고, 무엇보다 리리엘 황녀가 다음 작품의 아이디어를 듣고 싶다고 말을 꺼내는 바람에 나는 도망쳐 나왔다.

"그 아이도 이제 슬슬 상대를 결정하지 않으면 정말로 혼기를 놓칠 테니 말이야. 대체 뭐가 마음에 안 드는 것인지."

리리엘 황녀는 스무 살……이었던가? 그 정도로 혼기를 놓치니 하는 말을 하다니. 현대 일본인의 감각으로는 도저히 믿을 수 없는 이야기다.

황왕 폐하가 테이블 위에 올려 두었던 리리엘 황녀의 양산형 스마트폰을 집어 들었다.

"미안하지만 이건 역시 돌려줄 수 없겠군. 이렇게라도 하지 않으면 그 아이는 이런저런 이유를 대며 맞선을 연기하려고 할 테지. 그만 결정해 주지 않으면 리디스의 결혼식에 독신으로 참가하는 꼴이 될 거네."

떨떠름한 표정을 지으며 황왕 폐하가 소파에 몸을 깊이 기
댔다. 리디스란 리프리스 황태자로 차기 황왕인 리디스 리크
리프리스를 말한다. 리리엘 황녀의 남동생으로, 나이는 분명
13세였을 것이다.

그 리디스에게는 누나와는 달리 약혼자가 있다. 미스미드
왕국의 티아 프라우 미스미드 공주(12세)다.

수인족을 왕가에 맞아들이는 거라 혹시라도 문제는 없나 싶
었는데, 리프리스 귀족들도 아무도 반대하지 않아 쉽게 인정
을 받았던 모양이다.

국경의 80퍼센트가 바다로 둘러싸인 이 나라는 무역을 통해
발전해 온 해양 국가다. 벨파스트 정도는 아니지만 나름대로
역사도 깊다.

그 깊은 역사 속에서 리프리스는 많은 민족과 교류해 왔다.
수많은 민족이 서로 섞여 사는 나라이니, 당연히 왕가도 다양
한 민족의 피가 흐르고 있다고 한다. 수인족 한둘이야 새삼스
럽게 문제될 일이 아니라는 모양이다.

만약 평범한 마을 소녀였으면 문제가 있었겠지만, 상대는
눈부시게 발전 중인 신흥국의 제1 왕녀다. 충분히 국익에 부
합하는 혼인이라 문제가 없다는 판단이었나 보다.

여전히 대범하다고 할지, 관대한 나라야……

이런 배경이 있어서인지 리프리스에는 호쾌하고 밝은 사람

이 많다. 눈앞에 있는 황왕 폐하만 봐도 잘 알 수 있다.

즐거우면 그만이라는 그런 성격. 황녀도 그런 기질을 물려받았겠지? 남동생은 얌전하고 영리해 보이는 아이지만.

"리디스 황태자랑 티아 공주는 언제쯤 결혼하나요?"

"1년…… 늦어도 3년 정도 후겠지. 그리고 그 아이가 스무 살이 되면 나는 모든 역할을 다 떠넘기고 편하게 은거할 걸세. 벨파스트 국왕은 왕자가 막 태어난 참이라 한참 남았겠지만, 레굴루스 황제와 함께 노후를 즐길 생각이야."

레굴루스 황제 폐하도 슬슬 퇴위하시는 모양이긴 했지만 노후라니. 리프리스 황왕은 이제 겨우 마흔을 넘은 정도 아니었나? 아니지. 마흔을 지나면 '초로'라고들 하니 틀린 말은 아닐지도 모른다.

"그러니 그 전에 어떻게든 그 아이의 혼담을 성사시키고 싶네. 토야, 누구 좋은 남자 없을까?"

"그렇게 물어보셔도……."

퍼뜩 생각나는 사람들에게는 대체로 상대가 있으니.

"역시 귀족이 아니면 안 되나요?"

"나는 그 아이를 소중하게 대해 주고 행복하게 해 줄 사람이라면 귀족이든 아니든 상관없네만. 그 아이의 결혼은 우리 나라로서도 중요한 카드이니, 우리 나라의 귀족들도 나라의 이익이 되지 않는 상대와의 결혼은 허용하지 않을 거야."

흠, 귀찮네. 아니지. 나도 언젠가 여덟 명(또는 그 이상)의 딸을 가지게 된다니 남의 일이 아니지만.

이를테면 내 딸이 왕후귀족이 아니라 일개 모험자와 결혼한다고 말을 한다면…….

…………아니, 그건 관계없나. 귀족이든 모험자든 우리 딸을 어디서 굴러왔는지 모를 개뼈다귀한테 줄 순 없지. 어중간한 남자라면 이 아빠가 절대 허락 못 해! 큭, 마왕 폐하의 마음이 조금은 이해가 된다.

그런데 신분이 높고 독신이라면……. 음~. 만난 적은 없지만 마왕국 제노아스의 제1 왕자는 독신이었어. 어머니는 다르지만 일단 사쿠라의 오빠다. 뇌까지 근육이 들어찬 듯한 사람이라지만.

그리고 타케루 삼촌에게 호되게 당했던 라제 무왕국의 제2 왕자, 잔베르트가 있었구나. 뇌가 근육이지만. 뇌가 근육인 사람들밖에 없네.

"토야, 형이나 남동생은 없는가?"

"없을…… 거예요."

"거예요? …………흠, 많이 복잡한가 보군…….”

황왕 폐하는 의아한 듯한 표정을 지었지만, 뭔가가 이해된다는 듯 더는 깊게 추궁하지 않았다. 우리 아버지가 여기저기에 아이를 만들고 다녀서 그렇다고 생각하나 본데. 귀찮으니까 굳이 정정하지는 않겠지만. 지금보다 더 늘어나진 않겠지?

"어쩔 수 없지. 역시 맞선 파티라도 열까. 그런데 대부분의 상대는 이미 소개해 줬으니……. 새삼스러운 느낌은 있다만…….”

“뒤쪽 세계……. 서방 대륙에 있는 나라를 찾아보면 새로운 사람이 모이지 않을까요? 마침 리프리스는 서방 대륙과 유일하게 육지로 연결된 나라이기도 하고요.”

“그래, 그런 방법이 있었나! 파나셰스의 국왕 폐하라면 힘을 빌려줄지도 모르겠군.”

리프리스 황국과 호박 팬츠 왕자님이 있는 파나셰스 왕국은 두 개의 세계가 융합되었을 때 유일하게 육지가 이어진 나라들이었다.

나를 통해 두 나라는 서로 대화를 나눴고, 그 이후로 양국은 계속해서 우호적인 교류를 이어가고 있다. 파나셰스의 국왕 폐하는 자녀를 끔찍이 아끼는 온화한 사람이니, 기꺼이 협력해 주리라 생각한다.

“파나셰스의 왕자에게 약혼자가 없었다면 리리엘을 아내로 주었을 텐데, 아쉽구만.”

그 호박 팬츠 왕자님한테……? 아니지. 둘 다 별난 사람이니 의외로 죽이 잘 맞을지도 모른다.

하지만 로베르 왕자에게는 스트레인 왕국 여왕 폐하의 조카인 약혼자, 세레스가 있다. 왜 그렇게 경박스러운 왕자에게 그토록 멋진 약혼자가 있는지 신기해 죽을 지경이지만, 남의 얘길 할 처지가 아니라 굳이 입 밖으로 꺼낼 생각은 없다.

그렇지. 세레스와 여왕 폐하에게 부탁하면 스트레인의 왕후 귀족도 부를 수 있을지 모른다.

　"흠. 동방과 서방의 합동 맞선 파티인가. 괜찮군. 다른 나라에도 이점이 있으니 나쁜 이야기는 아닐 게야."

　"서방도 다른 나라와 접촉이 필요할 테고요. 가능하면 그런 외교 중심의 파티가 되지 않았으면 좋겠는데요."

　맞선은 뒤로 제쳐놓고 인맥 만들기와 얼굴 알리기가 중심이 되어선 뭘 위해 파티를 열었는지 알 수 없게 된다. 기왕에 여는 파티이니 각자 자신에게 가장 적합한 파트너를 찾았으면 했다. 나라라는 굴레에 얽매이지 말고.

　"그럼 신분에 얽매이지 않게 가면무도회 형식으로 파티를 열면 돼. 그게 더 재미있을걸?"

　"그래! 그렇게 하면 왕자나 공주라는 점을 신경 쓰지 않고 말을 걸 수 있겠군!"

　"그러네요! 가면무도회라……. 재미있겠어. 그럼 가면은 제가 준비할게요. 무도회장은 황왕 폐하가…… 잠깐만. 왜 여기에 있어?! 카렌 누나!!"

　황왕 폐하가 멍하니 있는 모습을 보고 옆을 보니, 우리 바보 누나가 소파에 걸터앉아 내 홍차를 뺏어 마시고 있었다.

　"재미있어 보이는 이야기가 있으면 바로 나타난다! 그게 바로 모치즈키 카렌이야!"

　"이 바보가아아아!"

나는 내 질문에 찡긋! 윙크를 날린 카렌 누나에게 고함을 쳤다. 우리 나라인 브륀힐드라면 몰라도 남의 나라의 성으로 전이하다니 무슨 생각이야?!

나는 눈앞에 있는 황왕 폐하에게 깊숙이 고개를 숙였다.

"죄송합니다. 죄송합니다. 우리 바보 누나가 이런 짓을. 정말 죄송합니다!"

"참……. 이 성과 이 방. 2중으로 전이 저해 결계를 펼쳐 뒀다만……. 이렇게 쉽게 침입해서야 우리 궁정 마술사들도 자신감을 잃지 않을지……."

우와, 정말 죄송합니다. 평범한 전이 마법이라면 그 정도라도 충분히 막고도 남아요. 우리도 성 아래까지 전이한 다음 성안으로 들어왔고요.

단, 카렌 누나나 모로하 누나의 전이술은 신의 기술인 【이공간 전이】의 연장으로, 마법이 아니니 효과가 없는 거예요…….

"다시는 이런 일이 없도록 말을 해 둘 테니……!"

"토야도 이렇게 말하니 용서해 줬으면 해."

"누구 탓이라고 생각하는 거예요?!"

자신과는 관계없다는 듯이 쿠키를 오독오독 먹다니! 큭! 카렌 누나는 일주일간 간식 금지!

"카렌 님이야 토야의 누님이니……. 놀랄 것도 없는 건가. 그보다도 방금 나왔던 가면무도회 이야기 말인데, 사람을 얼마나 모을 수 있을까?"

"토야의 인맥을 활용하면 서방 대륙의 왕가나 귀족의 자녀를 꽤 모을 수 있을 거야. 일단 가면을 쓰고 무도회에 참가해 서로 얘기를 나누고, 마음에 든 상대가 있다면 그 사람이 누구인지 물어본 다음 나중에 실제 얼굴 사진과 혼담 서면을 보내서 진짜 맞선을 주선하면 돼."

제 인맥은 그렇게 풍부하지 않은데요? 하지만 나라의 정상과는 아는 사이니, 이야기를 전달해 달라고는 할 수 있으려나?

"흐음. 그렇다면 이번 무도회는 우리 황국이 최선을 다해 개최하지. 바로 초대장을 써야겠군. 바빠지겠어."

황녀의 문제가 해결될 듯해서인지 리프리스 황왕이 밝게 웃었다.

그 후, 리리엘 황녀는 그 가면무도회에 참석을 조건으로 스마트폰을 돌려받았다는 모양이다.

그래도 상대를 발견하긴 어렵지 않을까? 과연 취미가 맞는 사람이 있을지…….

겸사겸사라고 하긴 뭐하지만, 우리 브륀힐드에서도 몇 명인가 참가해 달라는 초청을 받았다. 브륀힐드에는 귀족이 없으니 필연적으로 기사단 단원이나 요직에서 일하는 사람이 참가하게 된다.

그다지 많이 모이진 않겠지만 일단 말이라도 걸어 볼까. 강제는 안 할 거지만.

◇ ◇ ◇

"응, 이 정도면 될까."

나는【모델링】으로 만든 마지막 가면을 겹쳐서 내려놓았다.

가면에도 다양한 종류가 있는데, 내가 만든 가면은 얼굴 위의 절반을 가리는 타입으로, 이른바 '도미노 마스크'라고 불리는 종류였다. 옛날의 괴도나 SM 여왕님이 쓸 법한 그런 가면이다.

참고로 그 유명한 도미노 쓰러뜨리기의 '도미노'는 이 '도미노 마스크'에서 온 이름이라고 하고 한다. 그거야 별 상관없는 이야기인가.

스마트폰으로 다양한 가면을 검색해 그것을 참고해 가면을 만들었다. 고양이나 새 등의 동물을 모방한 가면, 깃털 장식이 달린 가면이나 금색의 화려한 가면. 반대로 심플한 단색 가면 등 형태가 다양했다.

물론 평범한 가면은 아니었다. 살짝 인식 저해를 부여해, 이 가면을 쓰면 상대 얼굴의 특징을 파악하기 힘들어진다. 아는 사이라 해도 이 가면을 쓰면 거의 누군지 눈치채지 못할 정도다. 그에 더해 목소리 변조 기능도 있었다. 목소리로 누군지 알아내는 사람도 있을 테니까.

더욱이 무도회장에서는 희망자에게 박사가 특별히 만든 귀나 꼬리도 빌려줄 예정이니, 수인이나 아인도 판별하기가 쉽지 않을 것이다. 이래서야 가면무도회라기보다는 가장무도회에 가깝네. 재미있으니 상관없는 일이지만.

완성된 가면을 【스토리지】에 넣고, 나는 내일 있을 무도회 준비가 한창인 사람들에게로 가 보았다.

성의 의상실 중 하나에 들어가 보니 '패션 킹 자냐'의 점원 몇 명이 브륀힐드의 참석자에게 평소에는 입지 않는 턱시도를 입히고 최종 마무리를 하고 있었다.

"아, 폐하. 일단 남성의 조정은 끝이 났습니다. 철저히 가르쳤으니 최소한의 매너는 지킬 겁니다."

그렇게 말을 한 사람은 기사단의 부단장인 니콜라 씨였다. 니콜라 씨의 본가는 미스미드에서도 큰 상가였기에, 이런 파티에는 얼마간 익숙한 듯했다. 가면무도회는 자체는 아무래도 처음인 모양이지만.

입고 있는 검은 턱시도도 몸에 꼭 맞았다. 여우 귀와 꼬리도 어딘가 윤기가 흐르는 것처럼 보였다.

브륀힐드의 참가자, 특히 남성은 희망자가 많아서 큰일이었다. 그래서 그 사람들을 통솔한다는 명목으로 니콜라 씨에게도 참가해 달라고 했다. 내가 기사단 시험 때처럼 참가할 수도 없는 거니까.

　그건 그렇고 우리 부단장님은 너무 딱딱해서 탈이네. 꼭 싸우러 가는 사람 같아. 어떻게 보면 그렇다고도 할 수 있지만.

　"니콜라 씨도 좋은 상대를 발견했으면 좋겠네요."

　"네에……. 현재로서는 그다지 생각이 없긴 하지만…… 브륀힐드의 명성에 먹칠하지 않을 만큼은 노력해 보겠습니다."

　니콜라 씨는 성 아래에서는 인기가 많다. 원래 미남이기도 하고, 부단장이라는 지위도 있으니까. 너무 진지해서 잘 웃지 않는다는 단점은 있지만, 그것마저도 사람들은 쿨하다고 호의적으로 받아들이는 듯했다.

　"여성진도 끝났을까?"

　"끝났겠지요. 조금 전에 노르에가 이런 걸 보냈으니까요."

　니콜라 씨가 스마트폰을 꺼내 메시지에 첨부된 사진을 보여 주었다. '레인, 귀여움 대폭발!'이라는 문장과 기사단 단장 레인 씨의 흰 파티드레스 모습이 찍힌 사진이었다. 흰 토끼다.

　"무슨 생각을 하는 건지 참……. 파티에서 무슨 일을 저지르지나 않을까 걱정입니다."

　"그, 그건 니콜라 씨가 옆에서 잘 도와주세요. 우리도 조심할 테니까요."

　가면의 효과는 얼굴 인식 저해이니 옷만 잘 기억해 두면 상대가 누구인지 알 수 있다. 그러니 같은 진영의 참가자면 누가 누군지 파악할 수 있을 것이다.

덧붙이자면 여성 참가자는 단장인 레인 씨, 부단장인 노르에 씨, 경비대장인 레베카 씨, 첩보대의 호무라, 시즈쿠, 나기 등 여자 닌자 세 명, 마족인 알라우네 라크셰 등이었다.

첩보부대의 수장인 츠바키 씨는 거절했다. 눈에 띄고 싶지 않다고 한다.

결혼이야 제쳐 두고 그냥 즐겁게 놀다 오면 될 텐데.

단……. 결혼하면 다른 나라로 이주해 버리는 사람이 나올지도 모른단 말이지. 귀족의 둘째, 셋째 아들이면 우리 나라로 오라고 할 수도 있겠지만.

떠나가게 되면 섭섭하겠지만, 그게 우리 여성진들에게 행복한 일이라면 웃으며 보내줘야 하겠지?

자, 준비는 끝났다. 이제는 순조롭게 진행되길 바라는 마음뿐이다.

� 막간극 수정룡

"악······. 프레이즈가 또 나타났다고?!"

"몇 명인가가 목격했다나 봐. 로드메어 방면에서."

빨대로 과실수를 마시면서 엔데가 그런 말을 했다.

가면무도회 준비로 바빠져서 엔데에게 결혼식 예정을 조금만 연기해 달라고 부탁하려고 나는 카페 파렌트로 엔데와 프레이즈 여성 세 사람을 불러냈다.

사과의 의미로 한턱내겠다고 하자 달콤한 음식을 몇 개나 시켜 아까부터 계속 먹고 있는 프레이즈 아가씨 세 사람은 아랑곳하지 않고 엔데는 모험자 길드에서 들었다는 그 이야기를 해주었다. 나는 그 이야기를 듣고 눈썹을 찌푸릴 수밖에 없었다.

"프레이즈는 이제 없다고 하지 않았어?"

"이 세계에는 없다는 거였지. '결정계'에는 아직 있을 거야."

유라와 같은 지배종이 데리고 온 프레이즈들은 사신(邪神)으로 인해 모두 변이종이 되었다. 그 변이종으로 변한 프레이즈도 모두 해치웠다고 생각했는데 변이종이 되지 않는 프레이즈가 있었던 건가?

"아닐걸? 변이종이라면 몰라도 정말로 프레이즈가 나타났다면 우리가 모를 리가 없어. 잘못 본 게 아닐까?"

프레이즈는 항상 우리가 느낄 수 없는 '소리'를 내고 있다는 모양이다. 메르와 같은 지배종과 엔데는 그 '소리'를 전 세계 어디에 있든지 감지할 수 있다고 한다.

그런데 지금은 프레이즈의 소리가 느껴지지 않는다고 한다. 그러니 잘못 봤을 가능성이 크다는 것이다.

"하지만 결계로 가두면 '소리'를 차단할 수도 있잖아? 실제로 메르랑 이 두 사람의 '소리'도 내가 가둬 두고 있고."

일전에 나는 메르와 같은 지배종의 '소리'를 변이종이 감지하지 못하도록 【프리즌】으로 핵을 가두어 두었다. 같은 원리를 사용하면 프레이즈의 '소리'도 지울 수 있지 않을까?

"글쎄. 토야 수준의 결계를 펼칠 수 있는 사람이 이 세계에 몇 명이나 있을까? 그렇게까지 은폐했는데 목격자가 몇 명이나 있다니 이상하지 않아?"

"응, 그건……. 이상하네……."

크으윽, 뭐라 반론할 수가 없다. 역시 목격자의 착각인가?

그렇다면 왜 프레이즈라고 잘못 봤던 걸까? 그 임팩트 있는 모습과 닮은 마수가 있었던가?

"일단 검색해 볼까……."

카페 안이라 작은 테이블에 지도를 투영하고 '프레이즈'를 검색해 봤는데 어째서인지 검색이 되지 않았다. 정확하게 말하면 눈앞에 있는 세 사람이 검색됐지만 이 사람들은 예외다. 그 이외에는 검색 결과가 없다.

음~~ 역시 잘못된 정보인가?

만약 그게 겉보기에 '가짜 프레이즈'라면 난 그걸 프레이즈라고 인식하지 않는다. 그럼 당연히 검색이 안 될 수밖에.

"한 번 더 검색. 뭐라고 할까, '프레이즈랑 비슷한 무언가'면 되나?"

〈──검색 종료. 1건 있습니다.〉

"오."

이번엔 검색됐다. 즉, 프레이즈와 비슷한 다른 마수나 마물이 있다는 말이구나. 장소도 로드메어. 사람들에게 목격된 프레이즈란 이걸 말하나 보네.

"어떻게 할 거야?"

"진짜로 프레이즈가 아닌지 한 번 확인해 볼게. 만에 하나도 있는 법이니까."

다행히 지금은 마을에서 떨어진 곳에 있었다. 내일 한번 가 보자. 로드메어의 전주(全州) 총독 각하에게 허락을 받은 다음에.

◇ ◇ ◇

"이 언저리일 텐데……."

"저 숲은 아닌가?"

"아니면 저 호수 안이라든가."

깎아지른 듯한 절벽 위에서 아래를 내려다보니 어째서인지 같이 온 스우와 사쿠라가 각각 숲과 호수를 가리켰다.

두 사람은 한가하니까 따라오겠다고 했다. 놀러 가는 게 아닌데 말이야.

여기는 로드메어 연방에 있는 산악주(州)의 한 지역. 마을에서는 꽤 멀리 떨어진 곳이다.

모험자 길드에 들러 얻어 낸 정보에 따르면, 그 마수인지 마물인지는 이 근처에서 모험자들에게 목격됐다고 하는데……. 프레이즈와 비슷해 보이는 마수인지 마물인지는 안 보이네.

나는 한 번 더 검색 지도를 펼쳤다. 최대한으로 검색을 확장해 봤지만 역시 이 근처라고 판단할 수밖에 없었다.

보니까 우리가 있는 장소랑 겹쳐 있네? 바로 근처에 있는데 안 보이는 건가? 투명 능력이 있다든가, 제발 그건 아니길 바랄게.

"사쿠라, 【가창 마법】으로 찾을 수 있겠어?"

"응. 한번 해 볼게."

사쿠라가 절벽 위에서 노래하기 시작했다.

사쿠라의 【가창 마법】이라면 설사 모습을 감추고 있다고 해도 장소를 알 수 있을 것이다.

잠시 노래를 하던 사쿠라가 딱 노래를 멈추었다. 응? 뭔가 알아냈나?

"임금님, 이 아래."

"어?"

사쿠라가 그렇게 중얼거리자마자 절벽 아래에서 심하게 땅이 울리더니, 지면이 무너지기 시작했다.

"위험해!"

나는 두 사람을 끌어안고 【플라이】를 사용해 그 자리에서 대피했다.

무너져 내린 바위 안에서 반짝거리며 태양 빛을 반사하는 '그것'이 모습을 드러냈다. 나타난 모습은, 잠시 프레이즈인가 하고 잘못 생각했을 만큼 거대한 수정으로 만들어진 용이었다.

겉모습은 틀림없이 프레이즈와 비슷했다. 하지만 나는 보자마자 프레이즈가 아니라고 구별할 수 있었다.

그 몸뚱이는 프레이즈와는 명백히 달랐다.

지배종을 제외하면 프레이즈는 대체로 생명체가 아닌 물체 같은 느낌이다. 조각상이나 장식품 같다. 만들어진 물건이라는 이미지가 강하다.

하지만 눈앞의 용은 살아 있는 '생명체'라는 느낌이 들었다.

수정으로 된 용……. 잠깐만, 이건 정말 용인가?

"루리!"

〈───부르셨습니까, 주인님. 음?〉

나는 루리를 소환했다. 공중에 나타난 푸른 새끼 용은 눈 아래에 서 있는 수정룡을 내려다보았다.

"저건 네 권속이야?"

〈아니요. 저건 우리의 권속이 아닙니다. 형태는 닮았지만 저건 무(無)에서 만들어진 자입니다.〉

루리는 불길하다는 듯이 눈 아래의 수정룡을 노려보았다. 무에서 만들어진 자? 무슨 의미지?

"임금님, 저 용한테서는 숨소리도 심장 소리도 안 들려. 저건 살아 있는 용이 아니야."

"뭐?"

내 옆구리에 안겨 있던 사쿠라가 말했다. 살아 있는 용이 아니라고? 물론 수정이라 생물 같지는 않지만…….

〈이건 골렘이나 가고일과 같은 마법 생물입니다. 태고의 마도사가 만든 순종적인 종. 모습은 비슷할지 모르나 우리 같은 긍지 높은 용과는 완전히 별개의 존재입니다.〉

마법 생물. 마법으로 만들어진 생명체. 대표적으로는 루리가 말한 골렘을 들 수 있다. 별난 존재로는 보물상자로 의태한 미믹이 있다.

역시 프레이즈가 아니었구나. 그런데 마법 생물이 왜 이런 곳에 있지?

당연하지만 마법 생물은 인간(엘프 같은 존재일 가능성도 있지만)이 만든 존재다. 명령이 없으면 움직이지 않고, 반대로 명령을 받으면 영원히 그 명령을 계속 수행한다.

알기 쉬운 예를 들면 던전에서 볼 수 있는 문지기 가고일이나 가디언 골렘 등이 있다. '보물을 지켜라', '침입자를 제거해라'라는 명령에 따르는 존재들이다.

그렇다면 이 수정룡도 어떤 명령을 받지 않았을까? 그렇게 생각을 했는데…….

"뭔가를 지키는 건가?"

"그럴지도 모르겠구먼. 누군가가 그곳에 침입하면 이 수정룡이 움직이는 모양이야."

나에게 안겨 있던 사쿠라와 스우가 그런 말을 했는데, 나도 비슷한 생각을 했다.

〈━━━━━━━━!〉

"윽. 【텔레포트】!"

수정룡이 입을 크게 벌리고는 우리를 향해 충격파 같은 뭔가를 발사했다. 그게 우리에게 닿기 직전, 나는 옆에 있던 루리까지 포함해 【텔레포트】로 전이해 공격을 피했다.

등 뒤에 있던 커다란 바위산이 산산이 부서졌다. 우리를 완벽히 적으로 인식하고 있구나. 아니, 침입자로 인식하는 건가?

〈주인님. 이건 저에게 맡겨주실 수 없겠습니까?〉

"어? ……그야 상관없지만…….."

〈감사합니다.〉

내가 허가를 내리자마자 루리는 거대화하여 원래의 커다란 모습으로 돌아갔다. 수정룡 대 청옥룡. 드래곤끼리의 대결이다. 아니구나. 하나는 용이 아니었어.

〈원망하려거든 너를 그토록 불손한 모습으로 만든 창조주를 원망하거라.〉

루리가 하늘을 향해 포효했다. 시끄러……! 기합을 넣기 위해서인지는 모르지만, 그건 제발 그만둬.

루리의 포효를 듣고도 수정룡은 동요하지 않았다. 로봇 같은 존재이니 당연한가?

수정룡이 다시 입을 크게 벌리고 충격파 브레스를 내뿜었다. 하지만 루리는 미동도 하지 않고 정면에서 침착하게 그 공격을 받아냈다.

펑! 충격파가 부딪치는 소리가 울렸지만 루리의 몸에는 상처 하나 나지 않았다.

〈약하군. 코하쿠의 충격파가 훨씬 낫다. 이 정도의 힘으로 용의 형태를 하고 있다니 가소롭구나.〉

……어라라? 루리, 상당히 열 받았나 보네. 화났어?

냉정하게 보이지만 루리는 의외로 화를 금방 터뜨린다. 코하쿠와 자주 말다툼을 하는 모습을 봐도 그걸 알 수 있다.

그리고 긍지가 높다. 용의 모습을 한 가짜를 인정할 수 없는 거겠지. ……박사한테는 용 모양 고렘만큼은 만들지 말라고 말해 두자. 용기사는…… 용의 모습이 아니니 세이프겠지?

수정룡이 세 번, 네 번 계속 충격파 브레스를 날렸다. 루리는 마찬가지로 정면에서 그걸 받아내는데, 괜찮나? 점점 얼굴을 심하게 찌푸리는데. 더는 못 참겠다는 건가?

펑! 펑! 펑! 충격파가 루리에게 닿는 소리만이 주변의 산에 울려 퍼졌다.

〈끈질기구나!〉

앗, 화가 폭발했다.

몇 번째인지 모를 브레스를 수정룡이 내뿜으려는 그때, 이번엔 반대로 루리가 입에서 파란 불꽃 브레스를 내뿜었다.

〈!〉

순식간에 수정룡의 상반신이 불타버렸다. 마치 유리가 녹은 듯 질척해진 하반신만 남은 수정룡은 그 자리에서 옆으로 쓰러지고 말았다.

아~아. 기능만 정지시켜 박사한테 선물로 가지고 가려고 했는데. 하반신만이라도 괜찮을까?

수정룡을 해치워 만족스러운지 루리는 다시 새끼 용 모습으로 돌아갔다.

"루리도 화나면 무섭구먼……."

스우가 쓰러진 수정룡을 바라보면서 그렇게 중얼거렸다.

앗, 안 되지. 불이 숲의 나무들에 옮겨가기 전에 녹아내리려 하는 수정룡을 【스토리지】에 수납하자. 산불이 났다간 큰일이니까.

"가짜 프레이즈는 해치웠구나. 그런데 이게 문지기라면 이 근처에 유적이나 던전이 있을 텐데…….'

【서치】로 찾아볼까? 이런 자연 속이니, '인공물'로 지정하면 바로 발견할 수 있겠지.

"임금님, 저거."

"응?"

그렇게 생각했던 그때, 사쿠라가 바위가 그대로 드러나 있는 어떤 장소를 가리켰다. 커다란 바위에 둘러싸여 주변에서는 알아채기 힘들었지만 문처럼 생긴 입구가 보였다.

입구가 큰 바위에 둘러싸여 있었던 터라 하늘에서는 잘 보이지 않았던 모양이었다. 그런데 지금은 일부분이 무너져 그 입구가 보였다. 저게 수정룡이 지키던 시설인가? 던전일까?

던전이라면 로드메어의 전주 총독 각하에게 알려야겠지?

국가로서는 사람을 모을 둘도 없는 보물이다. 수정룡 퇴치까지는 허가를 받았지만 던전 탐색까지는 허가를 받지 않았기도 하고. 아직 던전이라고 확정된 건 아니지만.

문의 정면으로 가 보니, 몇몇 사체가 굴러다녔다. 이곳을 발견하고 침입하려다 수정룡에게 당한 자들인 듯했다. 나는 흙 마법으로 구멍을 파서 간이 무덤을 만들어 주었다. 우선 이걸로 됐고.

"크구먼. 바위산을 파낸 것인가?"

스우의 말을 듣고 나도 문을 올려다보았다. 문이라기보다는 바위를 파내 만든 신전 같았다. 이런 유적이라면 지구에도 있었지? 페트라 유적이었던가?

"【빛이여 오너라, 작은 조명, 라이트】."

우리는 【라이트】 마법을 사용한 뒤 안으로 들어갔다. 조금 넓은 편인 직선 통로를 빠져나가 보니, 곧장 활짝 트인 공간이 나타났다.

나의 【라이트】에 비친 '그것'을 보고 스우와 사쿠라가 마른 침을 삼키는 소리가 들렸다.

그곳에는 다양한 조각상이 놓여 있었다. 갑옷을 입은 전사, 드레스를 두른 여성, 날개를 펼친 페가수스, 달려들려고 하는 늑대, 누워 있는 나체의 여인…… . 그 모두가 수정으로 만들어져 있었다.

보호 마법이 걸려 있는지 조각상은 모두 그 반짝임을 잃지 않은 상태였다. 어둠 속에 떠오른 그 환상적인 광경에 우리는 잠시 눈을 빼앗겼다.

"미술관…… 아니, 개인의 아틀리에 또는 창고인가?"

"굉장해. 전부 살아 있는 것 같아."

사쿠라의 말을 듣고 나는 정신이 번쩍 들었다. 설마 이게 전부 마법 생물은 아니겠지?

근처에 있던 개의 머리를 톡톡 두드려 보았다. ……진짜인가? 일단 혹시 모르니 해석 마법 【애널라이즈】를 사용해 봤지만, 이상한 마력의 흐름은 느껴지지 않았다. 아무래도 그냥 조각일 뿐인 듯했다.

매우 세심하게 만들어져, 정말로 살아 있는 것만 같았다. 마치 인간이 그대로 수정이 된 듯했다.

저 나체 여인상은 유난히 리얼하네. 가슴이…… 중력에 이끌린 듯한 무게감이 느껴진다고 할지…… 크네…….

내가 옆으로 누워 있는 나체 여인상을 가만히 바라보자, 등 뒤에서 아내 두 사람의 찌르는 듯한 시선이 날아왔다.

"만들어진 물건이라고는 하지만, 색시 앞에서 여자의 알몸을 뚫어져라 보다니 배짱 한번 두둑하구먼……."

"비교했어? 임금님, 그러면 안 돼. 가정불화의 원인이 되니까……."

"죄송합니다!"

뭔가 위험한 기척이 느껴져 나는 곧장 사과했다. 지금 사과를 안 하면 다른 아내들에게도 전파되어 불길이 확산된다. 얼른 불은 꺼둬야 한다. 곧장 사과한 덕분에 간신히 불은 진화된 듯했다. 위험해, 정말 위험해.

"그렇다곤 하나, 참으로 많으이. 토야, 전부 가지고 갈 겐가?"

"아니. 일단 로드메어에 발견했다고 보고 해야지. 함부로 가지고 가도 될지 판단하기 힘드니까."

이게 로드메어에 전해져 내려오는 보물이라면 일이 성가셔진다. 다른 나라의 귀중한 문화재를 함부로 가져갈 수는 없는 일이니.

발견한 사람이니 얼마간 받을 수 있을지도 모르지만 현금화
해서 돈으로 주거나 할 수도 있는 거고.

일단 로드메어 연방의 전주 총독에게 연락하자. 수정룡도
보고해야지.

나는 품에서 스마트폰을 꺼내 연락처에 저장된 전주 총독의
번호를 눌렀다.

◇ ◇ ◇

"멋진 발견이에요! 설마 레지나빌룬의 작품을 이렇게 많이
발견하게 될 줄이야! 이건 대발견이에요!"

전주 총독 각하는 상당히 흥분했다. 좀 무서울 정도다.

그렇게 대단한 물건인가? 난 잘 모르겠지만.

어리둥절한 표정을 짓는 내 모습을 보고 애가 탔는지 전주
총독 각하가 설명해 주었다.

"레지나빌룬은 고대 마법 왕국 시대에 활약한 예술가이자 연
금술사, 마학박사로 활약했던 천재예요. 현대에는 그 작품이
아주 조금밖에 남아 있지 않아, 매우 귀중한 물건이랍니다!"

잘 모르겠지만, 레오나르도 다빈치 같은 사람인가? 우리한
테도 같은 시대의 천재 박사가 있지만 변태인데.

"그러면 이건 어느 정도의 가치가 있나요?"

"솔직히 말해 짐작도 가지 않아요. 같은 무게의 오레이칼코스라도 이것의 가치와 비슷할지 어떨지⋯⋯."

켁?! 그렇게 대단한 물건이야?!

생각보다도 비싸다. 커다란 수정만 있으면【모델링】으로 나도 만들 수 있을 듯한데⋯⋯. 예술가로서의 센스야 별개로 치고.

"옥션에 내놓으면 가격은 배로 뛰겠죠. 하지만 이건 인류의 보물이라 할 수 있는 미술품. 쉽게 시중에 판매할 수는 없습니다. 로드메어의 미술관에서 보관하고 싶은데⋯⋯."

전주 총독은 힐끔 나를 쳐다보았다.

모험자 규칙에 따르면 보물은 발견한 사람이 모두 가져가게 되어 있다. 그렇지만 그게 국가 소유의 유적에 있던 보물이라면 함부로 가지고 갈 수는 없다.

왜냐하면 유적은 그 국가의 소유물이기 때문이다. 대부분은 발견한 사람에게 발견한 물건과 같은 가치의 현금을 건네고 보물은 나라가 가져간다.

물론 거절할 수도 있지만 그건 그다지 추천할 수 없다. 그랬다간 거의 틀림없이 그 나라에서의 활동이 제한될 테니까.

개인만 제한하는 게 아니라, 모든 모험자의 활동을 제한한다. 던전에 침입하지 못하게 금지가 된다거나 반출 허가 신청을 꼭 해야만 하게 된다거나.

당연하지만 다른 모험자들에게 온갖 비난을 받게 되겠지. 그 사람은 다시는 모험자로서 활동 못하게 될지도 모른다.

그러니 대부분은 돈을 받든가, 꼭 가지고 싶은 물건만 교섭을 하여 입수한다. 마검이나 모험에 편리한 마도구^{아티팩트} 같은 게 그렇다.

나는 이게 얼마나 대단한 미술품인지 모르겠지만 이걸 장식해 두고 싶지는 않았다.

"좋아요. 양도하겠습니다."

"감사합니다!"

전주 총독 각하가 제시한 금액은 상당했다. 이게 그 정도로 가치가 있나? 미술품은 잘 모르겠어. 가지고 싶지 않은 사람에겐 아무런 가치도 없지만, 가지고 싶은 사람에겐 전 재산을 털어서라도 가지고 싶은 물건이라 보면 되려나.

아무튼 뜻하지 않은 보너스를 받았다고 생각하면 되겠다.

혹시라도 마음이 변할까 봐 걱정됐는지 전주 총독 각하가 재빨리 건네준 돈을 들고 우리는 브륀힐드로 돌아갔다.

"레지나빌룬 말인가요? 그거라면 바빌론 박사님의 아호네요. 짧은 기간만 사용했던 아호지만요. 현대에는 본명보다 그게 더 유명할지도 몰라요."

"뭐어어?!"

저녁을 먹으며 오늘 있었던 일을 모두에게 말하자, 서빙을 하던 셰스카가 아무렇지도 않게 엄청난 사실을 알려주었다.

"자, 잠깐만. 그럼 뭐야? 그 수정상은 바빌론 박사가 만들었던 거였어?"

"수정상……. 아, 한때 몰두하던 시기가 있었죠. 일주일도 안 갔지만요. 쉽게 질리는 사람이거든요. 분명히 그 작품은 어딘가의 아틀리에에 방치했던 걸로 기억하는데요……."

레지나빌룬. 레지나 바빌론. 분명히 비슷한 이름이긴 한데……. 그럼 뭐야. 그 수정룡도 바빌론 박사가 만든 거야?!

"예술품도 만들었다니……."

"그래 봬도 일단 고대 왕국 파르테노에서는 '만능 천재'라고 불릴 정도의 사람이었으니까요."

'그래 봬도'라니. 나도 마음으론 비슷한 생각을 하고 있긴 하지만. 바보와 천재는 종이 한 장 차이…… 아니지, 이런 경우엔 변태와 천재는 종이 한 장 차이라고 해야 하나?

"그럼 뭔가. 그렇다면 그건 전부 토야의 물건 아닌가. 바빌론 박사는 토야의 '소유물'이니 말일세."

"부인, 남들 들으면 오해할 만한 소리는 하지 말아 줘."

나는 스우의 말에 반론했다. 물론 바빌론 박사는 셰스카와 같은 바빌론 시리즈로, 내가 마스터이기는 한데…….

　무엇보다 로드메어 전주 총독에게 진실을 말할 수는 없다. 그래도 그런 박사의 작품이라도 보고 싶어 하는 사람이 있다면 조금이나마 세상의 도움이 되는 거 아닐까?

　셰스카가 가져온 차를 마시면서 유미나가 물었다.

　"그러면 받은 돈은 어떻게 하실 건가요?"

　"음~. 가끔은 기사단 모두에게 보너스를 주면 어떨까 하는데."

　"보너스? 그건 상여금…… 말인가요?"

　응. 그런 의미지.

　나는 몇 번인가 기사단 모두에게 보너스를 지급했다. 단, 기사단 비용은 세금으로 충당하지 않고 내 개인 자금으로 충당하고 있기에 1년에 2번처럼 정기적으로 지급하거나 하지는 않았다.

　그래서 이번처럼 뜻하지 않은 수입이 있으면 보너스를 주곤 한다. 전에 보너스를 지급한 시기가 꽤 오래됐으니, 기사단 단원들의 동기 부여를 위해서도 슬슬 줘야 할 시기다.

　"그냥 돈을 주기만 해선 재미가 없으니, 어때? 그것과는 별도로 특별 포상금을 줘 보는 건?"

　같이 식사를 하던 모로하 누나가 그런 제안을 했다. 특별 포상금?

　"예를 들면, 전원이 리그전을 벌여 상위에 입상한 사람에게 상금을 준다거나, 지금까지 일했던 사람 중에 특별히 공적이 있는 사람에게 상금을 내린다거나."

아하, 그런 거였구나. 정말 그렇게 하면 동기 부여가 확실히 될지도 모르겠다.

돈에 여유가 있으니 두 가지 모두 해 볼까. 실력을 쌓거나, 일을 열심히 하면 보답을 받는다고 확실히 알리기 위해서도.

앗, 그런데 기왕이면…….

"응? 수정을 사용한 작품들? 그런 걸 만들었던가……?"

"기억 안 나……?"

다음 날 아침. 일단 제작자라고 하는 레지나빌룬, 다시 말해 바빌론 박사에게 일의 자초지종을 설명하니 나온 반응이 이거였다.

"한때 잠깐 만드셨잖아요. 문지기로 수정 드래곤까지 만들고요."

"수정 드래곤……? ……아, 아아~. 그거구나. 완전히 잊고 있었어."

'연구소'의 관리인, 티카가 거듭 얘기해 주자 겨우 생각났는지 박사는 탁, 하고 주먹으로 손바닥을 두드렸다.

"마침 그즈음에 프레이즈 목격 정보가 잇달아 들어왔었거든. 그래서 수정 생물이라는 게 신경 쓰여서 이것저것 만들어 봤었지."

"어? 그럼 그건 프레이즈의 영향을 받아 만든 거야?"

박사의 뜻밖의 말을 듣고 나는 조금 놀랐다. 설마 그런 자초지종이 있었을 줄이야.

"얼마 안 있어 프레이즈의 침공이 본격화해서 수정 드래곤은 위험하다는 생각이 들어 작품 전체를 다 봉인해 버렸지. 그게 어디였더라?"

"26번째 아틀리에예요. 현재의 지도라면 로드메어 연방 부근이네요."

거기 맞습니다. 아까 발견했거든.

그래서 그대로 봉인한 채 방치해 뒀다라. 그리고 몇 년 뒤에 바빌론 개발에 착수했으니 '창고'에 넣어두지 않은 거였나?

"새삼스럽지만 그 작품 필요해?"

"필요 없어. 시간 때우기로 만들었을 뿐이니까."

시간을 때우려 만든 작품으로 후세에 이름을 남기다니. 생각해 보면 엄청난 이야기야……

로드메어에 팔아 버렸으니, 이제 와서 어떻게 해 볼 수도 없지만.

잠깐. 박사한테 새 수정상을 만들라고 하면 비싸게 팔 수 있지 않을까……?

"혹시 몰라 말해 두는데, 수정상은 이제 안 만들어. 타성에 젖어 만들어 봐야 졸작을 양산할 뿐이니 시간 낭비지."

그 졸작을 가지고 싶어 하는 사람도 꽤 많을 듯한데, 예술가가 보기엔 용서할 수 없는 일인가?

잠시 도예가가 마음에 안 드는 작품을 지면에 내던져 깨뜨리는 영상이 머릿속에 떠올랐다.

5000년 전 작가의 작품이 잇달아 발견되기라도 하면 어차피 수상하게 생각하려나? 그만두는 편이 현명하겠구나.

바빌론 밖으로 나와 성의 북쪽에 있는 대훈련장에 가 보니, 경비를 서야 하는 사람들을 제외한 기사단 단원 모두가 이미 모여 있었다.

기사단장인 레인 씨가 보너스 얘기를 꺼내자 모두 일제히 기쁨의 환성을 질렀다.

기뻐해 주니 좋긴 하지만, 이렇게까지 환성을 지르니 마치 평소에는 쥐꼬리만 한 월급이라고 소리치는 듯해 조금 가슴이 따끔거렸다.

다른 나라 기사단과 비교하면 임금이 낮긴 하지만…….

"자, 그럼 특별 포상금을 건 시합을 하겠다. 준비는 됐나?!"

〈오오오오오오오오!!〉

모로하 누나가 선언하자 기사단 단원들이 잔뜩 고조되어 주먹을 들어 올렸다. 호응이 좋다고 해야 할지 뭐라고 해야 할지.

"다만 그냥 시합을 해서는 재미가 없다. 다양한 종목으로 나눠, 각자 특기인 분야에서 승부를 겨루면 어떨까. 발이 빠른 자, 물건을 잘 던지는 자, 장애물을 잘 넘는 자……. 각각 1위가 된 자는 토야에게 상금을 받게 된다. 실력만 있으면 여러 종목의 상금을 타는 것도 가능하다."

그래. 그냥 검술 시합이어서는 이기지 못하는 사람도 나온다. 그래선 재미가 없으니, 운동회처럼 다양한 종목으로 나눠 시합을 벌이기로 했다. 그렇게 하면 각각 특기인 분야에서 승부를 겨룰 수 있으니까.

장애물 대회나 빵 먹기 대회도 넣었으니, 내근하는 기사들도 승리할 기회가 있지 않을까 한다.

그에 더해 동서로 팀을 나눠 이긴 팀에게 별도의 상금을 주기로 했다. 팀전과 개인전. 두 상금 모두 탈 수도 있다. 상금 잔치다 잔치, 크윽!!

"첫 번째 종목은 전력질주부터. 자신 있는 자들은 앞으로 나오도록."

전력질주. 다시 말해 단거리 경주다. 단거리는 100미터. 이 종목에는 대부분 참가하겠다고 나섰다. 인원이 많아서 몇 번에 걸쳐 나눠서 달리기로 했다.

"토야. 이건 마을 사람들 모두에게 보여줘야 하지 않을까. 지구에는 이런 이벤트가 있었지 않나."

옆에 있던 스우가 그런 제안을 했다. 스우는 지구의 TV에서 봤던 육상 경기 이야기를 하는 듯했다. 이건 운동회지만.

운동회라고는 해도 관객이 있고 없고는 분위기가 크게 차이나니, 그렇게 할까.

나는 사쿠라에게 냐타로를 통해 마을 사람들에게 운동회 개최를 알려 달라고 했다. 이윽고 마을 사람들이 대훈련장 주변에 서서히 모이기 시작했고, 100미터 경주가 끝날 즈음에는 주변에 상당히 많은 관객이 들어찼다.

두 번째 종목은 달걀 스푼 레이스였다. 스푼에 삶은 달걀을 올리고 떨어뜨리지 않으며 빠르게 달리는 경주였다.

서두르다가 삶은 달걀을 떨어뜨린 기사단 단원을 응원하면서 관객들도 점점 열기를 띠기 시작했다.

"가끔은 이런 행사도 좋은걸?"

"흐으음. 소인도 참가하고 싶었습니다……."

에르제의 말을 듣고 야에가 그렇게 중얼거렸다. 너희가 참가하면 상금을 모조리 회수하게 되잖아.

역시 기사단도 이런 이벤트를 정기적으로 열어야 할까? 마을 사람들의 오락거리도 되고, 모두의 기분 전환도 되니까.

그런데 그때마다 상금을 내걸었다간 내 지갑이 점점 가벼워질 텐데…….

그건 또 임시 수입이 생기면 생각하기로 하자.

"우와, 커다란 홀이네요······."

2층에서 널찍한 댄스홀을 내려다보더니 린제가 탄성을 흘리며 그렇게 중얼거렸다.

댄스홀은 여기저기에 반짝거리는 장식이 되어 있었고, 천장에는 밝게 빛나는 커다란 샹들리에가 있었다. 저건 드워프에게 특별 주문해 【라이트】를 부여한 샹들리에인가. 대체 얼마나 할지······.

우리가 있는 무도회장의 2층 복도 앞에는 식사를 즐길 수 있는 넓은 발코니가 있었고, 그곳에서는 리프리스의 아름다운 바다를 내려다볼 수 있었다. 푸른 바다와 파란 하늘. 흰 구름과 흰 거리. 무심코 카메라 셔터를 누르고 싶어질 정도의 전망이었다.

"신혼여행으로 갔던 지중해랑 비슷하네."

"나도 리프리스를 처음 봤을 때 그런 생각을 했어."

린의 말을 듣고 쓴웃음을 지으며 내가 대답했다. 이런 감정을 공유할 수 있어 기쁜걸? 사람들이 많이 가는 명소가 대부분이었지만 지구의 전 세계를 돌아보길 잘했다.

"아래는 정원이군요."

야에가 발코니의 난간 아래를 들여다보기에 나도 똑같이 몸을 내밀고 들여다보았다.

발코니의 아래, 즉, 무도회장 바로 옆에는 화단에 아름다운 꽃들이 흐드러지게 피어 있었다. 그곳으로 벽돌을 깔아놓은 길이 이어져 있었고, 그에 더해 분수, 벤치, 가든 테이블 등도 보였다. 푸른 잔디 광장도 있어서, 저곳에서 피크닉을 즐기면 즐거울 듯했다.

옆에 있던 힐다도 마찬가지 생각이었던 듯, 눈 아래에 펼쳐진 정원을 미소를 머금으며 바라보았다.

"무도회에서 파트너를 발견해, 여기서 대화를 나눈다……그런 흐름일까요?"

"그게 이상적이지. 상대를 발견했을 때의 얘기지만."

가면을 쓰고 있으니 미인이라거나 공주라면서 한 사람에게만 사람들이 잔뜩 모이는 일은 없겠지만, 의상은 특별히 제한을 두지 않았으니 화려한 옷을 입은 사람이 인기가 많을지도 모르겠다는 생각도 들었다. 호화스러운 드레스를 입고 있으면 부자라고 바로 알 수 있으니까.

그렇게 한 사람에게 모여드는 사람들이 있어도 그냥 내버려두면 그만인가. 그것도 성격을 알아보는 판단 재료가 될 테고 말이야.

내가 그런 생각을 하는데, 스우가 두리번거리며 나에게로 다가왔다.

"토야. 루는 어디 있는지 아는가?"

"응? 아, 루라면 주방에 있어. 리프리스의 궁정 요리장이랑 요리 준비를 하는 중이거든."

"다른 나라에 와서도 만드나? 루는 이제 브륀힐드의 왕비이건만. 참으로 곤란하구먼……."

스우가 못 말린다는 듯이 한숨을 내쉬며 고개를 저었다. 사실 이거에는 이유가 있어서 그래.

루는 스마트폰으로 배포하는 【요리 레시피】라는 앱을 통해 다양한 요리 레시피를 블로그 형식으로 매주 공개하고 있다.

거기에는 맛있는 요리나 달콤한 과자 사진을 올리는데, 그게 스마트폰을 가지고 있는 왕비와 공주들의 마음을 확 사로잡았다.

당연히 그 정보를 성의 요리사에게 알려서 만들어 달라고도 하는데, 그 덕분에 궁정 요리사 중에는 루의 요리 실력을 아는 사람도 많다.

이곳 리프리스의 궁정 요리장도 그중의 한 명으로, 루가 운영하는 블로그의 팬? 이라고 한다. 그래서 그 사실을 알고 있던 리프리스의 황후가 직접 루에게 부탁을 했거든.

"루가 만든 요리는 맛있으니 여성들은 거기에 푹 빠지게 될 것 같아."

"그건 그거대로 문제인데……."

사쿠라의 말대로 여성들이 요리에 푹 빠져 남성들을 거들떠보지도 않으면, 맞선 파티를 여는 의미가 없다. 서로 음식이 어땠는지 감상을 나누다가 사이가 좋아지면 좋겠는데.

그때 갑자기 유미나가 짝! 하고 손뼉을 쳤다.

"우리도 이제 슬슬 준비해요! 우리에게도 오늘은 토야 오빠의 아내로서…… 처음으로 브륀힐드의 왕비로서 공무를 보는 날이니까요."

"유, 유미나? 우리도 꼭 나가야 돼?"

유미나의 말을 듣고 머뭇머뭇 쓴웃음을 지으며 그런 말을 한 사람은 에르제였다. 마찬가지로 린제와 야에, 사쿠라도 복잡한 표정을 지었다.

맞선 파티와는 별도로 다른 층에서는 각국의 국왕, 왕비, 맞선에 나가기엔 아직 어린 왕자와 공주, 중신들이 모인 파티가 열렸다. 당연히 나도 참가하고, 왕비인 나의 아내들도 참가한다.

우리 나라에서는 그 외에도 재상인 코사카 씨, 건설 주임인 나이토 아저씨가 참가하게 되었다. 그리고 별로 내키진 않았지만 카렌 누나와 모로하 누나도. 어쨌든 두 사람 모두 왕족이니……. 토키에 할머니까지 참가하시지는 않지만.

맞선 파티보다도 실은 이 파티가 더 중요하다고 볼 수도 있었다. 동서 대륙의 왕족이 모이는 거니까. 낭연히 경비도 삼엄했다. 나도 며칠 전부터 리프리스에 초대를 받아 몇몇 경비

강화를 도왔다.

정식 파티라 당연하게도 드레스 코드가 있었다. 평소 같은 모험자 복장으로는 참가할 수 없다는 말이다.

그런 파티에 참가하게 되자, 나의 아내들은 의욕이 넘치는 그룹과 내키지 않는 그룹으로 양분되었다.

이건 어쩔 수 없는 일이다. 유미나, 루, 힐다, 린, 스우, 이렇게 다섯 명은 이런 공식 장소에 나서는 데 익숙하지만, 나머지 아내들은 다르다. 아무래도 기가 죽는다.

특별히 어려울 일은 없는데 말이지. 참가자들에게 잠깐 인사를 한 다음, 다른 나라의 왕비님들이나 중신의 여사님들과 같이 대화를 나누며 친교를 두텁게 다지면 될 뿐이니까.

다른 나라의 왕비님들과는 다들 몇 번인가 만나 본 적이 있지만, 이렇게 공식적인 자리가 아니었고 '왕비'라는 지위에 올라 만난 적은 없으니 어쩔 수 없으려나?

"우리는 주최자가 아니니 마음 편하게 먹어. 이번에는 이런 자리에 익숙해지기 위해 연습한다고 생각하면 돼."

"말이 쉽지……. 아~아. 파티 경비가 차라리 더 나아."

에르제가 한숨을 쉬면서 그렇게 말했지만, 이젠 공식적으로도 왕비이니 그것만은 참아 줘.

에르제 옆에서 쓴웃음을 짓던 야에가 내 등 뒤에 뭔가를 발견한 듯 고개를 살짝 움직였다. 응? 뭔데?

"사쿠라 님. 저 사람은 마왕 폐하가 아니신지요?"

"······우엑."

사쿠라가 불쾌하다는 듯이 그런 소리를 흘렸다. '우엑'이
뭐야.

돌아보니 무도회장 2층의 복도 갤러리에서 이곳으로 걸어
오는 사람은 역시나 마왕국 제노아스의 마왕 폐하였다. 그 뒤
에는 경호를 맡은 마족 기사 몇 명도 있었다.

나는 그 사람들 중 낯이 익은 다크엘프 남성을 발견했다. 우
리 기사단 소속이자 사쿠라의 전속 기사인 스피카 씨의 아버
지······ 시리우스 씨다.

여전히 젊어 보이네. 다크엘프니까 당연한가. 마왕 폐하도
20대로밖에 안 보이고. 100살은 넘었을 텐데.

어? 경호 기사 외에 옷차림이 괜찮은 청년 두 명이 있네. 혹시
저 사람들은······.

"오오, 브륀힐드 공왕. 벌써 무도회장에 와 있었나."

마왕 폐하가 한 손을 들며 말을 걸었다. 하지만 시선은 내가
아니라 딸인 사쿠라를 향해 있었다. 이쪽 보고 인사해.

각 나라에는 어제 내가 【게이트】로 이동해 이곳으로 올 수
있도록 전이진을 설치했다. 시간이 되면 그곳을 지나 허가받
은 사람만이 올 수 있는 장치인데, 가장 먼저 온 나라는 마왕
국 제노아스인가.

마왕 폐하가 웃으면서 사쿠라에게 말을 걸었다.

"그래, 파, 파르네제도 잘 있었나?"

"······잘 있었어."

"신혼생활은 어떻지? 소중하게 잘 대해 주던가?"

"아무 문제도 없어. 걱정하지 마."

"그, 그런가······."

정말 무뚝뚝하다. 도저히 부녀의 대화라고는 생각하기 힘들었다. 질문에 대답해 주는 것만 해도 다행이라는 생각은 들지만······.

도저히 보고만 있을 수 없었는지 시리우스 씨가 마왕 폐하에게 다가가 뭔가 작은 목소리로 속삭였다.

"폐하. 소개를······."

"아, 그, 그렇지! 너에게 소개해 줄 사람이 있었다. 이봐!"

마왕 폐하가 부르자 청년 두 사람이 앞으로 나왔다. 한 사람은 키가 180센티미터 이상이고 살결이 거뭇한 청년으로, 목과 팔을 보니 잘 단련한 근육이 언뜻언뜻 보였다. 불타는 듯이 빨간 긴 머리카락과 반짝거리는 눈의 그 사람은 씨익하고 대담한 미소를 지었다.

또 한 사람은 키가 나와 비슷한 정도에 둥근 안경을 쓴 사람으로 섬세해 보이는 청년이었다. 그 청년은 옆의 청년과는 대조적으로 졸려 보이는 눈으로 우릴 바라봤다. 옆의 청년과 마찬가지로 빨간 머리카락이긴 했지만 이 사람은 약간 색이 옅었다. 어딘가 학자 같은 분위기다.

하지만 무엇보다도 내 관심을 끈 부위는 두 사람의 머리에

좌우로 난 은색 뿔…… 왕각(王角)이었다.

왕각은 마왕족의 증거. 즉…….

"아들인 파론과 파레스다. 파르네제, 어머니는 다르지만 네 오빠들이야."

난 형님들이 많네……. 야에네 주타로 형님도 있고, 힐다네의 라인하르트 형님, 루네의 어~~…… (존재감이 옅어) 루크스 형님. 그리고 이 파론과 파레스 형님인가. 아내가 많으니 당연하다면 당연한 일이지만…….

파론 왕자가 사쿠라 앞으로 다가가 눈을 마주 보았다. 키 차이가 있어 왕자가 내려다보는 모양새였지만. 어째서인지 허리에 손을 대고 잘난 듯한 자세를 잡고 있었다.

"이렇게 직접 만나긴 처음이군. 내가 너의 오빠인 파론이다!"

"머리 나빠 보여."

"그렇게 노골적으로 말하다니?!"

나도 좀 그렇게 생각했는데, 사쿠라가 거침없이! 생각을 표현했다. 오빠라고 해서 사양하지는 않는 건가. 아니지. 오빠라고 인식하고 있지 않을지도 모르지만.

"나도 그렇게 생각해. 머리가 나빠 보이는 자기소개였어, 형……."

"파레스까지?!"

옆에 있던 동생까지 그 사실을 재확인하자, 충격을 받는 파론. 완전 부자지간 맞네. 사쿠라가 차갑게 대했을 때 보이는 마왕 폐하의 반응이랑 똑같아.

굳어 버린 형을 흘끗 보더니 이번에는 안경을 쓴 파레스 왕자가 사쿠라 앞으로 나섰다.

"나는 파레스. 제노아스의 제2 왕자야. 왕위 계승권은 박탈당했지만. 그…… 어머니 일족이 너한테 잘못을 범했어……. 사과해서 끝날 문제는 아니지만 부디 용서해 줘."

그렇게 말하더니 파레스는 사쿠라에게 깊이 고개를 숙였다. 사쿠라는 갑작스러운 사과에 눈을 껌뻑였지만, 이윽고 이해가 됐는지 '아~.' 하고 혼잣말을 했다. 잊어버리고 있었구나…….

사쿠라는 예전에 목숨을 위협받았다. 제노아스에서는 왕각을 지닌 사람 중 가장 마력이 높은 사람이 차기 마왕이 된다.

왕각이 없어 마왕의 서자로 자랄 수 있었던 사쿠라였지만, 성장하자 갑자기 왕각이 나타났다. 그것도 큰 마력을 지니고.

그대로 가다간 차기 마왕은 사쿠라의 차지가 될 운명이었다. 그렇게 생각한 제2 왕자의 죽은 어머니의 일족, 그중에서도 남동생이었던 사람이 지인인 상인을 통해 유론의 암살자를 고용하여 사쿠라를 죽이려고 했다.

그 결과 사쿠라는 빈사 상태의 중상을 입어 기억을 잃었다. 지금은 이렇듯 기억도 돌아오고 사건의 진상도 밝혀진 덕분에 범인은 단두대의 이슬이 되었지만.

제2 왕자인 파레스에게 직접적인 죄는 없다. 하지만 파레스의 죽은 어머니 일족으로 인해 사쿠라가 암살당할 뻔한 것은 사실이다. 이번 사과는 파레스에게는 사건을 매듭짓기 위한 행동이겠지.

"신경 안 써. 그 일이 있었으니 임금님과 만났고, 모두와도 만날 수 있었어. 파레스도 신경 안 써도 돼."

"그래……? 넌 강하구나."

"응."

미소 짓는 파레스를 보고 사쿠라가 고개를 한 번 끄덕였다. 아무렇지도 않게 오빠를 이름으로 막 불렀지만, 괜찮나……? 지구에서도 해외에선 평범한 일이니 괜히 신경 쓸 필요도 없나……? 그렇게 생각했는데 신경 쓰는 사람이 한 명 있었다.

"이봐……. 왜 네가 파르네제와 사이좋게 얘기하는 거지?! 너무 허물이 없잖나! 짐도 좀 신경 써라!"

"아버지……. 조금 더 침착하게 행동하시면 어떨까요?"

"응. 마왕 짜증 나."

"벌써 호흡이 척척 맞다니?!"

아들과 딸의 짜증 난다는 의견을 듣고 충격을 받는 마왕 폐하. 왜 이렇게 되는 건지.

"마왕 폐하? 왕자 두 분 모두 파티에 참가하시는 거죠?"

"응? 음…… 그래. 둘 다 아직 색시가 없으니까."

"보기 드문 일이네요. 약혼자도 없으신가요?"

"얘네는 너무 고르고 고르는 성미라서. 이 나이가 되도록 여자가 한 명도 없다니 한심할 따름이야. 공왕을 본받아라. 알 겠지?"

알겠지는 무슨. 한 명은 당신의 딸이잖아.

"흥. 나, 난 이상이 높아서 그래. 마음만 먹으면 신부 한둘이 야……."

"전형적인 허풍쟁이. 가망이 없어."

"큭……!"

큰오빠인 파론에게 사정없는 말을 날리는 여동생 사쿠라. 바라보는 시선이 마왕 폐하를 보는 시선과 똑같은데…….

어쨌든 왕자님이니 혼담 한둘은 들어오지 않나 생각했지만, 마왕족은 수명이 길어서 크게 초조해하지 않는 데다 결혼 상 대는 직접 찾아야 한다는 풍습이 있다고 한다.

"파레스는?"

"난 결혼에 크게 흥미가 없지만……. 이번에는 형이 억지로 끌고 나왔어. 다만 리프리스에 와 보고 싶기도 했으니, 상대 를 발견할 수 있다면 그것도 괜찮지 않을까 해."

"응. 너무 기를 쓰지 않는 게 더 나아. 분명 좋은 상대를 발견 할 거야."

"야. 나를 대할 때랑 반응이 다르지 않아……?"

큰오빠인 파론과는 달리 둘째 오빠인 파레스에게는 격려의 말을 건네는 사쿠라. 음, 성격을 보면 파론은 마왕 폐하랑 닮 았단 말이야……. 마왕 폐하 정도는 아니지만 사쿠라는 짜증

난다고 여기는 것 같았다.

내가 그런 생각을 하는데 파레스 왕자가 나에게 말을 걸었다.

"공왕 폐하. 브륀힐드에는 멋진 서고가 있다고 아버지에게 들었습니다만……."

"네? 아~~. 네, 있어요. 저는 전이 마법을 사용할 수 있어서 다양한 나라에서 모은 책을 보관하고 있습니다."

한순간 바빌론의 '도서관'을 말하는 줄 알았는데 아니었다. 파레스가 말한 서고란 브륀힐드 성에 있는 서고를 말했다.

세계 동맹 회의가 끝난 뒤에 임금님들에게 그 서고를 보여 준 적이 있다. 마왕 폐하가 얘기해 준 곳은 그곳이겠지.

바빌론에 있는 책은 원문이 고대 문자이기도 하고, 공개하면 여러 가지로 위험한 책도 있다. 하지만 도움이 되는 내용도 많아, 여러 군데를 개정해 성의 서고에 놓아두고 있다. '도서관'의 관리인인 팜므의 부탁을 받아 전 세계에서 모아들인 희귀한 책도 같이.

"다음에 그 서고를 보러 브륀힐드를 방문해도 될까요? 아버지에게 그 이야기를 듣고 어떤 곳인지 계속 궁금해서요……."

"책을 좋아하세요?"

"네. 식사도 잊을 정도로 좋아합니다. 새로운 지식을 얻는 일은 무엇과도 바꿀 수 없는 기쁨이니까요."

호오. 형과는 달리 동생은 지성파인가. 책을 좋아한다면 리리엘 황녀와 이야기가 잘 통하지 않을까? ……아니야. 리리엘 황녀는 특수한 책을 좋아하니 어려우려나……?

아무튼 서고를 견학하는 일이야 문제없으니 허락을 했다.

그 이후에 옷을 갈아입는 등의 준비를 해야 해 제노아스 나라 사람들은 자리를 옮겼다. 마왕 폐하만큼은 남으려고 했지만 폐하도 준비해야 하거든요?

자, 나도 옷을 갈아입어야지. 턱시도는 결혼식 이후로 처음이네. 나는 아내들과 헤어져 브륀힐드 남성진이 있는 대기실로 이동했다.

느릿한 선율이 흐르기 시작하자 댄스홀에 있던 남녀가 천천히 춤을 추기 시작했다. 원래 귀족의 자녀가 대부분인 이번 무도회라 춤을 추지 못하는 사람은 적었다. 브륀힐드의 참가자는 대부분이 귀족의 자녀가 아니지만 춤의 기초는 철저하게 가르쳤다.

'무도회'이긴 하지만 춤을 출지 안 출지는 자유로, 꼭 춤을 춰야 한다는 규정은 없다. 다만, 요청을 받았는데 춤을 추지 못해선 이 자리를 즐길 수 없고 상대에게 창피를 주는 일이기도 하다고…… 유미나와 루가 말해서 우리 나라의 참가자들에게는 최소한의 댄스가 가능하도록 춤을 가르치게 되었다.

지금 춤을 추는 사람들은 가장 처음에 춤을 춰 달라고 의뢰를 해 둔, 각국의 댄스가 특기인 귀족의 자녀들이었다. 그 외의 대부분의 참가자는 홀 주변이나 정원에서 아직은 상황을 살피는 중이겠지.

가면을 쓰고 있어 상대와 이야기를 해 보지 않으면 상황이 진행되지 않으니까. 이야기하다 마음이 맞는다면 댄스 요청을 해도 되고, 정원을 산책해도 된다.

하지만 아직은 같은 나라 사람들끼리 뭉쳐 있는 듯했다. 어쩔 수 없다면 어쩔 수 없는 일이지만.

"그래도 드문드문 말을 거는 사람들이 있네요. 앗, 저 사람은 우리 나라 사람입니다."

내 옆에 있던 리니에 국왕이 댄스홀 2층에서 핸들이 달린 오페라글라스로 계단 아래를 들여다보았다. 리니에뿐만 아니라 다른 나라도 자기 나라 참가자에게는 무언가 표시를 해 둔 듯했다. 똑같은 브로치를 달 거나 커프스 단추를 한다거나 해서.

"클라우드 님……. 너무 빤히 엿보면 안 되지 않을까요? 다들 평생의 반려를 찾으려고 노력하는 중이니까요."

"아니, 그럴 셈은 아니었는데. 조금 궁금했을 뿐이야."

내 반대편에 있던 약혼자가 나무라자, 리니에 국왕 클라우드는 손에 들고 있던 오페라글라스를 다급히 나에게 돌려주었다.

파르프 왕국의 제1 왕녀인 뤼시엔느 디아 파르프. 현재의 파르프 국왕인 에르네스트 소년왕의 누나이자 몇 개월 후에는 리니에의 왕비가 된다. 화려함은 없지만 차분하고 다정한 여성이다.

뤼시엔느 왕녀는 그렇게 말했지만, 사실 2층의 이 복도 갤러리에서는 리니에 국왕과 마찬가지로 몇 명인가가 계단 아래의 댄스홀을 주목하고 있었다.

참가자가 자신들의 아들, 딸, 형제자매인 경우도 많다. 신경 쓰지 말라고 해도 안 쓸 수가 없다.

시선을 2층으로 되돌려 보니 복도 안에 있는 큰 방에서는 각국의 중신들이 샴페인을 들고 서로 인사를 나누는 중이었다. 우리 국왕들도 조금 전에 가볍게 자기소개를 하며 인사를 나누었다.

뒤쪽 세계…… 서방 대륙의 대표 중에는 아직 교류가 적은 사람들도 있다. 서방 대륙에서 제일 많은 나라와 인연이 있는 사람은 틀림없이 나다. 그래서 사람들 사이를 주선하며 서로 인사하기 쉬운 분위기를 만들기 위해 이리저리 돌아다녀야만 했다. 솔직히 귀찮지만…… 이것도 일. 역할은 확실히 완수했습니다.

일단 전체적인 인사는 끝이 났으니 잠깐 쉬는 중이라고 하면 될까.

뤼시엔느 왕녀가 큰 방으로 시선을 돌렸다.

"에르네스트도 오랜만에 같은 또래의 아이들과 어울릴 수 있어서 즐거워 보여요."

"항상 어른들 틈새에 섞여 있으니까요. 역시 우리보다 저기에 있어야 부담 없이 이야기할 수 있는 걸까요?"

뤼시엔느 왕녀가 바라본 곳을 보니, 남동생인 파르프 소년 왕과 그 약혼자인 레이첼, 미스미드의 레무자 제1 왕자, 아르바 제2 왕자, 하노크 왕국의 라일락 제1 왕녀, 미르네아 제2 왕녀, 그리고 갈디오 제국의 제1 황자였지만 지금은 레베 변경백이 된 루크레시온 소년이 서로 이야기를 나누고 있었다.

모두 10살 전후의 소년 소녀들이다. 역시 또래여야 이야기하기 편한지 염국 다우반의 새 국왕 아킴과 빙국 자드니아의 새 국왕 프로스트는 레스티아 기사왕인 라인하르트 형님과 대화를 나누는 중이었다. 새 국왕 동료구나. 나도 옆에 있는 리니에 국왕도 그 동료들이긴 하지만.

유미나를 비롯한 나의 아내들도 왕비님들 사이에 섞여 즐겁게 이야기를 나누었다. 왕비는 어떤 소양을 지녀야 하는지 물어보는 걸지도 모른다. 이런 자리에 익숙하지 않은 에르제, 린제, 야에, 사쿠라는 딱 봐도 웃는 표정이 어색했지만. 지금은 어쩔 수 없다. 머지않아 자연스럽게 행동할 수 있게 되겠지.

각국의 국왕들도 몇몇 그룹으로 나뉘어 환담을 즐기는 듯했다. 국왕님들은 아무 문제 없을 듯하다. 자, 저쪽은 지금 어떤 상황일까.

음악 몇 곡이 끝났을 즈음, 나는 리니에 국왕과 헤어져 발코니가 있는 곳으로 이동했다.

발코니에 가 보니 아래의 안뜰에서 서로 대화를 나누는 참가자들의 모습이 보였다. 횡설수설하면서도 여성에게 말을 거는 남성, 야외에 놓인 테이블에서 차를 즐기는 여성들 등, 각자 나름대로 이 자리를 즐기고 있는 듯했다. 여기도 느낌이 괜찮은걸?

그건 그렇고.

의외라고 하면 실례일지 모르지만. 미스미드의 수왕, 펠젠의 마법왕, 라제 무왕국의 무왕, 이그리트 왕국의 태양왕 등, 무예가 뛰어난 임금님들이 이 발코니에 모여 있어 신기하다는 생각이 들었다. 남의 연애에는 별로 관심이 없어 보이는 사람들인데.

아까부터 즐거운 표정을 지으며 계단 아래 참가자들을 바라보는 중이다. ……무슨 꿍꿍이라도 있나?

"오, 공왕 폐하도 구경하러 왔는가?"

"구경요?"

발코니로 나가자 미스미드의 수왕이 샴페인을 들며 나를 맞이해 주었다.

구경이라니 뭔데 그러지? 무슨 퍼포먼스를 펼칠 예정은 없었는데. 사랑의 행방을 구경한다고 한다면 구경하는 거지만.

주변을 둘러보니 왜인지는 몰라도 발코니에 리프리스의 회복사들이 대기하고 있었다. 누가 속이 안 좋기라도 하나?

"대체 무슨 일이 있었는데 그러나요?"

"무슨 일이 있었던 건 아니고, 이제부터 일어날지도 모른다고 해야 맞겠군."

쓴웃음을 지으며 펠젠의 마법왕이 미스미드 수왕과 서로 얼굴을 마주 보았다.

"이런 자리에는 항상 따라다니는 일이지. 슬슬 시작되리라 생각한다만."

무슨 소린지 모르겠네. 고개를 갸웃하는데 이그리트 국왕이 내 어깨를 툭 두드렸다. 평소의 네이티브 아메리칸 같은 민족의상이 아니라 세련된 턱시도 차림이라니 아주 보기 드문 모습인걸? 아주 멋진 모습이다. 원래 미남이었으니 뭘 입어도 잘 어울리겠지만. 일곱 명이나 아내가 있는 것도 이해가 된다.

"공왕은 독신 시절에 이런 파티에 별로 참가해 본 경험이 없나 보지?"

"그거야…… 모험자였으니까요. 친척이나 동맹들의 파티에는 참가한 적이 있지만요."

"저자들은 젊어. 젊기에 자신을 굽히지 못하지. 그리고 굽히지 못하는 자들끼리는 때때로 그 주장이 맞부딪칠 일도 있겠지. 그러니……."

이그리트 국왕의 말을 차단하듯이 안뜰에서 말다툼하는 소리가 들렸다. 뭐지?

"오, 시작된 건가?"

"시작돼요?"

이그리트 국왕과 함께 발코니에서 안뜰을 내려다보니, 남성 두 사람이 가면을 쓴 채 서로를 노려보고 있었다. 두 사람 모두 일촉즉발의 분위기로, 주변 사람들은 그 두 사람을 멀찍이서 바라보았다.

"싸움인가?"

"그래, 싸움이지. 이런 자리에선 자주 있는 일이야. 대부분은 부모나 주군이 나와 말리려고 하지만, 그러지 않을 때도 있지. 결투일 경우엔 말이야."

"결투?!"

잠깐만요. 결투라면 서로 죽고 죽이는 싸움 아니에요?! 아무리 그래도 그건 안 되죠!

"당황하지 마라. 목숨을 빼앗지는 않아. 이런 결투는 규칙을 정해 승부를 겨루게 하지. 누가 이기든 지든 원한을 남기지 않을 조건을 내걸어서 말이야. 그걸 어기면 수치를 모르는 놈이라고 욕을 얻어먹고."

"규칙을 정해요? ……달리기 경주라도 한다는 거예요?"

"음. 그런 대결은 들어본 적이 없지만……. 말을 타고 속도를 겨뤄 승부를 냈다는 이야기는 들어본 적이 있다. 어떤가. 평화적이지?"

진짜 평화적인 결투네……. 목숨을 걸고 하는 결투보다는 훨씬 낫지만……. 이런 다툼은 당사자끼리 결판을 내야 제일 좋다는 말은 나도 이해가 된다. 평화적인 승부로 결정이 난다면 그보다 좋은 일은 없다.

"대부분은 주먹질이지만."

"평화적 대결은 어디로 갔는지……?"

그럼 안 되잖아요! 완전 폭력적인데! 어느새 옆으로 다가온 펠젠 국왕 폐하가 껄껄 웃었다.

"젊을 적엔 저 정도가 딱 좋아. 괜히 마음에 담아두기보다 발산하는 편이 낫지. 그러니 회복사들도 이렇게 대기시켜 놓은 거고."

그래서였냐?! 왜 이런 곳에 있나 했네……! 준비가 너무 철저하잖아. 이런 파티에서는 일상적일 만큼 흔한 일인가? 사람이 모이면 다툼도 늘어나는 거야 어쩔 수 없는 일이지만…….

"저 가면은 쉽게 벗길 수 없지?"

"네? 그건 그러네요. 부딪쳤다고 벗겨져서야 의미가 없으니, 미리 정해 둔 키워드를 외치지 않으면 벗겨지지 않아요."

"그렇다면 왕자든 귀족의 셋째든 신분과는 관계없이 한판 붙을 수 있다는 말이군. 원래 같은 신분이 아니면 사람들이 중재하러 들어가 그대로 끝나는데."

"그래, 남자끼리 싸우는 데 신분 따위는 신경 쓸 필요 없지. 자신의 주먹을 믿고 돌진하면 그만이야."

미스미드의 수왕과 라제의 무왕이 미소를 지으며 눈 아래의 두 사람을 내려다보았다. 그래도 되는 거냐……?!

그 후에 두 사람 사이에 입회인이 들어오길래 서로 치고받는 싸움이 시작되나 싶었는데, 두 사람 모두 입회인과 함께 정원의 안쪽으로 사라졌다. 그러자 몇몇 구경꾼들도 그 뒤를 따라서 이동했다.

"역시나 주변 사람들에게 피해가 간다고 깨달은 건가. 장소를 바꾸는 듯싶군. 나도 한번 따라가 볼까."

"결국 그냥 구경하고 싶은 것뿐이잖아요……."

"하하하! 오늘은 남녀의 사랑보다도 남자의 오기 대결을 보는 날이다!"

내가 어이없어하든 말든, 뇌가 근육으로 가득 찬 임금님들이 바람처럼 자리를 떠나갔다. 저기요, 오늘은 사랑이 중심이거든요…….

"참 나……."

저 사람들처럼 구경하러 가는 참가자들도 있었지만, 대부분은 안뜰에 남아 대화를 즐겼다. 이미 목표를 점찍고 움직이기 시작한 사람들도 많았다.

여성 한 명이 여러 남성을, 반대로 남성 한 명이 여러 여성을 상대로 대화를 나누는 그룹도 있었다. 가면 효과로 외모가 어떤지 알 수 없는데, 인기 있는 사람은 인기 요소가 자연스럽게 겉으로 드러나는 건가?

대화의 내용과 행동, 말씨, 상황에 대처하는 모습…… 그러한 면에서 사람됨이 보이는 거겠지?

"……어?"

문득 눈 아래의 안뜰에 있는 인물 한 명에게 시선이 갔다. 그 여성은 파티를 즐기는 사람들에게서 떨어져 혼자 안뜰 나무에 등을 기댄 채 고개를 숙이고 있었다.

그것만이라면 이른바 '벽의 꽃'이라고 해서, 파티에 와서도 소극적으로 행동하는 여성이라고 생각할 수도 있다.

하지만 그 인물은 절대 그런 사람이 아닌 듯했다.

왜냐하면 고개를 숙이고 시선을 손에 들고 있는 스마트폰에 고정한 채, 뭔가를 중얼거리며 빠르게 타자를 치고 있었기 때문이다.

박사가 만든 양산형 스마트폰을 소유한 사람은 얼마 되지 않는다. 동맹국의 정상과 그 중신, 그리고 내 친구 정도만이 소유하고 있다. 2층의 다른 파티장에 있는 사람들이라면 몰라도 무도회 참가자 중에서는 브륀힐드 사람을 제외하면 가지고 있는 사람은 손에 꼽을 정도다.

이건 볼 것도 없이 리리엘 황녀…….

무시무시한 열기를 내뿜으면서 쉴 새 없이 그 손가락은 스마트폰 위에서 춤을 추었다. 손가락 춤을 추라는 게 아니었는데. 틀림없이 원고를 쓰는 중일 거야…….

이런 모습을 리프리스 황왕이 봤다간 또 스마트폰을 빼앗길

걸? 여전히 반성을 안 하고 있구나.

"오, 이런 곳에 있었나. 토야."

"으앗?!"

"으앗?"

호랑이도 제 말 하면 온다는 말을 증명이라도 하듯이 등장한 아버지. 돌아보니 그곳에는 글라스를 손에 든 리프리스 황왕과 벨파스트 국왕, 엘프라우 여왕이 서 있었다.

"드, 드디어 시작됐네요! 와, 즐거워라!"

"응? 물론 즐기고 있다면 다행이다만……."

나는 얼버무리려고 웃으면서 재빨리 앞으로 걸음을 내디뎠다. 누가 뭐라고 해도 아버지다. 저 모습을 보면 가면을 쓰고 있어도 리리엘 황녀라고 바로 알아채겠지. 나도 알아챘을 정도니.

"그런데, 어, 뭐냐. 그러고 보니 리디스 황자는요?"

"리디스라면 저쪽에……."

"저쪽인가요?! 약혼 축하 선물을 보내고 싶은데, 같이 가 주실 수 있을까요?"

내가 생각해도 궁색한 소리라고 생각했지만, 지금은 무조건 황왕 폐하를 여기보다 먼 곳으로 유도해야 했다. 리리엘 황녀의 남동생인 리디스 황자와 미스미드의 티아 공주의 약혼 발표는 꽤 오래전에 했었지만 난 축하 선물을 보내지는 않았다. 브륀힐드라는 나라 이름으로는 보냈지만 개인적으로는 아직이다.

"호오. 토야의 선물인가. 또 별난 물건이겠지?"

"그럼요, 물론이죠. 신혼여행을 갔다가 사 온 물건으로 정말 정말 희귀한 물건이에요. 리디스 황자도 틀림없이 기뻐할 겁니다."

옆에서 들려온 벨파스트 국왕의 목소리에 고개를 끄덕이면서, 나는 세 사람을 다시 복도 갤러리 쪽으로 유도했다.

으으. 내가 왜 이렇게 돕고 있는 건지······.

곧장 리디스 황자와 티아 공주를 발견한 나는 【스토리지】에서 지구에서 구매한 선물 중 목적에 맞는 물건을 꺼냈다.

"이건······!"

"와아! 예뻐라······!"

내가 꺼낸 그 수정구 같은 물건 안에는 작은 집과 순록 미니어처가 액체와 함께 들어가 있었고, 반짝이는 작은 파편이 그 안에서 마치 눈처럼 내리고 있었다.

이건 '스노 글로브', 일본에서는 '스노 돔'이라고 불리는 물건이다. 선물 가게에서 몇 개 정도 사 두길 잘했어.

두 사람에게 스노 글로브를 건네주자 매우 기뻐해 주었다. 두 사람은 스노 글로브를 뒤집어 보기도 하면서 반짝반짝 쏟아지는 경치를 바라보았다.

"이건 엘프라우에서 산 선물인가?"

"아뇨~. 다른 나라네요."

다른 세계에 가서 사 왔다고는 말할 수 없어. 나는 벨파스트 국왕 폐하의 질문을 적당히 받아넘겼다. 【프로그램】 마법을 걸어 뒤집지 않아도 안에서 눈이 내리게 한 스노 글로브도 두 사람에게 건네주었다.

"와……. 정말 대단한걸요. 설국의 아름다움을 잘 표현했어요. 이건…… 잘 팔릴 거예요."

선물을 받은 두 사람보다도 스노 글로브를 더 유심히 바라보던 엘프라우 여왕의 눈이 번쩍 빛났다. 그 표정은 조카인 길드 마스터, 레리샤 씨와 매우 비슷했다.

스노 글로브가 나중에 엘프라우 왕국의 특산품으로 판매되는 그런 그림이 내 머릿속에 절로 떠올랐다.

"이게 다 뭐야. 왜 이럴 때 이딴 행사에 참석해야 하는 건데……?!"

나는 스마트폰으로 타자를 치면서 작은 목소리로 불평을 토로했다. 마감은 내일 아침. 어떻게든 오늘 중에 완성하고 방에 놓아둔 마도구로 인쇄한 원고를 아침이 되자마자 담당자에게 건네야만 한다.

시간이 없다. 안 그래도 스마트폰을 빼앗겨 시간을 낭비하고 말았다. 그것도 모자라 파티 준비로 옷을 맞추고, 리프리스 귀족에게 인사를 돌기도 하면서 귀중한 시간을 허비했다.

마음만 급해져 오타도 늘어났다. 그때마다 수정하고 또 오타는 없는지 확인했다. 초조한 마음으로 인해 점점 마음이 뒤틀려 간다는 사실을 스스로도 느낄 수 있었지만 어쩔 수 없는 일이었다.

"실례합니다, 혼자신가요?"

"……혼자인데, 그게 왜요?"

또 왔나. 힐끔 고개를 들어보니 황금 가면을 쓴 남성이 샴페인 글라스를 들고 서 있었다.

나에게 말을 건 사람은 이번으로 네 명째였다. 그게 성가셔 홀에서 이곳으로 이동한 건데. 가면을 쓰고 있는데도 왜 다른 사람이 아니라 나한테 와서 말을 거는 걸까.

"괜찮다면 이야기를 나누면 어떨까요?"

"됐어요. 다른 분 알아보세요."

"하하. 차갑네."

지금까지 다른 세 명은 이렇게 하면 물러났는데, 이 남자는 친근하게 옆으로 다가왔다. 그리고 나를 들여다보았다. 대체 뭐야 이 사람?!

"그건 브륀힐드에서 만든다는 마도구지? 혹시 브륀힐드 사람이야?"

"아니에요. 이건…… 앗!"

"와…….

아차! 그렇게 생각했지만 이미 늦었다. 브륀힐드 공왕이 만든 스마트폰의 소유자는 관계자 외에는 다른 나라의 왕족, 또는 중신뿐이었다. 이래서는 스스로 자신의 신분을 밝힌 것과 다름없었다.

그래서였나. 지금까지 말을 걸어 온 남성들도 이 스마트폰을 보고 말을 걸었던 건가?!

"이제 됐잖아요? 그만 저리 가 주면 안 될까요?"

"너무 그러지 말고, 저기에 맛있는 술이 있거든. 저기서 같이 한잔 어때? 분명히 즐거울 거야."

끈질기게 물고 늘어지는 남자가 지겨워 나는 스마트폰을 끄고 드레스의 주머니에 넣었다. 상대가 물러나지 않는다면 내가 떠나면 그만이다.

그렇게 생각하며 걸어가기 시작하는데, 남자가 내 팔을 갑자기 꽉 붙들었다.

"이러지 마! 이거 놔!"

"놓으면 같이 한잔해 줄래? 한 잔만 하자! 한 잔이면 되니까──."

히죽거리는 남자를 보니 불쾌한 감정과 함께 온몸에 소름이 확 돋았다. 윗부분을 뒤덮고 있는 가면으로 인해 표정은 직접 볼 수 없었지만, 그만큼 흑심과 야심 같은 감정이 훤히 들여다

보이는 듯했다.

무서워. 남자에게 꽉 붙들린 팔이 덜덜 떨렸다. 여기서 신분을 밝히고 다른 사람에게 도움을 청하면 무사히 넘어갈 수 있을지도 모른다. 하지만 그건 이 파티를 망치는 일이다. 주최자인 아버지의 얼굴에 먹칠하는 일이 될 수도 있다.

"여기는 아무래도 좀 그러니 저쪽으로 가자. 괜찮아. 아무 짓도 안 해."

"싫어……!"

힘껏 잡아당기는 남자의 힘에 저항하지 못하고 그대로 끌려갈 듯한 상황이었다. 그만해! 이거 놔!

"그분이 싫어하시는 듯합니다만."

"뭐?"

갑작스럽게 누군가가 말을 걸어 황금 가면을 쓴 남자와 나는 앞을 바라보았다. 그곳에는 심플한 검은 가면을 쓴 검은 턱시도 차림의 남성이 서 있었다.

"넌 뭐야? 방해하지 마."

"방해할 생각은 없습니다만, 이 여성이 싫어하시는 듯한데요. 쓸데없는 참견이었을까요?"

검은 가면을 쓴 남성이 나를 보며 물었다. 나는 고개를 획획 가로저으며 날 붙잡고 있는 남자의 손을 필사적으로 뿌리치고 검은 가면을 쓴 남성에게로 달려갔다.

"괜찮으신지요?"

"네에……."

아직도 손이 떨릴 정도라 도저히 괜찮다고 할 수는 없었지만, 일단은 그렇게 대답했다.

"이분이 불쾌해하시니 부디 물러나 주시지요. 다른 분을 찾아보시는 게 좋을 듯합니다만?"

"갑자기 뻔뻔스럽게 나타나서 헛소리하지 마! 이 자식……! 윽!!"

나에게 했던 것처럼 황금 가면을 쓴 남자가 난폭하게 손을 뻗었다. 하지만 검은 가면을 쓴 남성은 가볍게 그 손을 피하더니, 반대로 그 사람의 팔을 잡고는 등 뒤로 돌려 팔을 비틀었다. 익숙한 움직임이다. 기사일까?

"……계속하시겠다면 진심으로 상대해 드리겠습니다."

"큭, 이…… 이거 놔! 이 자식아!"

황금 가면을 쓴 남자의 말을 듣고 검은 가면을 쓴 남성이 손을 확 놓았다. 풀려난 황금 가면을 쓴 남자는 팔을 문지르면서 '쳇!' 하고 크게 혀를 차더니 그대로 떠나 버렸다.

남자가 떠나 나는 가슴을 쓸어내렸다. 조금 전에 소동을 일으킨 남자들처럼 결투가 시작되는 건가 하고 생각했기 때문이었다.

안심되니 갑자기 몸에서 힘이 빠져나갔다.

"앗."

"아……."

지면에 주저앉을 뻔한 나를 검은 가면을 쓴 남성이 부축해주었다. 똑같이 팔을 붙잡혔는데 조금 전의 남자 같은 불쾌함은 느껴지지 않았다. 불쾌하기는커녕 신기하게도 안심이 되었다. 마음이 왜 이런 걸까.

　근처 벤치에 앉아 마음을 가라앉혔다.

　"괜찮으신가요? 차가운 물을 가져올까요?"

　"아, 아니요. 괜찮습니다. 도와주셔서 감사합니다……."

　다시 인사를 하자 검은 가면을 쓴 남성이 살짝 미소 지은 듯한 느낌이 들었다. 가면 탓에 그 미소를 볼 수 없어 조금 아쉬웠다. ……어째서?

　"그럼 저는 이만. 실례하겠습니다."

　"저, 저기요! 조, 조금만 더 같이 있어 주실 수 없을까요……? 아까, 그, 그 남자가 또 나타날지도 모르니……."

　인사를 하고 떠나가려는 검은 가면을 쓴 남성을 나는 나도 알 수 없는 감정에 이끌려 다급하게 불러세웠다. 너무 다급하게 부르다 보니 목소리가 뒤집혀 부끄러운 감정이 솟구쳤다.

　"그렇군요. 그럼 잠시만 같이 있겠습니다."

　"네! 감사합니다!"

　검은 가면을 쓴 남성은 그렇게 말하며 내 옆자리에 걸터앉았다.

　잠깐의 침묵. 뭐라도 말을 해야 한다고 생각했지만, 머릿속에는 아무런 말도 떠오르지 않았다. 명색에 작가이면서. 뭔가 화제가 될 만한 이야기는 없을까 필사적으로 머릿속을 뒤졌지만, 처음으로 만나는 남성과 이야기하기 어려운 화제만 자꾸 떠올랐다. 뭐가 좋을까, 어~.

"오, 오늘 참 따뜻하네요!"

"그렇군요."

아차……! 날씨 화제라니! 제일 시시한 화제잖아!

다, 다음! 다음 화제는 뭐가 없을까……?! 뭐가 좋을까, 뭐 없을까. 머릿속이 빙글거려 지금 내가 뭘 하는지도 이해할 수 없게 되었다. 내가 왜 이런 곳에 있었더라?

평소처럼 이야기도 못 하다니…… 한심해. ……자신이 너무 꼴사나워 눈물이 났다.

그런 나에게 남성이 손수건을 내밀었다.

"무리하시지 않아도 됩니다. 당신이 진정될 때까지 옆에 있을 테니까요."

"죄성하미다……."

아까 그 남자 때문에 운다고 생각하는 듯했다. 그걸 굳이 정정하고 싶진 않아서 나는 건네받은 손수건으로 눈물을 닦았다.

시간이 지나 마음이 안정되고, 검은 가면을 쓴 남성이 떠나간 뒤에도 나는 그 벤치에 앉아 혼자서 푸른 하늘을 올려다보았다.

◇　◇　◇

"어? 잠깐 실례합니다."

품 안에서 스마트폰이 진동해, 나는 환담을 하다가 혼자 빠져나왔다.

사람이 적은 구석에서 스마트폰을 꺼내 메시지를 확인했다. 응? 시즈쿠한테서 왔네? 무도회 참가 중인데 왜 메시지를 보내는 건지…… 어?

우리의 첩보부 소속이자, 츠바키 씨의 부하인 여자 닌자 세 명 중 한 명, 키리가쿠레 시즈쿠가 보낸 메시지 제목을 보고 나는 눈썹을 찌푸렸다.

'수상한 자 발견'. 그렇게 적힌 메시지에는 사진 한 장이 첨부되어 있었다. 연분홍색 드레스를 입고 빨간 도미노 마스크를 쓴 여성이었다. 얼핏 봐선 아주 평범한 여성 같은데…….뭐가 수상하다는 거지?

"왜 그래? 이상한 표정을 짓고."

사진을 응시하고 있는데 에르제가 말을 걸었다. ……이상한 표정이라니, 그건 좀 아니지 않나? 네 남편이거든?

"다른 게 아니고, 이런 메시지가 와서."

숨길 이유도 없는 일이라, 나는 에르제에게 메시지를 보여 줬다. 여성 시점으로 보면 혹시나 수상한 점을 발견할 수 있을

지도 모른다.

"……가슴이 크네. 수상해. 패드 넣었나?"

"그런 수상한 점과는 다르지 않을까."

이상한 관점에 주목하며 사진을 노려보는 에르제. 가슴이 크긴 하지만, 역시 그런 이유로 사진을 보내오거나 하지는 않는다. 그렇겠지? 그러고 보니 시즈쿠도 에르제랑 동급일 정도로 상당히 납작하네…….

"아야야야!"

"……지금 실례되는 생각을 했지?"

위팔을 꼬집지 마! 엄청 아프거든?! 참 나. 내 아내들은 감이 너무 날카로워 문제야!

어쩔 수 없다. 파티 중에 전화할 수도 없으니 본인에게 직접 물어볼까.

다행히 내 옷도 파티용이라 참가자들과 크게 다르지 않았다. 가면을 쓰면 계단 아래로 내려가 사람들 사이에 섞여 있어도 아무도 못 알아보겠지.

"그럼 잠깐 다녀올게."

"자, 잠깐! 나도 좀 빠지고 싶어."

어……? 빠지고 싶다니. 익숙지 않은 파티라 피곤한 건 알겠지만, 이것도 일종의 일이거든요?

내가 머뭇거리자 에르제가 양손을 맞대고 날 올려다보며 졸랐다.

"괜찮지? 조금만. 응?"

"……조금만이다?"

"야호!"

크윽. 이렇게 예쁜 아내가 졸라대면 거절할 수 있을 리가 없잖아. 에르제도 점점 이런 면에서는 고수가 되어 가는 기분이 들어…….

어쩔 수 없다. 다른 아내들에게는 미안하지만 잠깐 숨 좀 돌릴 수 있게 해 줄까.

그렇게 생각하며 이동하려는데, 사쿠라가 어디선가에서 사사사사삭 하고 나에게로 다가왔다.

"둘만 도망가려고 하다니 치사해. 나도 갈래."

"듣고 있었구나……."

"후후. 내 귀는 천리귀. 임금님의 선물."

사쿠라가 의기양양한 표정을 지었다. ……귀여워. 물론 사쿠라의 권속 특성인 '초청각'은 내 권속이 되어서 생긴 능력이긴 하지만.

"게다가 마왕이 자꾸만 들러붙으려 해서 짜증 나. 좀 도망치고 싶어."

"그러게……. 자꾸 부자연스럽게 사쿠라가 대화하는데 끼어들었지? '제노아스도 그 이야기에는 흥미가 있다'라고 하면서."

마왕 폐하로서는 공식적으로 사쿠라와 서슴없이 얘기할 기회니까, 그 마음을 모르지는 않지만.

"임금님, 어서 가자. 마왕한테 들키기 전에."

"그래그래."

마왕 폐하한테 원망을 듣지 말아야 할 텐데. 새삼스러운 걱정이긴 하지만.

나는 두 사람과 함께【텔레포트】로 1층의 대기실로 이동한 뒤, 가면을 꺼내 두 사람에게 주었다. 나는 문제없지만 에르제의 드레스나 사쿠라의 머리카락은 조금 눈에 띄는 편이라【미라주】로 수수한 옷으로 위장해 두었다.

"어디 보자, 시즈쿠는……."

스마트폰으로 검색을 해 보니 시즈쿠는 안뜰의 한 일각에 있는 듯했다. 가면을 쓰고 있어서 눈으로만 봐서는 누군지 알 수 없지만 이거라면 바로 알아챌 수 있다.

우리는 대기실 밖으로 나간 뒤, 곧장 복도를 지나 댄스홀로 나갔다. 그리고 춤을 추는 가면을 쓴 신사숙녀들을 그대로 지나쳐 안뜰로 갔다.

도중에 참가자 남성이 에르제에게 말을 걸려고 하자, 에르제는 반사적으로 내 팔을 잡고 걷기 시작했다.

"서, 서로 이러는 편이 좋잖아? 부, 부부니까 이상하지도 않고!"

조금 얼굴을 붉히며 에르제가 빠르게 말했다. 독신이 참가하는 파티고, 주변 사람들은 부부인지 아닌지 알 수 없을 테지만, 난 기쁘니 전혀 상관없다.

"나도."

사쿠라도 반대편에서 나를 붙잡았다. 맞선을 보는 장소에서 이러고 있으니 눈에 띄네…….

안뜰로 가 보니 참가자는 몇몇 그룹으로 나뉘어 서로 떠들썩하게 대화를 나누고 있었다. 어? 조금 전까지 저기에 리리엘 황녀가 있었는데, 없네. 어디 갔나? 스마트폰으로 원고를 쓰는 모습을 리프리스 황왕에게 들키지 말아야 할 텐데.

"어? 저 사람이 시즈쿠인가?"

"저 사람? 가면 효과 탓에 누가 누군지 모르겠어……."

맞다. 안뜰 분수 근처에 서 있는 소녀는 가면을 쓰고 있긴 했지만 전혀 시즈쿠의 흔적을 찾을 수 없었다. 그렇게 보이도록 만들었을 뿐이긴 하지만.

인식 저해 효과는 확실한걸? 혹시 몰라 '신안'으로 확인해 보니, 가면 저편으로 낯익은 시즈쿠의 얼굴이 보였다. 응, 틀림없다.

"시즈쿠."

"어? 어떻게 제 이름을……. 아, 폐하……!"

시즈쿠가 몸을 움츠려 나는 얼른 가면을 벗어 본래 얼굴을 보여 주었다. 이 가면은 다른 사람은 쉽게 벗기지 못하지만 본인은 간단히 벗을 수 있다.

"메시지 보고 왔어. 이 두 사람은 에르제랑 사쿠라니까 걱정

안 해도 돼."

"그러시군요. 번거롭게 만들어 죄송합니다."

"상관없어. 마침 빠져나오고 싶었거든. 그 수상한 사람은 어디 있어?"

"저기예요."

시즈쿠가 고개를 돌린 곳을 보니, 다섯 명 그룹 안에 그 인물이 있었다. 사진과 마찬가지로 연분홍색 드레스를 입었고, 금발을 한데 묶어 올린 모습이었다. 나이는 우리보다 조금 많은 스무 살 정도일까. 목에는 진주 목걸이, 귀에는 사파이어 귀걸이. 화려하지도 수수하지 않은, 아주 평범한 여성으로 보였는데……. 가슴 사이즈가 평범하지 않다는 점만큼은 잘 알고 있지만.

"난 뭐가 수상한지 잘 모르겠는데……."

"모르시겠나요? 저는 다른 나라에 잠입하거나 성 아랫마을에서 정보를 모을 때 자주 변장을 하는데요……."

그러고 보니 면접할 때 변장술이 특기라고 했지? 한번 그 모습을 본 적이 있는데 정말 훌륭한 변장이었다. 마법을 사용하지도 않고 이렇게까지 딴사람처럼 변할 수 있다니 놀랍다며 감탄을 했었다.

"변장할 때는 의상뿐만 아니라 변장하는 인물에 맞춰 행동이나 말투도 바꿔요. 작은 실수로 들키기도 하니까요. 그래서 사람을 자세히 관찰하는 게 습관이 됐는데…… 저 여성은 뭔가 이상해요."

시즈쿠의 말을 듣고 여성을 바라봤지만 특별히 이상한 점은 없어 보이는 듯했다. ……어? 그런데 뭔가…… 이 느낌은 뭘까. 어딘가 부자연스러운 듯한…….

"……너무 반듯해."

"응? 가면을 쓰고 있는데 알겠어?"

"그게 아냐. 얼굴이 아니라 움직임이 너무 반듯해서 탈이야. 전혀 흔들림이 없다고 표현하면 될까……. 움직임에 아무런 망설임이 없어. 마치 정해진 움직임을 반복하고 있는 것처럼."

에르제의 말을 듣고 주의 깊게 한 번 더 여성을 관찰해 보았다. ……아, 그 말이 무슨 뜻인지 알겠어. 웃는 방법이나 말할 때의 동작이 항상 똑같아. 그렇지만 그냥 습관일 수도 있지 않나?

"……임금님, 저 사람 이상해."

"사쿠라도 뭔가 눈치챘어?"

뭐야. 나만 눈치 못 채다니 좀 자신감이 떨어지네……. 자주 '둔하다'라는 말을 듣기는 하지만, 스스로는 둔하다고 생각하지 않는데.

"저 사람은 심장이 뛰지 않아. 심장 소리가 안 들려."

"뭐?!"

심장이 안 뛴다니 무슨 소리야? 설마 좀비?!

……아니지. 좀비치고는 움직임이 너무 자연스러워. 좀비라면 저렇게 밝고 시원스럽게 이야기도 못 할 테고. 어떻게 된 거지?

심장이 뛰지 않는다, 또는 심장이 없는데 살아 있는 사람처럼 움직인다…….

그때, 내 뇌리에 어떠한 가정이 떠올랐다. ……설마…….

나는 '신안'으로 여성의 가면 안을 들여다봤다. 안에서는 단정하고 아름다운 얼굴이 보였다. 일반적으로 보면 미인에 속하는 얼굴이다.

나는 더욱 그 아래, 피부의 저 안의 안쪽까지 시야를 확장했다. 보통은 인체 모형처럼 별로 보고 싶지 않은 모습이 시야에 나타나겠지만, 만약 내 생각이 맞다면————.

"……역시 그러네."

"역시 그래? 뭐가 보였는데?"

에르제가 금색으로 변화했을 내 눈을 보며 물었다.

"저 여성은 인간이 아니야. 고렘이야."

""고렘?!""

그래. 저건 【유사 인간형】이라고 불리는 고렘이 틀림없다.

고렘은 종류별로 몇 가지 타입으로 나뉜다.

먼저 【자율형】. 독자적으로 행동할 수 있는 고렘. 대부분은 이 타입이다. 인간형, 동물형, 작은 인간형 등 다양한 종류가 존재한다. '왕관' 시리즈나 에르카 기사의 펜릴이 자율형에 속한다.

　독자적인 계약자인 마스터가 필요하며, 사용하는 사람과의 궁합에 따라 성능이 좋아지기도 한다. 펜릴처럼 대화가 가능한 타입도 있지만 매우 희소하다.

　다음으로는【탑승형】. 사용하는 사람이 탑승해서 직접 조종하는 타입. 자아가 있는 반(半)자율 타입도 있다. 전차형, 트레일러형, 다족형 등이 있으며, 마공국 아이젠가르드에는 거대 공중 전함 등도 있다는 소문이다. 성왕국 아렌트의 상인인 산초 씨가 가지고 있던 게 버스가 이 타입에 속한다.

　이런 타입은 계약은 필요 없지만 기동 키가 필요하다는 모양이었다. 공장에서 만들어진 고렘이 많다. 유적에서 발굴되는 고렘은 드물다고 한다.

　【조작형】.【탑승형】과 거의 비슷하지만 직접 타지 않고 계약자가 리모컨 같은 물건이나 음성으로 조작한다. 본체인 고렘은 의지가 없어 스스로 판단할 수 없기 때문에 계약자의 기량 차이가 확실히 드러나는 타입이다. 여러 고렘으로 구축된 군기병이 이런 타입에 속한다.

　【무장형】. 사용하는 사람이 몸에 두르거나, 무기화하는 고렘. 변형 기능이 있으며, 처음부터 무기 같은 형태이거나 그 상태에서 갑옷으로 변화하기도 한다. 또 평범한 고렘이 분해되어 계약자가 몸에 두르는 파워드 슈트처럼 변하는 종류도 있다. 자율형의 파생형이라고 하면 될까. 그러고 보니 아이젠가

르드에서 기갑병^{핀 처}이라 불리는 고렘을 사용하는 사람과 싸웠(?)었지?

그리고 【유사 인간형】. 원래는 사람의 마음을 치유하는 의료 및 간호를 위해 사람과 비슷하게 만들어졌다고 하지만, 그게 사실인지 아닌지는 확실치 않다. 내가 소유한 '별^{에투알}' 시리즈인 루비, 사파, 에메랄도 이 타입이지만, 인간처럼 행동할 뿐 겉모습은 인간과 그다지 닮지 않았다.

하지만 아이젠가르드의 마공왕이 사용했던 대역이나 검은색 왕관 느와르를 소유한 노른의 엘프라우 씨는 인간과 똑같아서 얼핏 보기에는 구별이 되지 않는다. 상당히 귀중한 타입이라 쉽게는 발견하지 못한다는 모양이다. 저곳에 있는 고렘도 그 귀중한 타입인 거겠지.

그런데 저 유사 인간형 고렘이 왜 이런 무도회에 참가했을까?

"임금님, 어떻게 할 거야?"

"어떻게 할 거냐니, 글쎄……."

"참가 자격에 '고렘 참가 금지'는 없었어."

그거야 그렇지만. 인생의 파트너를 찾기 위해 왔다고는 하기 힘드니.

아직 아무 짓도 하지 않은 듯하지만, 그렇다고 해서 방치해도 되는 건 아니다.

"아무튼 주최자인 리프리스 황왕 폐하에게 알릴까……."

그전에.

나는 '신안'으로 본 가면 안의 얼굴을 【드로잉】으로 종이에
옮겨 그렸다. 이걸 보여 주면 어디의 누군지 알 수 있겠지.

에르제와 사쿠라, 시즈쿠에게 감시를 맡기고 나는 황왕 폐
하가 있는 2층으로 【텔레포트】를 사용해 이동했다.

"틀림없습니다. 이 사람은 우리의 이메르다 양입니다. 이 사
람이 유사 인간형 고렘이라니……. 공왕 폐하, 그게 정말입니
까?"

전 갈디오 제국의 황태자이자, 지금은 레베 변경백인 루크
레시온 소년이 종이의 그림을 보고 물었다.

"아쉽게도요. ……갈디오 황제 폐하는 이 사실을 알고 계셨
나요?"

나는 루크레시온 옆에 서 있는 젊은 황제, 란스렛 리그 갈디
오를 돌아보며 물었다.

"……아니, 몰랐습니다. 대체 뭐가 어떻게 됐는지 전혀 모
르겠군요."

갈디오 황제 폐하가 고개를 저었다. 슬쩍 시야 구석에 있는
라밋슈 교황 예하에게 시선을 보내자, 교황 예하가 작게 미소
지으며 고개를 끄덕였다. '진위의 마안'으로 확인해 준 모양
이었다. 아무래도 황제 폐하는 거짓말을 하고 있지는 않은 듯

했다.

그렇다면 이메르다 양…… 이메르다 트라이오스의 본가, 트라이오스 백작 가문의 단독 행동인 걸까.

"가능성이라면 세 가지 정도일까. 하나. 이메르다 양은 처음부터 유사 인간형 고렘이었다. 그렇다면 이메르다라는 사람은 존재하지 않았던 셈이 돼. 둘. 어딘가에서 진짜 이메르다 양과 유사 인간형 고렘이 뒤바뀌었다. 이게 가능성이 제일 커보여. 뒤바뀐 이유가 이 파티에 잠입하기 위해서인지, 아니면 트라이오스 가문에 잠입하기 위해서인지는 모르겠지만. 셋. 단순히 달링이 잘못 봤을 가능성……."

"아냐. 사쿠라도 심장 소리가 안 들린다고 했거든."

"알고 있어. 어디까지나 가능성의 얘기야."

린의 가설에 내가 반론을 하자, 린은 씁쓸하게 미소를 지었다.

"저는 어릴 적의 이메르다 양을 만난 적이 있으니, 첫 번째 가능성도 없으리라 생각합니다. 고렘은 성장하지 않으니까요. 적어도 이메르다라는 사람은 존재했습니다."

갈디오 황제 폐하도 원래는 상류 귀족 출신이다. 나름대로 트라이오스 백작 가문과도 교류가 있었겠지.

그렇다면 뒤바뀐 건가. 트라이오스 백작 가문과 관련이 있는 건지, 아니면 전혀 관계 없는 세삼자의 사주인지……. 진짜 이메르다 양은 과연 지금도 살아 있을까?

"일단 그 이메르다 양을 붙잡아 보죠. 갈디오 제국으로서는 그냥 두고 보고 넘어갈 수 없습니다."

"그래. 리프리스로서도 동의한다만, 너무 소란스럽게 붙잡았다간…… 자칫 큰 소동이 벌어질 수도 있어."

"그렇지만 내버려 둘 수는 없습니다. 유사 인간형은 고렘 스킬도 없고 힘도 세지 않지만, 그래도 인간에게 위해를 가할 수는 있습니다. 자칫 시기를 놓치면…….'"

갈디오 황제 폐하와 리프리스 황왕 폐하가 심각한 표정을 지으며 대화를 나누었다.

황왕 폐하의 마음도 이해된다. 기껏 성대한 무대를 만들었는데 험악한 사건으로 망치고 싶지 않은 거겠지. 자신의 딸도 참가하고 있으니까.

무도회장에는 무기를 지참할 수 없고, 아까 본 바로는 마공왕의 대역처럼 무기가 내장되어 있지도 않은 듯했다. 하지만 마음만 먹으면 사람 한 명 정도는 죽일 수 있다. 그건 참가자모두도 마찬가지겠지만.

"달링. 잠깐만."

"응? 뭔데?"

나를 손짓하며 부르더니 린이 자신의 제안을 속닥속닥 말했다. 오호라. 그거라면 큰 소동 없이 붙잡을 수 있겠어.

"응. 그럼 잠시 다녀올게."

"후후. 힘내."

린의 배웅을 받으며 나는 다시 【텔레포트】로 에르제와 사쿠라가 있는 곳으로 돌아갔다.

"순조로웠어."

에르제가 내가 짊어진 이메르다 양(과 닮은 고렘)을 보고 미소 지었다.

린이 세운 작전은 단순하다. 일단 사쿠라와 에르제가 이메르다 양이 속한 그룹에 들어가 관심을 다른 데로 돌린다. 그리고 【인비저블】로 모습을 감춘 내가 등 뒤에서 이메르다 양의 목덜미를 건드려 【크래킹】으로 고렘의 두뇌인 Q크리스탈에서 뻗어 있는 신경회로를 폐쇄한다.

Q크리스탈에서 명령이 내려가지 않으면 고렘은 움직임을 멈춘다. 그 자리에서 힘없이 쓰러지는 이메르다 양을 에르제가 재빨리 부축해 빈혈 같다며 사쿠라와 둘이서 의무실로 옮기려고 하는데, 시치미를 떼며 내가 등장. '큰일이다! 제가 옮기겠습니다!' 라고 하며 이메르다 양을 짊어지고 그 자리를 탈출. 미션 컴플리트.

그런데 고렘이라면서 아주 가볍네. 정교한 유사 인간형은 이렇게까지 꼼꼼하게 만들어지는 건가? 게다가 등에 닿은 두 개의 그게 굉장히 부드러운데…… 뭐로 만든 거지?

"······임금님, 야한 생각해?"

"응?! 그, 그럴 리가 없잖아! 이런 상황인데!"

"그래~. 이런 상황에 아내 두 사람을 옆에 두고 뭔가를 비교하거나 하진 않을 거야~."

"물론이지!"

에르제의 눈이 무섭다. 아냐, 순수하게 의문을 품었을 뿐이라고!

이상한 땀을 흘리면서 인기척이 없는 곳으로 이동한 우리는 【게이트】를 열고 의무실로 이동했다.

고렘이라면 전문가를 불러 물어보는 게 제일 빠르다.

그래서 바빌론에서 에르카 기사를 데리고 왔다. 겸사겸사 박사까지 따라왔지만, 이건 어쩔 수 없는 일이지. 펜릴은 점검 중이라 없다.

두 사람을 데리고 리프리스의 의무실로 돌아와 보니, 갈디오 제국의 젊은 황제 폐하와 레베 변경백인 루크레시온 소년, 그리고 리프리스 황왕이 미리 와서 기다리고 있었다. 주변에는 수행을 위해 같이 따라온 기사도 보였다.

새하얀 침대 위에는 이메르다 양(과 똑같은 고렘)이 누워 있었다. 얼핏 보기엔 사람 그 자체였다.

에르카 기사가 이메르다 양의 눈을 열어 들여다보고, 목을 손가락으로 스스슥 문질렀다.

"이 아이는 유사 인간형 고렘 맞아. 그것도 상당히 정교한 고렘이야. '꽃' 시리즈인가? 아, 역시 맞네."

에르카 기사가 쇄골과 쇄골 사이를 젖은 손수건으로 닦자 희미하게 꽃 같은 인장(印章)이 떠올랐다. 파운데이션 같은 화장품으로 보이지 않게 처리했던 건가.

다음으로 에르카 기사는 이메르다 양의 손목을 집어 들었다. 그리고 꺼내든 작은 바늘 같은 것으로 손목의 한 점을 찌르자 푸쉬잇 하고 작은 소리를 내며 이메르다 양의 손등이 뚜껑처럼 활짝 열렸다.

안에는 작은 빛이 흐르는 몇 가닥이나 되는 투명한 실과 둥근 수정체 같은 물건이 있었다. 이제는 정말 틀림없어졌다. 이 이메르다 양은 고렘이다.

일단 다른 참가자도 코하쿠를 비롯한 권속들에게 부탁해 확인해 봤는데, 유사 인간형 고렘은 없었다. 고렘에는 인간 냄새가 나지 않아 그것으로 판별할 수 있다고 한다. 여러 대를 무도회장에 심어 두지 않아서 다행이다.

"정말로 고렘이었다니……."

"이게 대체 어떻게 된 일이지? 무슨 목적으로 인간과 똑같은 고렘을 이 무도회장에 보낸 거지?!"

놀란 표정인 루크레시온 소년과 심각한 표정으로 팔짱을 끼며 갈디오 황제 폐하를 바라보는 리프리스 황왕 폐하. 교황 예하의 마안으로 황제 폐하는 관련이 없다고 알게 됐지만, 그래도 이 이메르다 양은 갈디오 제국의 참가자다.

"그 일에 관해서는 본국에서 현재 조사 중입니다. 제도 갈레스타에 있는 트라이오스 백작 가문으로 조사자를 보냈습니다. 금방 연락이……."

그렇게 갈디오 황제 폐하가 이야기하는 타이밍에 본국에서 연락이 온 모양이었다. 우리가 거리를 조금 벌리자 황제 폐하는 품에서 스마트폰을 꺼내 본국에 있으리라 생각되는 사람과 이야기를 하기 시작했다.

박사가 만든 양산형 스마트폰은 국가의 대표와 그 가족, 중신 등에게 배포했다. 역시나 이럴 때 연락을 위해 사용할 수 있으니 편리하네.

스마트폰을 건네준 탓에 임금님과 중신들의 일이 바빠졌다는 이야기도 자주 듣지만, 그건 어쩔 수 없는 일이니 그냥 포기하고 넘어가 주길 바라는 마음이다.

전화를 마친 황제 폐하가 돌아왔다.

"트라이오스 백작 가문의 이메르다 양이 자신의 방의 옷장 안에서 발견되었다고 합니다. 다행히 생명에는 지장이 없는 듯하지만 아직 혼수상태인 듯합니다. 확실하다고 말하긴 아직 이르지만, 이 고렘은 트라이오스 백작 가문이 아닌 다른 사람이 뒤바꿨을 가능성이 큽니다."

그렇단 말이지? 그런데 백작 가문이 죄를 회피하기 위해서 자작극을 벌였을 가능성도 있다. 그렇다 하더라도 목적이 뭔지는 잘 모르겠지만.

"트라이오스 백작 가문은 어떤 가문인가요?"

"대대로 제국에 충성을 바친 유서 깊은 가계입니다. 현재의 당주도 가문에 어울리는 인격자로 제도에 있는 교육 기관을 하나 맡겨두었습니다."

"나…… 아니, 저도 황태자 시절에 트라이오스 백작과는 몇 번이나 만난 적이 있습니다. 성실하고 다정한 분이었지요. 이 고렘과는 관계가 없으리라 생각은 하지만……."

내 질문에 대답한 갈디오 황제 폐하의 말을 루크레시온 소년이 보충했다. 아무래도 트라이오스 백작 가문에는 죄가 없는 듯했다. 아직 모든 의심이 걷히진 않았지만……

잠든 것처럼 누워 있는 이메르다 양의 얼굴을 에르제가 유심히 관찰했다.

"이건 본인이랑 똑같아? 유사 인간형 고렘의 얼굴은 마음대로 성형할 수 있구나?"

"어느 정도는. 여자는 보통 화장만으로도 확 변하잖아? 그런데 고렘은 인간과는 달리 골격과 체형, 살집도 조금은 변형할 수 있어."

에르카 기사의 말을 듣고 사쿠라, 에르제가 가만히 이메르다 양의 부푼 복숭아 두 개를 노려보았다.

"……치사해."

"치사하네……."

본인이랑 똑같은지 다른지 모르잖아? 이런. 흐름이 영 좋지 않아. 나는 화제를 돌리려고 갈디오 황제 폐하에게 말을 걸었다.

"그, 그런데 말투나 행동으로 가짜인 줄 알아채지 못하셨나요?"

"트라이오스 백작 가문의 이메르다 양은 사교장에 거의 모습을 드러내지 않으니까요. 저도 5년 만에 만났고, 키도 커서 많이 성장했구나 정도로만……. 어딘가 예전의 흔적은 남아 있었고 말입니다."

사교 모임을 싫어하는구나. 그런 점도 감안해서 이메르다 양이 목표가 됐는지도 모른다. 사람들에게 잘 알려지지 않은 인물이어야 더욱 뒤바꾸기 좋으니까.

"그렇다면 이 고렘 본인한테 정보를 얻어야 할 텐데."

입에 문 아로마 파이프를 까딱까딱 움직이면서 바빌론 박사가 누워 있는 이메르다 양을 바라보았다.

"이 아이는 재기동해도 괜찮을까? 습격하진 않아?"

"가능성이 없진 않지만, '꽃(프루라쥬)' 시리즈인 유사 인간형은 전투력이 별로 강하지 않으니까 괜찮을 거야. 걱정되면 일단 묶어 둘까?"

박사가 불안해하자 에르카 기사가 가지고 온 공구 상자에서 튼튼한 밧줄을 꺼냈다. 왜 그런 게 들어가 있어……?

"그러기보다는 이 아이의 계약자^{마스터} 권한을 덮어쓰면 되지 않아?"

내가 아까부터 생각한 걸 박사와 에르카 기사에게 제안해 보았다. 누군가가 새 계약자^{마스터}가 되면 묶을 필요도 없고, 왜 이렇게 되었는지 이유도 물어볼 수 있다.

"흐음흐음. 다시 말해 토야는 이 아이에게서 G큐브를 꺼내라는 말이지?"

"응? 그거야 그런데……."

"그 마음을 모르진 않아. 나도 유사 인간형 고렘의 가슴이 어떤지 아주 흥미가 있으니까."

"아냐!! 날 너랑 똑같이 생각하지 마!!"

고렘 가슴 부분의 해치를 열려면 당연히 옷을 벗겨야만 한다. 하지만 그건 수단이지 목적이 아니거든?!

"저기서 잠깐 얘기 좀 할까요, 서방님?"

"임금님. 아내들 앞에서 그래선 안 돼……."

"자, 잠깐! 아냐!"

양옆의 아내 두 사람이 나를 꽉 붙들고 연행하려 했다.

그 모습을 보고 에르카 기사가 박사의 머리에 가볍게 춉을 날렸다.

"야, 레지나! 신혼부부를 놀리면 안 되지."

"난 신혼생활에 필요한 적당한 향신료를 매콤하게 뿌려줄 생각이었어."

농담이 지나치다. 그건 향신료가 아니라 당연히 독이지. 괜한 간섭은 필요 없어!

"그럼 임시로 내가 계약자^{마스터}가 될게. 지금이라면 펜릴이 없으니 감응 저해^{재밍}도 일어나지 않을 테고 말이야. 자, 남성분들은 저쪽을 봐요, 저쪽을."

에르카 기사의 재촉으로 나, 리프리스 황왕, 갈디오 황제, 루크레시온 소년, 그리고 같이 온 남성 기사들이 일제히 뒤를 돌아 벽을 바라보았다. 변태 박사가 계약자^{마스터}가 되기보다는 나은가?

방 밖으로 나가야 하나 생각했지만, 금방 끝나는 모양이니 상관없겠지.

부스럭부스럭 옷이 쓸리는 소리가 들렸다. 박사와 에르카 기사가 이메르다 양의 옷을 벗기는 중인 듯했다. 역시 밖에 나가는 게 좋았겠어. 문은 저기 등 뒤에 있으니 지금 나가기는 어렵지만.

딸각, 하고 뭔가를 푸는 소리가 들렸다.

"와……!"

"우오오. 엄청난 물건의 소유자잖아. 플로라에 맞먹는 크기인데? 흠, 부드러운 정도도 진짜랑 똑같군. 자, 에르제. 한번

만져 봐."

"우와, 굉장해……! 이거 뭐로 만들었지?! 만든 물건이라고 는 생각하기 힘들어……!"

"무거워……! 크으윽……. 못 이겨. 이건 못 이겨……."

등 뒤에서 들려오는 여성들의 대화에 뭐라 형용하기 힘든 기 분이 밀려왔다. 역시 나가야 했나?

나는 괜찮을지 몰라도, 루크레시온 소년은 눈…… 아니지, 귀가 가엾다. 봐, 귀까지 새빨개져서는 고개를 숙이고 있잖아.

"미안한데 얼른 해 줘. 여기 계신 분들은 모두 파티에 돌아가 봐야 하시니까."

"네네, 알겠습니다요. 【오픈】."

에르카 기사의 말에 이어 파쉬잇, 하고 공기가 빠지는 듯한 소리가 났다. 가슴 부분의 해치를 연 모양이었다.

잘각거리며 내부를 매만지는 소리가 들렸다. G큐브를 꺼내 계약자(마스터) 권한을 덮어쓰는 중인 듯했다.

덮어쓴 G큐브를 원래대로 돌려놔도 내가 【크래킹】으로 닫아 둔 신경회로(너브라인)를 열지 않으면 이메르다 양은 눈을 뜨지 않는다.

"됐다. 이제 옷만 입히면 돼. 음~. 귀찮으니 브래지어는 생 략할까?"

"이봐요……."

귀찮아하는 에르카 기사에게 나는 등을 돌린 채 딴지를 걸었 다. 옆에 있는 루크레시온 소년이 얼굴을 새빨갛게 물들인 채로 눈을 감고 뭔가를 열심히 중얼거렸다. 더는 소년의 마음을 휘젓지 마!

"네네. 소년에게 이 흉기를 보여줬다간 큰일이니까. 잘 입힐 게. 근데…… 역시 무겁네……."

그러니까 그런 감상을 굳이 말할 필요 없다고!!

겨우 작업을 끝낸 여성들의 허락을 받고 뒤를 돌아보니 가슴 부분의 리본이나 목걸이 등이 없고, 옷이 좀 흐트러지긴 했지만 이메르다 양은 원래대로 돌아와 침대에 누워 있었다.

"토야. 신경회로(너브라인)를 열어주겠어?"

"알았어."

이메르다 양의 목 뒤에 손을 댄 나는 【크래킹】을 발동시켜 닫힌 신경회로(너브라인)를 열었다.

이메르다 양은 잠깐 움찔하며 크게 경련을 하더니 눈을 번쩍 떴다.

하지만 눈동자에는 빛이 없었고, 시선을 빙글빙글 침착하지 못하게 마구 움직였지만, 어딘가를 바라본다는 느낌은 들지 않았다. 게다가 온몸이 작게 경련하고 있어 마치 발작을 일으키는 사람 같았다.

"괘, 괜찮은 거지?"

"닫혀 있던 신경회로(너브라인)가 갑자기 열려서, 쌓여 있던 정보를 처리하느라 그럴 뿐이야. 금방 괜찮아져."

그럼 괜찮지만. 인간이랑 똑같은 고렘이 이런 상태가 되니 좀 걱정돼.

잠시 후 움직임을 멈춘 이메르다 양은 상반신을 일으키고 아까와는 완전히 다른 기계 음성으로 말했다.

〈형식 번호 FR-006, 개체명 하이드레인지어, 기능 정지 상태로부터 복귀하였습니다. 가동 상태 문제없음. 마스터 등록 변경에 따라 이전 마스터의 기록을⋯⋯⋯.〉

"앗?! 이런!! 토야, 이 아이의 회로를 한 번 더 닫아 줘!"

"응? 아, 알았어!"

에르카 기사가 다급히 외쳐서 나는 곧장 이메르다 양의 목을 건드려 다시 【크래킹】을 발동시켰다. 그러자 이메르다 양은 풀썩 고개를 떨구며 다시 정신을 잃은 듯이 움직임을 멈췄다. 대체 뭔데 그러지?

〈기록을 삭⋯⋯제⋯⋯했습니⋯⋯.〉

움직임을 멈췄으면서도 늘어진 음성이 계속 흘렀지만 그것도 곧 멈췄다.

"당했어⋯⋯. 설마 Q크리스탈에 손을 댔을 줄이야⋯⋯! 하지만 생각해 보면 이 아이는 척후병. 정찰 임무라면 이렇게 될 거라 예상하고 당연히 보험을 걸어 뒀겠지. 실수했어."

분하다는 듯이 에르카 기사가 혀를 찼다. 어? 그게 무슨 말이야?

"기본적으로 고대 기체인 고렘의 기억은 머리에 있는 Q크리스탈에 기록돼. 세세한 결정체 블록으로 되어 있는 이 두뇌에는 몇 개인가의 층으로 나뉜 기억 공간이 있는데, 고렘의 기본적인 행동과 기초 지식…… 이를테면 계약자(마스터)에 따를지 말지, 자신의 방어는 어떻게 할지 등의 정보는 그곳에 새겨져 있으니 기본적으로는 지울 수 없어. 하지만 계약자(마스터)가 누구고, 어떤 명령을 받았는지를 비롯한 일상적이고 일시적인 기억은 다른 블록에 기억되는데……."

"아하. 이 아이의 계약자(마스터)는 그걸 소거되게 해 뒀다는 건가? 아마도 마스터의 권한을 바꿔 쓰면 발동하게 해 뒀겠지."

바빌론 박사가 말을 이어받아서 하자 에르카 기사는 고개를 끄덕였다. 어? 다시 말해, 기억을 리셋했다는 말이야?

"보통은 안 그래. 인간으로 말하면 오랫동안 쌓아온 경험을 잃게 되는 것과 마찬가지니까. 무엇보다 고대 기체의 Q크리스탈(레거시)에 손을 댈 수 있는 사람은 극소수이기 때문에 하고 싶어도 못 해."

고대 기체인 고렘(레거시)은 유적 등에서 발굴되곤 한다. 오랜 세월 동안 기능이 정지되면 대부분의 Q크리스탈은 이 기억 부분을 잃기에 발굴된 고렘은 보통 과거의 기억이 없다.

하지만 '왕관' 시리즈 등, 스펙이 높은 기체는 기억이 남아 있는 예도 있다. 유미나의 하얀색 '왕관' 아르부스가 그런 사례 중 하나다.

그러고 보니 아르부스도 적응자 이외의 사람이 해치를 열면 '리셋' 능력이 발동되는 함정이 있었다. 그것과 같은 건가?

"……그럼 흑막의 단서가 사라졌다는 말이야?"

"미안해. 내 실수야. 조금만 더 생각해 봤다면 그럴 가능성이 있다고 눈치챘을지도 모르는데."

그렇지만 마스터를 바꿔 쓰자고 한 사람은 나니까. 책임감이 드네.

"그래도 범인을 어느 정도 좁힐 수 있을지도 몰라. Q크리스탈을 조작할 수 있는 고렘 기사는 정말 몇 명 안 되거든. 협박을 받아서 협력했을 가능성도 없진 않지만."

"그렇다면…… 역시 5대 마이스터인가요?"

갈디오 황제 폐하가 묻자 에르카 기사가 작게 고개를 끄덕였다. 5대 마이스터? 내가 되묻자 루크레시온 소년이 알려주었다.

"우리의 세계…… 그러니까 서방 대륙에서 유명한 고렘 기사 및 제작자들을 말합니다. 에르카 기사도 '재생 여왕^{리스토어 퀸}'이라 불리는 그중의 한 명이에요. 그리고 5대라고는 해도 최근에 한 명이 사망했으니 사실상 4대이지만요."

"그래?"

"무슨 소리야? 토야가 원인 제공자면서."

"어?! 내가?!"

에르카 기사가 어이없다는 듯이 말해 나는 진심으로 놀랐다. 어?! 내가 무슨 짓 했나?!

"그 아이젠가르드의 마공왕. 그 할아버지도 5대 마이스터

중 한 명이었어.”

아, 그런 거였구나……. 그런 사람도 뒤쪽 세계에서는 다섯 손가락에 꼽히는 기술자였던 건가. 성격은 제쳐 두고 생각해 본다면 그 거대 고렘…… 헤카톤케이르를 현대에 되살릴 정도의 실력자이니 그건 인정할 수밖에 없나. 그 할아버지도 유사 인간형 고렘을 대역으로 사용하기도 했고.

“마공왕과 에르카 기사를 제외한 나머지 세 명의 소재는?”

“한 명은 ‘교수^{프로페서}’ 야. 토야도 만난 적 있지?”

그 유론 암살자 집단에 붙잡혀 있던 할아버지인가. 얼마 안 되는 재료로 다섯 대나 간이 고렘을 만든 그 실력은 확실히 엄청났다. 그 사건 이후로 여행을 떠났다는 모양인데 지금은 어디에 있을까? 또 붙잡히진 않았겠지?

“교수^{프로페서}는 이번 일과 관련이 없을 거야. 지금은 블라우의 정기 검사를 위해 파나셰스 왕국 왕궁에 체재하고 있을 테니까.”

아, 호박 팬츠가 있는 그곳인가.

파나셰스 왕가가 지닌 파란색 왕관인 ‘디스토션 블라우’. 그 정기 검사를 위해 왕궁으로 초빙을 받은 모양이다.

고대 기체^{레거시}, 그중에서도 최고봉인 ‘왕관’ 시리즈 정도 되면, 다룰 수 있는 마이스터는 정말로 손에 꼽는다. 당연하다면 당연한가. 니아도 루주가 망가졌을 때, 에르카 기사에게 수리를 부탁했었다.

“나머지 두 사람은?”

"그 두 사람은 모두 행방을 알 수 없어. '지휘자^{마에스트로}'는 인간을 싫어하고, 또 한 사람…… 한 사람이라기보다는 집단인데…… '탐색기사단^{시커스}' 부부는 떠돌이라서 어디에 있을지……."

그 둘 중 하나가 이메르다 양을 바꿔치기한 일에 관련됐을 가능성이 크다는 건가. 속아 넘어갔거나, 위협을 받아 어쩔 수 없이 협력했을 가능성도 있지만.

"단서는 그것뿐인가……. 목적은 알 수 없지만 이번엔 피해가 없었던 것만으로도 다행이라 생각해야 할지도 모르겠군."

리프리스 황왕이 아쉽다는 듯이 중얼거렸다. 일단 에르카 기사에게 특징을 듣고 스마트폰으로 검색해 봤지만 발견하지 못했다. 탐색형 고렘에게 발견되지 않기 위해 부적을 가지고 있을지도 모른다고 한다.

아무래도 눈에 띄고 싶지 않은 모양이었다. 5대 마이스터의 실력은 모든 나라가 원할 정도라고 하니까. 끈질기게 권유하는 사람들을 피하고 싶은 거겠지.

"어쩔 수 없군. 이번 일은 나중에 조사하기로 하지. 파티를 그냥 내버려 둘 수도 없으니 말이야."

"저, 저기……."

리프리스 황왕이 일단 상황을 정리하려는데, 머뭇거리며 루크레시온 소년이 손을 들었다. 응?

"저, 저라면, 조, 조금 정보를 얻을 수 있을지도 모릅니다."

"정보를……? 아, 그렇지!"

"【추억의 마안】인가!"

갈디오 황제 폐하와 나는 서로의 얼굴을 마주 보았다.

루크레시온 소년……. 전 갈디오 황국 황태자는 마안 소유자다. 【추억의 마안】이라고 하는데, 물체에 남아 있는 사람의 잔류 사념을 인식할 수 있다. 일종의 물질감응능력자다. _{사이코메트리스트}

그 능력을 사용하면 이메르다 양과 관련된 사람이 누구인지 알 수 있다. 단편적인 정보만 보인다고는 하나, 그것만으로도 충분히 도움이 된다.

"빨리 말해 주지……."

"제 마안은 누군가가 강한 사념을 지니고 건드린 장소가 아니면 좀처럼 발동이 되지 않아서……. 이, 이번에는 이메르다 양에게 손을 대야 할 듯한데요, 그렇다면……."

"아, 가슴에 직접 손을 대야 한다는 말이지? 그래. 젊구나, 소년."

"너, 너한테 그런 말 듣고 싶지 않아!!"

겉보기로만 따지면 더 어린 사람으로밖에 안 보이는 바빌론 박사가 히죽거리며 웃자, 루크레시온이 얼굴을 새빨갛게 물들이면서 반론했다. 아…… 소년. 일단 박사는 이 중에서 제일 연장자야.

루크레시온 소년의 나이를 생각하면 아슬아슬하게 성추행이라 하긴 어렵나……? 그 이전에 상대는 인간이 아니지만. 아니지. 고렘에게도 감정이 있다는 모양이니, 역시 성추행이 되려나?

하지만 갈디오 황제 폐하는 조금 난색을 보였다. 입장상 갈디오 황제 폐하는 전 황제에게 루크레시온 소년을 부탁받은 몸이라, 교육상 좋지 않은 일은 역시 안 된다는…… 그런 말이었다. 고지식하네.

"그럼 이렇게 하면 돼."

에르제가 긴 머리카락을 한데 묶었던 폭이 넓은 리본을 풀고는 루크레시온 소년의 등 뒤로 이동해 그 리본으로 눈을 가렸다.

마안(魔眼)이라고는 하지만, 실제로 시각을 이용하지는 않는다. 한마디로 손으로 만지면 되니 눈을 가려도 문제는 없으리라 생각한다.

이거라면 그나마 괜찮다며 갈디오 황제 폐하도 허가해 주었다.

"자자, 거기 남자들은 뒤로 돌아~."

"또냐……."

뒤로 돌아 있던 내 귀에 박사를 비롯한 여성들의 안내로 가슴을 만진 루크레시온 소년이 "우와, 부드러워……." 하고 말하는 소리가 들렸다.

정말 이거 괜찮은 건가? 눈을 가리면 더 상상력이 부풀어 올라 소년에게 악영향을 주는 게 아닌가 하는 생각도 드는데…….

"앗, 보였습니다. ……이건……!"

루크레시온 소년이 뭔가를 알게 된 듯했다. 그때의 마음이 강하면 강할수록 잔류 사념이 그 자리에 더 강하게 새겨진다고 하니 박사와 에르카 기사의 조금 전 사념은 보이지 않으리라 생각한다……. 아니지. 사념으로 가득했을지도 모른다. 루크레시온 소년은 그런 사념을 만져도 과연 괜찮을까……?

"……전부 보이지는 않았지만, 어느 정도는 알아냈습니다."

내가 쓸데없는 걱정을 하는 동안 루크레시온 소년의 사이코메트리가 끝난 듯했다.

옷을 다시 입고 누워 있는 이메르다 양 앞에서 루크레시온 소년은 눈가리개를 풀었다.

"뭐가 보였어?"

"보였다기보다는…… 제 마안은 사념에 접촉하는 것이니, 순간적인 영상과 그 영상과는 완전히 다른 마음속 목소리를 파악할 수 있습니다. 보인 영상은 산더미처럼 쌓인 고렘 부품과 해머 두 개가 교차되게 그려진 깃발이……."

"뭐라?!"

그 말을 듣고 갈디오 황제가 놀랐고, 루크레시온 소년이 작게 고개를 끄덕였다.

"해머 깃발?"

"토야……. 토야도 한 나라의 임금님이잖아? 다른 나라의 국기 정도는 기억해 둬."

"미안……."

에르카 기사가 어이없다는 듯이 그렇게 말했다. 어라? 일단
쭉 봐 두긴 했는데.

"해머가 교차된 깃발은 세계에 하나밖에 없습니다. 우리 갈
디오 제국 옆에 있는 마공국 아이젠가르드 다음 가는 중(重)마
공업 왕국……."

"철강국 간디리스……."

갈디오 황제의 말에 이어 루크레시온 소년의 쥐어 짜낸 듯한
목소리가 방안에 울려 퍼졌다.

"철강국…… 간디리스?"

거기라면 갈디오 제국의 동쪽, 성왕국 아렌트의 남쪽에 있
는 나라였지? 나는 아직 가 본 적이 없지만. 아, 그 해머 두 개
가 교차된 국기는 그 나라 거였구나.

"철강국 간디리스는 광산이 많아 다양한 광물을 채취할 수
있어 '광산 왕국' 또는 '강철의 나라'라고 불립니다. 우리 갈
디오와도 교역을 하고 있는데, 우리 나라의 고렘의 대부분은

간디리스의 광물로 만들어질 정도입니다."

광업 국가인가. 고렘을 제조하려면 오레이칼코스나 아다만타이트 같은 귀중한 광물이 필요하다. 서방 대륙에 오레이칼코스 골렘이 있는지는 알 수 없지만, 없다고 한다면 그걸 채취할 수 있는 광산은 그야말로 보물산이겠지.

아렌트나 갈디오와의 관계는 어떨까. 그다지 화제에 오르지 않았는데.

그런 나의 의문에 갈디오 황제 폐하가 대답해 주었다.

"이웃 국가이니 그런대로 교류는 있습니다만……. 우호국인가 하면 꼭 그렇지는 않습니다. 가끔 전쟁도 일어나니까요. 선선대의 갈디오 황제…… 나와 레베 변경백의 할아버지는 매우 거친 분으로, 몇 번이나 간디리스의 광산을 노리고 암약을 하셨습니다."

우와아. 선선대 황제라면 그 사람이잖아? 아이젠가르드와 손을 잡고 레베 왕국도 침공했다는 사람.

현재의 갈디오 황제 폐하에겐 외할아버지로, 레베 변경백인 루크레시온 소년에게는 피가 이어지지는 않았지만 친할아버지라는 건가. 이미 무덤 안에 있긴 하지만 야심 덩어리 같은 사람이었구나…….

감탄하랴 어이가 없으랴 바쁜 내 귀에 '흐음…….' 하고 고민하는 갈디오 황제 폐하의 목소리가 들렸다. 왜 그러는 걸까?

"역시 이해하기 힘듭니다……."

"뭐가요?"

"간디리스 국왕은 사실 온화한 편으로, 책략을 꾸밀 성격은 아니라서요. 물론 어느 나라든 밀정은 있겠지만……."

그거야 그렇지. 우리 나라에도 츠바키 씨가 이끄는 첩보 기사가 있으니까. 게다가 이번에는 그 아이들이 참가하고 있다. 이 파티에.

벨파스트에도 국왕 폐하 직속의 '에스피온'이라는 부대가 있고 말이지. 어쩌면 벨파스트의 참가자 중에도 몇 명 섞여 있을지도 모른다.

정보는 무기다. 책략을 사용할 성격이 아니라도 자기 나라를 지키기 위해서라면 필요한 일이라고 생각한다.

국왕의 명령인지는 알 수 없지만, 국왕의 명령이 아니라도 우수한 재상이 움직이는 일도 있을 테고.

"파괴 공작이나 암살이 아니라, 어쩌면 단순한 정보 수집이 목적일지도 모릅니다. 유사 인간형 고렘은 힘이 그다지 강하지 않으니까요. 하지만 이메르다 양 같은 피해자가 있으니, 그냥 보고 넘어갈 수는 없습니다."

아니지. 힘은 없어도 독살은 가능하고, 마음만 먹으면 파괴 공작도 가능하다. 하지만 그런 가능성을 생각하기 시작하면, 파티에 참가한 모든 나라 사람들도 그런 가능성은 충분히 있다.

에르제가 누워 있는 이메르다 양의 고렘을 바라보았다.

"음~~. 그런데 이 아이는 그렇게까지 거친 짓은 할 생각이 없지 않았을까?"

"왜 그렇게 생각해?"

"진짜 이메르다 양을 몰래 죽일 수도 있었잖아. 파티가 끝나고 모습을 감추면 행방불명이라 생각할 거고. 죽이지 않는다면 어차피 '그 이메르다 양은 누구였을까?' 같은 의문이 생길 수밖에 없어. 파티가 다 끝난 다음이 되겠지만."

그런 말을 들으니 또 그러네. 뒤바뀌었다는 사실이 밝혀져도 괜찮았던 건가? 실제로 죽여서 어딘가에 묻어야 더 유리할 텐데. 죽이고 싶지 않다…… 아니, 죽이지 말라고 명령을 받았다?

말이 안 되진 않나?

리프리스 황왕이 갈디오 황제를 바라보았다.

"그래서 간디리스를 상대로 어떻게 대처할 생각이지?"

"어려운 질문이군요. 【추억의 마안】으로 확인한 레베 변경백의 증언만으로는 어떻게 하기가……. 간디리스의 짓이라는 물적 증거가 있는 것도 아니고요."

"간디리스의 깃발은 틀림없는 거죠?"

레베 변경백에게 한 번 더 확인했다. 만약 잘못 본 거라면 아무런 상관도 없는 나라에 시비를 거는 셈이 되는 거니까.

"틀림없습니다. 어렸을 적부터 몇 번이나 봤으니까요. 하지만 깃발이 방에 있었을 뿐, 간디리스 사람이 보인 건 아닙니다. 그런데……."

"그 외에 또 뭐가 있나요?"

"목소리가, 희미하게 목소리가 들렸는데, 여자 목소리였습니다. '갈디오 황제', '방해', '제거하도록'이라는 말이……."

"아니……?!"

갈디오 황제를 제거?! 그건 암살하라는 말인가?!

다른 나라가 암살자를 보내 국왕을 노리는 일은 드물지 않다. 나도 몇 번이나 표적이 됐을 정도다. 그렇지만 암살 부대가 있듯이 국왕을 보이지 않는 곳에서 지키는 부대도 있다. 쉽게 한 나라의 왕이 암살당하게 둘 수는 없으니까.

특히 이런 장소에서는 더욱 그런 부대가 필요하다. 지금도 갈디오 황제 폐하 옆에는 강건한 기사와 고렘이 있다.

추측이지만 의무실 구석에 있는 리프리스의 메이드도 평범한 사람이 아니리라 생각한다. 무력한 유사 인간형 고렘으로 어떻게 해 볼 수는 없을 텐데…….

"간디리스에 여자 중신은 있나요?"

"없었던 것으로 기억합니다. ……하지만 역시 뭔가 마음에 걸립니다. 그 여자는 간디리스 사람이지만, 간디리스 국왕과는 전혀 관계 없는 인물일지도 모릅니다."

으으. 잘 모르겠다. 결국 이건 암살 미수 사건인가……? 적어도 이메르다 양을 감금(?)한 범인을 붙잡았다고 할 수야 있겠지만.

"음, 이것만으로는 간디리스에 항의도 못 하겠군. 저편에서 무슨 일이 일어나고 있는지 조사는 필요하겠다고 생각하네만."

"그러네요. 내란이 벌어질 징조가 있을지도 모르니, 바로 준비하겠습니다."

일단 이 유사 인간형 고렘은 우리가 맡기로 했다. 정확하게는 에르카 기사가 맡게 되는 거지만. 자세히 조사하면 또 뭔가 알게 될지도 모른다.

에르카 기사와 바빌론 박사, 그리고 이메르다 양으로 변한 고렘을 브륀힐드로 바래다주고 우리는 다시 파티장으로 돌아갔다.

표면적으로는 아무 일도 벌어지지 않은 것처럼 파티는 진행되었고, 참가자들은 각자 수확이 있었던 사람, 없었던 사람 등, 희비가 엇갈린 결과를 들고 귀국길에 올랐다.

맞선 파티를 열게 된 원인을 제공한 리리엘 황녀가 어떻게 됐을지 궁금했지만, 어차피 조만간 황왕 폐하에게 이야기를 듣게 되겠지.

파티장에서도 스마트폰을 톡톡 두드렸던 그 모습을 봐선 별로 기대하기 힘들겠지만.

딸이 있는 사람은 참 고생이야……. 이미 여덟 딸이 생길 운명이 정해진 몸으로서는 남의 일이 아니다.

나는 태어나지도 않은 딸로 인한 고생길을 예감하면서 브륀
힐드로 돌아갔다.

"왜 거기서 이름을 안 물어보는 건지."

"윽……. 그, 그런 겨를이 없었다고 해야 하나? 전혀 생각도 못 했다고 해야 할지……. 게다가…… 가르쳐 줬을지 어떨지도 알 수 없고……."

눈앞에 걸터앉아 있는 리리엘 황녀는 고개를 숙인 채 자신을 도와준 검은 가면에게서 받은 손수건을 꼭 쥐고 있었다. 황녀 외에 방 안에 있는 사람은 나와 유미나, 린제뿐이었다. 황왕 폐하에게는 비밀로 하고 와 달라고 해서 와 보니, 설마 이런 상담이었을 줄이야.

무도회에서는 가면을 쓰고 있었기 때문에 마음에 든 상대가 있었다고 해도 어디의 누구인지는 알 수 없었다. 그래서 상대가 마음에 들었다면 몰래 본명을 밝혀 나중에 만날 수 있는 계기를 만들라고 공지해 두었다.

물론 마음에 들지 않았다면 상대는 이름을 알려주지 않을 테고, 이름을 알려준다는 사실 자체가 '당신이 마음에 듭니다' 라고 고백하는 일과 다름없으니 이름을 쉽게 알려줄 수는 없다. 제비족 남자라는 둥 가벼운 여자라는 둥 험담을 들을 수도 있으니까.

"토야 씨, 어떻게 안 될까요?"

"어떻게 안 되냐……."

린제가 간절히 부탁해서 나는 어떻게 하면 좋을까 생각에 잠겼다.

단서는 검은 가면뿐이잖아? 각 나라에 가면을 배포할 때, 균등하게 나눠줬으니 모든 나라에 검은 가면이 있었을 텐데.

그중에서 여성을 제외한다고 해도 상당히 많은 수가 남거든요?

"하지만 미스미드나 제노아스처럼…… 수인이나 마족이면 제외되는 거죠? 꼬리나 뿔은 없었다고 하니까요."

"그게 말이야……. 사실 몇 명인가 꼬리나 뿔을 지우고 싶다고 해서 희망자에게는 그게 가능한 가면을 건네줬거든. 그런 타입의 검은 가면도 있어서……."

내가 그렇게 대답하자, 유미나의 미소가 뭐라 말로 형용하기 힘든 모습으로 변했다. 그런데 겉모습으로 미스미드나 제노아스, 무왕국 라제의 용인족이라고 알게 되면 성가신 문제도 많이 생길 수 있으니까. 신경 쓰지 않는 사람은 신경 안 쓰지만. 사쿠라나 제노아스의 왕자처럼 뿔을 집어넣을 수 있었으면 좋았을 텐데.

"누가 검은 가면을 썼는지 기록은 남아 있으니 찾으려고 하면 찾을 수는 있겠지만……. 하나하나 확인해 보는 수밖에 없어……."

스마트폰에 기록된 참가자 리스트를 보고 조금 질렸다. 물어본다고 해서 솔직히 대답해 줄지도 모르는 일이고, 상대도 나름대로 사정이 있을지도 모르니.

"……정말로 찾을 거야?"

"찾아 줬으면 좋겠어. 한 번 더 만나 이야기하고 싶어. 안 그러면……!"

손에 든 손수건을 꽈악 쥐면서 리리엘 황녀가 고개를 숙였다. 그렇게 간절히 만나고 싶은 건가…….

"안 그러면 신경 쓰여서 원고를 진행할 수 없어! 이번에는 간신히 완성했지만, 마음이 답답하고 개운하지 않아 침착하게 있을 수가 없거든! 집필 활동에 지장이 있어선 곤란해! 한시라도 빨리 이 상태에서 벗어나야 해!"

이봐. 이걸 딴지를 걸어야 하나 말아야 하나 판단이 잘 안 섰다.

나는 유미나를 휘휘 손짓으로 부른 다음, 목소리를 낮춰 중요한 질문을 해 보았다.

"이건 다시 말해, '그거' 지?"

"그래 보여요. 이런 리리 언니는 본 적이 없거든요. 스스로도 자신의 마음을 잘 모르는 모양이에요."

그 망상 폭주 황녀가 말이야……. 세상 참 모를 일이다. '사랑을 낳기 위해서는 아주 작은 양의 희망으로도 충분하다' 라고 누가 말을 했었는데. 참 성가신 시작이네.

"자신을 구해준 사람인걸요. 당연히 궁금할 거예요. 이게 사랑인지 아닌지 아직 확증을 가지지 못했을 뿐 아닐까요? 리리 언니가 이성에게 관심을 가졌다는 이야기는 들어본 적도 없으니까요."

"그렇구나. 역시 소꿉친구. 잘 아네."

"알죠. 저도 그랬는걸요."

그렇게 말하며 장난스럽게 웃는 나의 아내였다. 유미나의 경우엔 아버지인 벨파스트 국왕 폐하가 도움을 받은 거지만.

우리 때와 똑같이 생각해서는 안 되겠지만, 상대가 한 나라의 공주님이라는 점에서는 비슷한가.

나는 스마트폰으로 참가자 리스트에서 검은 가면을 쓴 사람을 검색한 뒤, 거기에서 여성을 제외했다. 어디 보자, 전부 38명…… 역시 많네.

"일단은 아는 사람들부터 확인해 볼까……?"

"그럼 브륀힐드부터네요."

"응. 우리 나라에선 세 명이야. 기사단의 루셰드, 카론, 그리고 부단장인 니콜라 씨인가."

루셰드는 뱀파이어족 청년으로 마왕국 제노아스 출신이다. 뱀파이아인데도 피를 꺼리는 별난 사람이다. 우리 기사단의 고참으로 초기 멤버다.

약간 밀어붙이는 사람에게 약하긴 하지만 다정한 청년이다. 말이 청년이지 뱀파이어라 60이 넘었지만…….

카론은 벨파스트 출신의 청년으로 본가는 약사. 그래서인지 식물에 밝고, 기사단 내에서는 주로 농지 개발에 힘을 발휘하고 있다. 코스케 삼촌의 마음에 들었는지, 많진 않지만 '농경신의 가호'를 받은 모양이었다.

이 경우의 '가호'는 우리 아내들의 '권속' 같은 특수한 능력이 아니라, 평범한 재능에 속하는 능력이었다.

니콜라 씨는 말할 것도 없이 브륀힐드 기사단의 부단장. 미스미드 출신. 여우 수인이다.

어? 니콜라 씨도 종족 은폐 가면을 썼던가?

그럼 알리바이가 있는지 물어볼까? 참, 알리바이라니. 범인 찾기도 아닌데.

"루셰드도 카론도 결백한가……."

"결백하다니 뭔가요?"

유미나가 고개를 갸웃하며 물었다. 으악, 형사 기분이 되어서는 참.

루셰드와 카론 두 사람에게는 리리엘 황녀를 직접 언급할 수 없어, '어떤 여성이 검은 가면에게 도움을 받아 인사를 하고 자 그 사람을 찾고 있다'라고 하며 물어보았다. 거짓말을 하며 '접니다'라고 대답할지도 모르지만, 그렇다면 손수건에 관해 물어보면 된다. 우리 기사단 단원에 그런 사람은 없으리라 생각하지만.

물어보니, 루셰드는 그 시간에 지인 여성과 댄스를 추었고, 카론은 이색적인 리프리스의 식사에 푹 빠져 있었다고 한다.

물론 가면을 쓰고 있었기에 주변의 증언이 없어, 본인의 말을 믿을 수밖에 없지만 사실이라면 황녀를 도운 사람은 두 사람이 아니다.

도와준 본인이 '모릅니다'라고 말하면 확인할 방법이 없단 말이지, 이건…….

박사의 거짓말 탐지기나 라밋슈 교황 예하의 거짓말을 간파하는 【진위의 마안】을 사용하면 금방 알 수 있긴 하다. 그런데 나쁜 짓을 한 것도 아닌데 그렇게까지 해서 들출 일도 아니란 말이지.

……귀찮다. 역시 【리콜】을 사용해 모든 사람의 기억을 뒤져 볼까……?

"안 돼요. 【리콜】을, 사용해선."

"……그런 생각한 적 없어."

린제가 못을 박아 두었다. 으으, 날카로워. 【리콜】은 어차피 알려주기 싫은 기억까지는 읽을 수 없으니, 본인이 거절하면 소용이 없다. 신기로 강화하면 읽을 수 있긴 하지만. ……아뇨, 안 할 거예요.

마지막 한 사람. 부단장인 니콜라 씨의 이야기를 듣기 위해 우리는 기사단 훈련장을 찾았다. 오늘은 모두 열심히 훈련하고 있었다. 모로하 누나가 짜준 지옥 메뉴를 소화하는 중이다.

처음에는 훈련 도중에 픽픽 쓰러지는 모습을 자주 봤지만, 요즘엔 거의 볼 수 없게 됐다. 그만큼 실력이 쌓였기 때문이겠지.

추측해 보자면, 모두 강한 정도로 따지면 빨간색 랭크……. 일류 모험자 수준의 실력이지 않을까? 다만 모험자와 기사는 필요한 스킬이 다르기도 하니 정확한 판단은 어려운가? 기사단은 '보물 상자의 함정 해제' 같은 훈련을 받지 않으니까.

"어? 토야잖아. 무슨 일이야?"

훈련장에 얼굴을 내민 우리를 보고 에르제가 말을 걸었다. 벤치에 앉아 수건으로 땀을 닦는 중이다. 왕비가 됐는데도 이런 면은 변함이 없네.

"니콜라 씨한테 잠깐 볼일이 있어서. 있어?"

"부단장? 부단장이라면 저기에."

에르제가 가리킨 곳을 보니 나무 창과 목검이 교차하는 순간이었다.

날카로운 기합과 함께 내뻗은 니콜라 씨의 나무 창을 피한 상대는 목검을 아래에서 휘둘러 창을 튕겨냈다.

니콜라 씨가 움직임을 멈춘 그때, 긴 창의 사정거리 안으로 순식간에 들어간 야에가 마치 번개처럼 몸을 목검으로 후려

쳤다.

"큭……!"

앞으로 쓰러진 니콜라 씨가 무릎을 꿇었다. 윽, 괜찮나?

"거기까지. 설 수 있으시겠어요?"

"네에……. 괜찮습니다……."

심판을 보던 힐다에게 니콜라 씨가 일어서면서 짧게 대답했다.

니콜라 씨는 결코 약하지 않다. 야에가 좀 이상한 거다. 그 야에마저도 모로하 누나에게는 꼼짝도 못 하니, 우리 기사단에는 잘난 척하는 사람이 없다. 타케루 삼촌이 말하길 '강함을 다른 사람과 비교하는 사람은 2류다' 라고 하지만.

"그럼 다음! 준비!"

"잘 부탁드립니다!"

니콜라 씨가 야에와 힐다 앞에서 물러나자, 뒤에서 대기하고 있던 기사단 단원이 대신 앞으로 나섰다.

벤치로 돌아온 니콜라 씨는 수건으로 땀을 닦고 자신의 물통으로 물을 마셨다. 지쳤을 텐데 미안하지만 나는 니콜라 씨에게 말을 걸었다.

"잠깐 괜찮을까요?"

"폐하 아니십니까. 무슨 일이신가요?"

일어서려는 니콜라 씨를 말리고, 나는 리리엘 황녀 이야기를 숨긴 채 짚이는 데가 없는지를 물어보았다.

"아니요, 저는 모르는데요⋯⋯."

"아, 그런가요⋯⋯."

으윽. 우리 나라 사람이었으면 편할 텐데. 그렇게 생각했지만 그렇게는 되지 않았다.

그렇다면 일일이 확인해 보는 수밖에 없는 건가⋯⋯. 귀찮구먼⋯⋯.

덧붙이자면 리리엘 황녀의 나라, 즉, 리프리스의 참가자도 아닌 듯했다. 리프리스에는 검은 가면을 쓴 사람이 두 명이었는데 모두 키가 작고 통통한 편으로, 체격이 달라 아니라고 판단한 모양이었다. 가면 효과가 있다고는 해도 체형까지 속이지는 못하니까.

어쩔 수 없다. 각국의 임금님들에게 검은 가면을 쓴 사람들을 소개해 달라고 해서 한 사람, 한 사람을 일일이 다 만나 보는 수밖에 없나⋯⋯.

"그런데⋯⋯ 이상하네⋯⋯?"

"뭐가?"

벤치에 앉아 있던 에르제가 내가 중얼거리는 소리를 듣고 되물었다.

"이런 화제인데도 카렌 누나가 안 나타나다니⋯⋯. 평소 같았으면 '이 누나한테 맡겨!'라고 하면서 갑자기 등 뒤에 나타났을 텐데⋯⋯."

"카렌 형님도 뭔가 볼일이 있으신 게 아닐까요?"

유미나가 쓴웃음을 지으면서 대답했지만, 안 이해, 생각이 너무 안이해. 이번 무도회 얘기를 꺼낸 사람은 다름 아닌 그 사람이거든? 왜 이렇게 재미있어 보이는 이야기(카렌 누나에게는)에 덤벼들지 않는 거야?

연애신이 사랑 이야기에 달려들지 않는 데는 나름의 이유가 있지 않을까? 혹시…… 이 사랑은 이루어지지 않는다……?

무도회에는 결혼하지 않은 독신만 참가해 달라고 말을 했다. 기본적으로는 자율 참가지만, 개중에는 상부에서 명령하니 어쩔 수 없이 참가하게 된 사람도 있을지 모른다.

이미 애인이 있는데 참가했다든가. 만약 그렇다면 너무 곤란한데……. 황녀에게 그걸 말해 줘야 하는 사람은 나인가?

아직 그렇다고 결정된 건 아니지만……. 일이 귀찮아지지 말아야 할 텐데.

나는 뭐라 표현하기 힘든 울적한 기분에 휩싸이면서도, 일단은 먼저 벨파스트 국왕 폐하에게 전화를 걸었다.

"전멸? 그럼 아무도 그런 적이 없었다는 거야?"

"응. 모두 모른대. 하아……."

나는 몸에 힘이 빠져 소파에 몸을 푹 기댔다. 린에게 말한 대로, 무도회에 참가한 검은 가면을 쓴 사람 모두에게 물어봤지만 아무도 자신이라고 나서는 사람이 없었다. 그렇다면 도와준 본인은 거짓말을 해서까지 자신을 밝히고 싶지 않다는 말이 된다.

이래선 이제 찾기 힘든 게 아닌지……. 싫어하는데 억지로 들춰서는 안 되는 거니까.

"유사 인간형 고렘도 그렇고, 왜 이렇게 계속해서 귀찮은 일을 맡게 되는 건지……."

"나는 귀찮은 일을 맡고 있지 않은 달링은 달링이 아닌 기분까지 들어. 원래 그런 거라고 자신의 운명을 받아들여."

받아들이기 힘든 말인데. 사람을 꼭 트러블 메이커처럼 그렇게 표현하지 마.

그런데 어쩌면 좋지? '못 알아냈어. 미안' 이라고 말하면 이것으로 끝이 날 듯도 한데, 그러면 리리엘 황녀의 마음은 어중간하게 공중에 붕 떠 버린다.

아직 사랑인지 아닌지는 모르겠지만 조금 관심이 가는 사람…… 그 정도 수준이라면 미련을 두지 않고 이쯤에서 끝낼수 있을지도 모른다.

하지만 그걸 결정하는 사람은 내가 아니다. 리리엘 황녀 본인이 결정할 일이다.

가능하면 힘이 되어 주고 싶지만…….

소파에 몸을 기대고 있는데 내 주머니에서 전화가 울렸다. 참~. 이런 때에 누구야? 제발 성가신 일은 이제 이쯤에서 그만둬 줬으면 좋겠거든요?

스마트폰을 꺼내 확인해 보니 '아리아티 티스 아렌트' 라는 이름이었다.

이 사람은…… 아, 아렌트 성왕국 성왕 폐하의 손녀…… 언니인가. 빙국 자드니아의 새 국왕인 프로스트 폐하의 약혼자가 된다는 소문이 도는 그 사람.

그러고 보니 프로스트 폐하와 성왕 폐하에게 부탁을 받아서 양산형 스마트폰을 줬었구나. 전화가 걸려 오기는 이번이 처음이지만.

"네, 여보세요. 아리아티 씨인가요?"

〈네. 공왕 폐하이신가요? 갑자기 연락을 드려 죄송합니다. 사실은 조금 상의하고픈 일이 있어서요…….〉

"풉!"

맞은편에 앉아 있던 린이 홍차를 내뿜었다. 내가 전화를 받으면서 어지간히도 이상한 표정을 지었던 모양이다.

이번에도 또 성가셔 보이는 이야기라……. 좀…… 그렇게 웃음을 참아야 할 정도야? 린이 부들부들 몸을 떨고 있었지만 이건 그냥 무시다.

"아, 아니요. 아무것도 아닙니다. 그런데요? 대체 어떤 일인가요?"

〈사실은 공왕 폐하를 내밀하게 만나고 싶다는 분이 계셔서……. 간디리스 분이신데요…….〉

음?

◇　◇　◇

"정말로 죄송합니다!"

"아뇨. 저한테 사과하실 일은…….."

테이블 맞은편에서 깊숙이 고개를 숙인 소녀. 나와 비슷한 또래로, 얼핏 보면 검소해 보이는 연녹색 드레스를 입고 있었지만 머리에는 작은 티아라가 반짝이고 있었다.

지금 이 장소는 성왕국 아렌트 왕궁의 장미 화원으로 둘러싸인 정자다. 아렌트의 아리아티 공주가 만나 줬으면 하는 사람이 있다고 해서 나는 유미나와 스우를 데리고 이곳을 찾았다.

그리고 그 정자에서 우릴 기다리고 있던 인물이 이 사람……철강국 간디리스의 제2 왕녀, 코델리아 테라 간디리스였다.

성왕국 아렌트는 철강국 간디리스의 북부에 있으며, 우리 대륙에서 말하는 가우의 대하(大河)…… 그곳과 같은 위치의 세브라강을 사이에 둔 이웃 국가이다.

몇 번이나 침략 전쟁을 벌인 갈디오 제국과는 달리, 성왕국 아렌트와는 비교적 온건한 관계를 유지했다는 듯했다.

이웃 국가의 왕족끼리는 어느 정도 교류가 있을 수야 있지만 설마 이렇게 직접 나타날 줄이야.

그런데 이 왕녀님이 왜 나한테 몸을 굽히는가 하면.

"정말로 그럴 생각은 없었습니다! 제가 쓸데없는 말을 하는 바람에 이렇게 일이 크게……!"

전의 이메르다 양으로 변한 유사 인간형 고렘. 그 소동의 흑막이 바로 이 사람…… 코델리아 왕녀라고 본인 입으로 고백했다.

사실 흑막이라는 말은 정확하지 않다. 진짜 흑막은 코델리아 왕녀 뒤에 대기하고 있었다…….

"자, 팔렐! 너도 사과해!"

"죄송합니다."

전혀 미안한 표정도 짓지 않고, 고개만 깊이 숙이는 메이드. 황갈색 머리카락을 짧은 포니테일로 묶고 안경을 쓴 사람으로, 얼핏 봐선 이지적인 스무 살 정도의 여성이었다.

코델리아 왕녀의 말에 따르면, 이 팔렐이라는 메이드가 이메르다 양을 감금하고 그 유사 인간형 고렘을 리프리스로 잠입시킨 장본인이라고 하는데…….

"결국 목적이 뭐였나요?"

"갈디오 황제 폐하를 지키기 위해서, 입니다."

뭐어? 갈디오 황제 폐하를? 이렇게 말하긴 뭐하지만, 황제 폐하에게는 호위 기사가 몇 명이나 붙어 있으니, 전투력이 없는 유사 인간형 고렘이 있어 봐야 크게 도움이 되지 않을 텐데.

게다가 왜 간디리스가 별로 사이가 좋지 않은 편인 갈디오 제국의 황제를 지켜?

　"정확하게 말하면, 갈디오 황제 폐하에게 접근하는 여성들로부터 지키기 위해서, 예요."

　"엥?"

　내가 의아해하자, 옆에 있던 아리아티 왕녀가 쓴웃음을 지으면서 대답해 주었다.

　정면에 앉아 있던 코델리아 왕녀가 얼굴을 새빨갛게 물들이며 고개를 숙이고 있는데, 어? 설마?

　"실은…… 몇 년 전부터 몇 번인가 간디리스의 파티에 란스렛 님이 초대되셔서……. 당시에는 아직 황제가 아니라 일개 귀족이었지만 친밀하게 이야기를 나누는 사이에 그게……."

　마지막은 입을 우물거려 제대로 듣지 못했지만 무슨 이야기인지 알겠다. 자주 둔하다는 말을 듣는 나지만 이건 바로 눈치챘다.

　현 갈디오 황제 폐하는 원래 란스렛 올컷으로, 선대 황제의 심복인 란스로 올컷 재상의 장남이다.

　황태자였던 루크레시온이 황위 계승권을 포기한 결과, 란스렛은 어머니가 선대 황제의 여동생이었던 덕분에 순번이 돌아와 황제에 올랐다.

　전 황제는 간디리스와의 관계를 회복하려고 노력했으니 현 황제인 란스렛도 황제가 되기 전에는 간디리스에 자주 방문

했겠지. 두 사람은 그러는 사이에 만나게 되었다는 건가.

옆에 있던 스우가 흐음, 하고 작게 중얼거렸다.

"그렇구먼. 그런데 어쩌다 이렇게 일이 복잡하게 된 게지?"

"가까운 시일 내에 리프리스에서 왕가의 자녀도 초대한 맞선 파티를 연다는 이야기를 들었는데…… 그 파티에 란스렛 님도 참가하신다고…….""

"참가는 했지만 갈디오 황제 폐하는 출석을 하셨을 뿐, 맞선에는 참가하지 않았는데요?"

코델리아 왕녀의 말을 유미나가 정정했다. 리리엘 황녀는 강제로 참가해야 했지만 기본적으로는 자율 참가였다. 그건 왕족도 마찬가지다. 갈디오 황제 폐하는 참가하지 않았다. 이미 한 나라의 왕이 된 이상 쉽사리 참가할 수는 없었던 거겠지.

"네……. 아리아티 님에게 들었습니다. 제가 착각한 듯하다고……. 가장 큰 잘못은 그 맞선 파티에서 란스렛 님의 파트너가 정해지면 어쩌나 하고 팔렐에게 무심코 말을 했던 것으로…….""

아하. 그 파티에서 갈디오 황제도 결혼 상대를 찾으려고 했다고 착각했던 거구나. 실제로 리리엘 황녀나 제노아스의 형제를 비롯한 왕가 일족도 몇 명인가 참가하긴 했지만.

그 사랑하는 주인의 마음을 헤아려서? 팔렐 씨가 함부로 움직였다……. 그런 얘기인데 메이드 혼자서 이렇게 엄청난 일을 벌일 수 있는 건가?

"팔렐의 부모님은 부부가 '탐색기사단(시커스)'이라는 굉장한 고렘 기사 길드를 소유하고 있다 보니…… 그 연줄을 이용했을 겁니다……."

코델리아 왕녀가 면목 없다는 듯이 말을 하며 들어본 적 있는 이름을 언급했다.

'탐색기사단(시커스)'……이라면 그거지? 에르카 기사가 말했던 고렘 기사 최고봉의 한 명. 이 경우엔 부부니까 둘인가?

" '탐색기사단(시커스)'은 어느 나라에도 소속되지 않고 세계를 돌며 자신들이 유적을 발견해 고렘을 발굴, 수리 및 재생을 시키는 기술자 집단입니다. 단순한 기사 집단이 아니라, 유적을 본거지로 삼고 있는 마물들도 직접 토벌하는 용병 집단이기도 하며, 재생한 고렘을 판매하는 상인 집단이기도 하죠."

팔렐 씨가 그렇게 설명해 주었다. ……꼭 무장 집단 같네. 정체가 뭐야?

자급자족이라고 하면 되나? 발굴에서 수리, 판매까지 전부 자신들이 한다고? 어떻게 보면 가장 합리적이라고도 할 수 있겠지만.

"그 보스 부부의 따님이 왜 간디리스에 있는 거죠?"

" '탐색기사단(시커스)'은 최근 몇 년간 간디리스의 유적을 돌아보고 있습니다. 그 사이에 팔렐을 아버지가 맡게 됐고, 본인의 희망도 있어 예의범절을 배우기 위해 저의 시녀로 일하고 있는 겁니다. 난폭한 자들 사이에 두고 키우고 싶지 않은 부모님의 사랑일까요."

그렇게 말하는 코델리아 왕녀. 흠, '탐색기사단^{시 커 스}'은 간디리스와 관계가 밀접한가 보네. 광산을 많이 보유한 나라와 다양한 강철재를 필요로 하는 기술자 집단……. 이해가 안 되진 않는다.

"그 유사 인간형 고렘…… '카틀레야'는 아버지에게 부탁해 수리와 재생을 하고 외모를 제작했는데, 부모님에게 자세한 내용은 이야기하지 않았습니다. 모두 제가 함부로 행동한 일이에요. 물론 공주님도 책임은 없습니다. 소란을 피워 죄송합니다. 어떠한 처벌도 달게 받을 생각입니다."

우리를 똑바로 바라보며 그렇게 단언하는 팔렐 씨. 근데, 나한테 그래 봐야 나한테는 그럴 권리가 없단 말이지. 직접적인 피해자도 아니고.

가장 큰 피해자는 감금된 이메르다 양, 다음 피해자는 스파이가 아닌가 의심을 받은 갈디오 제국, 그다음은 체면이 깎인 리프리스인가.

"아니요. 계속 우물쭈물했던 제 잘못이에요! 공왕 폐하, 부디 여러분에게 사과할 기회를 주셨으면 합니다……! 부탁드립니다! 부디 부탁드립니다……!!"

이러다 무릎까지 꿇을 기세로 고개를 숙이는 코델리아 왕녀. 그 뒤에서 마찬가지로 깊이 고개를 숙인 팔렐 씨. 흠, 무시무시한 국가의 음모가 아닌가 생각했는데, 실제로는 전혀 관계가 없는 이야기였을 줄이야.

아, 레베 변경백…… 루크레시온 소년이 【추억의 마안】으로 들었던 '갈디오 황제', '방해', '제거하도록' 이라는 말은 '갈디오 황제에게 접근하는 여자들을 제거해라' 라는 거였나?

……그건 그거대로 무서운 얘기지만.

"토야 오빠, 어떻게 하실 건가요?"

"응? ……그야, 사정을 알게 됐으니 관계자들에게는 솔직히 말해 줄 생각이지만……."

"그렇다면 이 코델리아 님이 누굴 좋아하는지도 말을 해야 한다는 말이네만, 연모하는 남자분 아닌가. 그 말을 듣고 상대는 어떻게 생각할지……."

윽. 스우 씨…… 아주 날카로운 지적이군요.

이웃 나라의 왕녀와 황제……. 그런 커플도 나쁘지 않겠지만 이것만큼은 본인이 어떻게 나올지에 달렸으니까.

후, 어쩌나. 하늘을 올려다보며 고민하는 날 무시한 채, 유미나가 코델리아 왕녀에게 가까이 다가갔다.

"황제 폐하와는 사이가 좋으셨죠?"

"네? 그, 그건, 글쎄요……. 사이가 좋았다기보다는 란스렛 님은 다정하신 분이니 자주 말을 걸어주시기도 하고, 일부러 생일에 선물을 보내주시기도……."

"선물을 보낼 정도면 관심이 있긴 있었다는 이야기 아닐까요? 황제 폐하도 싫진 않으셨던 모양인데요?"

"그, 그, 그렇다면 기쁘겠지만……."

거침없이 물어보는구나, 유미나. 그 옆에 있던 스우도 대화에 끼어들었다.

"그런데 왜 더 일찍 마음을 전하지 않은 겐가? 기회는 얼마든지 있었지 않은가?"

"그게…… 당시에는 역시 입장상 제가 말을 꺼내기 힘들었거든요. 그러는 사이에 란스렛 님이 황제가 되셔서……. 입장상의 문제는 해결되었지만, 이번엔 반대로 황비라는 지위를 노리는 사람처럼 인식되지 않을까 해서……."

"지나친 걱정이구먼. 낯선 여인이라면 모를까, 생일 선물을 받을 정도의 사이 아닌가. 유미나 언니의 말대로 호감이 있어 보인다만."

"그, 그런가……?"

팔렐 씨를 제외한 왕족들의 사랑 이야기에 나는 뭐라 말을 하기 힘든 기분이었다. 요즘에는 계속 이런 얘기투성이네…….

서로 좋아해서 시작되는 사랑은 별로 없다. 대부분은 짝사랑으로 시작해, 상대가 그 마음을 깨달으면 서로 사랑하는 사이로 발전한다…… 가능성이 생긴다.

그런 점에서 보면 코델리아 왕녀의 사랑도 이제부터 시작이라고 할 수 있는데…….

"문제는 이번 소동의 원인이 코델리아 왕녀라는 사실을 알게 되면 황제 폐하가 어떤 반응을 보일까 하는 점이네……."

"으윽!"

내가 가만히 중얼거린 소리를 듣고 가슴을 찔린 것처럼 몸부림치는 코델리아 왕녀. 유미나가 나를 찌릿 노려보았다. 미, 미안. 나쁜 뜻은 없었어.

"이메르다 양도 문제겠으이. 그 집안도 가만히는 있지 않을 터이니⋯⋯."

"⋯⋯아니요. 이메르다 님과는 이미 협의를 본 계획입니다. 본가인 트라이오스 가문은 몰라도, 본인이 직접 항의하지는 않을 겁니다."

"⋯⋯⋯⋯⋯엥?"

팔렐 씨가 태연하게 엄청난 사실을 알려 주었다. 협의를 봐? 그렇다면 이메르다 님은 팔렐 씨와 한패였어?!

"이메르다 님은 마음속으로 정해 둔 분이 계십니다. 부모님이 파티에 나가라고 권유해 곤란해 하셔서 협력을 부탁했습니다. 원래는 누군지 알 수 없는 자에게 습격을 받아 불행하게도 파티에 참가하지 못한 정도로 끝났어야 하지만요."

"난 그런 얘기 못 들었는데?!"

코델리아 왕녀도 처음 듣는 얘기인 듯, 팔렐 씨의 말에 놀라서 소리쳤다. 거기까지는 설명하지 않았던 건가.

그보다도 어떤 연줄이 있길래 다른 나라의 귀족인 이메르다 양과 접촉했지?

" '탐색기사단' 에서 은퇴한 멤버나 거래처는 전 세계에 있으니 그 정도 연줄은 있습니다. 일단 말을 하지 말라고 했지만, 이번 일로 이메리다 님은 일이 순조롭게 진행되었다고 들었습니다. 의심을 받지 않기 위해 약을 썼는데 혼수상태가 되어 면목이 없기는 하지만요."

……전부 이 메이드의 손바닥 위에서 놀아난 기분이 드는데. 이메르다 양이 사교를 싫어하는 이유도 마음에 둔 상대가 있었기 때문인가. 파티에서 지위가 높은 귀족이 청혼하면 무시할 수 없어 귀찮기도 하니.

그건 그거고, '탐색기사단'이라……. 아주 폭넓게 사업을 펼치고 있는 모양이다. '스트랜드 상회'의 오르바 씨와 손을 잡으면 순식간에 동방 대륙에서도 고렘이 확산되지 않을까?

팔렐 씨에게 빚을 만들어 소개해 달라고 하는 것도……. 아니지. 남의 약점을 이용하는 건 역시 좀.

"순조롭게 진행됐다고 했는데, 그 상대와의 관계가 순조롭게 진행됐다는 건가요?"

"네. 상대는 트라이오스 가문을 담당하는 의사입니다. 이번에 혼수상태가 된 덕분에 서로의 마음을 확인하게 되었고, 그 사실을 부모님에게 밝혔다고 하네요."

팔렐 씨의 이야기를 듣고 이 자리에 있는 모든 사람이 그건 잘됐다……라는 분위기에 휩싸였지만, 잠깐만요. 그게 문제가 아니라.

"조금 전에도 말씀드렸지만 모두 제가 독단적으로 계획해

실행한 일입니다. 공주님은 아무런 책임도 없습니다. 부디 모든 처벌은 저에게 내려 주십시오."

"그러니까, 그럴 수는 없어! 근본적인 원인은 내가……!"

"아니요. 제가 우물쭈물 고민하며 전혀 행동하려고 하지 않는 나약한 왕녀를 보다 못해 움직인 게 잘못입니다. 연애 경험이 없는 겁쟁이 왕녀라고 잘 알고 있었으면서……."

"앗, 보통 그렇게까지 말하니?!"

"참으로 번거롭구먼."

누가 아니래. 사랑과 관련된 일은 여러 가지로 성가시다. ……사랑 관련이라 생각나는데, 정말로 이번엔 카렌 누나가 전혀 끼어들지 않았네……. 최근 며칠간 연락도 안 했고. 모로하 누나는 걱정할 필요 없다고 했지만.

"아무튼 우리끼리 계속 얘기해 봐야 소용없어요. 리프리스 황왕 폐하와 갈디오 황왕 폐하에게 이야기하고 오겠습니다. 그 이후에 사과하든, 속죄하든 하세요. 그럼 되죠?"

"……네."

"알겠습니다."

코델리아 왕녀도 팔렐 씨도 작게 고개를 끄덕였다.

이메르다 양이 괜찮다면 무거운 죄는 안 될 듯했지만, 어떻게 전달하느냐에 따라서는 두 사람의 인상이 나빠진다. 갈디오 황제 폐하의 인상이 특히.

코델리아 왕녀의 마음을 어떻게 전하면 될까…….

왜 내가 사랑의 메신저 같은 일을 해야 하는 건지.

이거 혹시 책임이 엄청 중대한 거 아냐……? 으~음. 일단은 솔직히 말하는 수밖에 없겠지……?

◇ ◇ ◇

"표면적으로 리프리스는 피해를 보지 않았으니, 간디리스가 빚을 진 셈이라고 생각한다면 이번엔 사과를 받아들이고 처벌은 간디리스에게 맡기는 수도 있을지 모르겠군. 고렘이 우리 세계에도 확산된다면, 그 주요국과 친밀한 관계를 맺어 나쁠 일도 없으니까. '탐색기사단' 과도 연줄이 생기는 거고 말이야."

……내가 망설였던 일을 리프리스 황왕 폐하는 거침없이 말로 표현했다. 이런 일을 단호하게 결정할 수 있는 임금님이 되고 싶다…….

"리프리스는 그렇게 한다 치고 갈디오는……."

"………………."

갈디오 황제 폐하는 눈도 안 깜빡인 채 꼼짝도 안 하는데…….

멍하니 있는 갈디오 제국의 젊은 황제에게 옆에 있던 레베 변경백이 말을 걸었다.

"……폐하. ……황제 폐하."

"응? 어? 아, 아아! 뭐, 뭐지?!"

"뭐지가 아니라, 간디리스에 항의하실 생각은……."

"아니……. 리프리스 국왕 폐하의 말씀대로 이번에는 상대국에 맡겼으면 하네. 일단 이메르다 양에게 말은 들어보겠지만, 문제는 없어 보이니. 시간을 들여 기껏 쌓아 온 우호적인 관계인데, 굳이 간디리스와의 사이에서 풍파를 일으킬 필요는 없지."

듣긴 들었었구나.

후우. 이렇게 해서 한 건 해결…… 맞겠지?

코델리아 왕녀의 마음을 전했는데, 황제 폐하의 마음은 어떨까? 아무래도 놀라긴 한 모양이지만…….

"……갈디오 황제 폐하는 코델리아 왕녀를 어떻게 생각하지?"

"넷?!"

내가 하기 힘들어하던 질문을 리프리스 황왕 폐하가 단도직입적으로 물었다. 오오, 역시 연장자!

브륀힐드성의 한 방. 이곳에는 나와 갈디오 황제, 레베 변경백, 리프리스 황왕, 그리고 호위를 맡은 기사들밖에 없다. 유미나와 스우도 이 사랑의 행방을 알고 싶어 했지만 이번에는 동행을 거절했다. 남자들끼리가 아니면 이야기하기 어려운 일도 있으니…….

"아……. 솔직히 말씀드리면 기쁩니다. 하지만 그 사람으로 인해 우리 나라가 피해를 보았다는 사실을 고려하면, 쉽게 대답할 수는 없겠군요……."

"아뇨, 그런 건 됐고요. 좋아해요, 싫어해요?"

"……좋, 좋아, 합니, 다만."

얼굴을 새빨갛게 물들이며 먼 산을 바라보는 황왕 폐하. 그렇겠지. 안 그러면 한 나라의 왕녀에게 선물을 보낼 리가 없다.

히죽거리는 나와 리프리스 황왕을 보더니, 둑이 터진 것처럼 젊은 황제가 말을 쏟아내기 시작했다.

"너, 너무 갑작스러워서 어쩌면 좋을지 모르겠다고 하면 될까요. 굉장히 기쁘긴 합니다! 그렇지만 저에게도 지위와 입장이 있지 않습니까. 이전 같은 일개 귀족의 아들이 아니니 함부로 대답할 수는 없습니다! 이, 이런 경우에 어떻게 하면 될까요?! 고, 공왕 폐하! 공왕 폐하는 아홉 명이나 되는 왕비님들과 결혼을 하셨는데, 이런 경우의 대처법을 알려 주십시오?!"

"흐름에 몸을 맡기세요……."

"그렇게 적당히?!"

왜인지 충격을 받은 청년 황제. 실제로 나는 대부분 그렇게 대처했으니까. 서로 좋아한다면 이런 문제 정도야 아무 상관 없지 않을까? 그럴 것 같은데.

"내가 보기엔 예전에는 사이가 나빴던 간디리스와 인연을 맺는다는 의미에서도 나쁘지 않다고 생각한다만. 나라를 다

스리는 사람이라면 오히려 적극적으로 그 이야기를 추진해야
하는 게 아닐까?"

리프리스 황왕의 말대로 간디리스의 왕녀와 갈디오 황제가
혼인 관계를 맺으면 그건 그 무엇보다도 확실한 우호의 증거
가 된다. 원래 국왕의 결혼이란 그런 의미가 있기도 하고.

나와 유미나, 루, 힐다도 그에 해당한다. 유미나와 약혼했을
시절에는 아직 국왕이 아니었으니 조금 다를지도 모르지만.

"그, 그렇지만 이런 사건이 일어났으니 그렇게 하기는……."

"그게 무슨 상관인가. 그 정도 문제는 그냥 다 받아들이게.
한 나라의 왕녀라는 지위를 떠나서, 한 여성의 인생도 짊어지
지 못하는 자가 나라를 짊어질 수 있겠나? 공왕을 봐라. 아홉
명이나 짊어지고 있잖나."

푸하하, 하고 웃는 리프리스 황왕. 저기요……. 사람을 우스
갯거리로 사용하지 마세요.

"뭐하면 우리 딸도 딸려 보낼까?"

"아니요, 그건 아무래도……."

"하하하, 농담이야 농담."

황왕 폐하는 웃었지만 나는 웃을 수 없었다. 아저씨의 딸도
지금 아주 성가신 연애 사정에 말려들었거든요!

갈디오 황제 폐하의 등을 떠미는 의미에서 나도 리프리스 황
왕의 의견에 찬성했다.

"저야 어쨌든, 이건 정말 여러 의미에서 기회일지도 몰라요.

연애의 여신님이 말하길 이런 일은 모두 타이밍이라고 하니까요."

"네에……. 연애의 여신님, 말입니까."

수상하다는 표정을 짓는 황제 폐하. 폐하도 만난 적 있는데 말이죠, 그 여신님이랑.

팔렐 씨의 행동은 결코 칭찬을 받을 일이 아니었지만, 하나의 계기는 됐다고 생각한다. 이게 카렌 누나가 말한 타이밍이란 건가?

황제 폐하는 아직 고민하고 있었지만, 유사 인간형 고렘은 어떻게든 일이 해결될 듯했다. 이제는 리리엘 황녀만 남았네.

정체를 알 수 없는 검은 가면은 대체 누구야, 진짜.

검은 가면을 썼던 각국의 남자들에게는 모두 물어봤으니…… 이제는…….

문득 내 머릿속에 하나의 가설이 떠올랐다.

'검은 가면을 쓴 남자들'에게는 물어봤다. 남자들에게는.

어……? 설마…… 그런 건가……?

""네?""

눈앞에 있던 유미나와 린제가 멍한 표정을 지으며 움직임을 멈췄다. 그야 당연히 이런 반응을 보이겠지.

"저…… 토야 오빠? 죄송하지만 그게 무슨 말인가요? 리리 언니가 찾고 있는 사람이……."

"여성……이라고, 요?"

일단 밝혀낸 진상을 리리엘 황녀와 친한 두 사람에게만 이야기를 해 보았다.

아직 본인에게는 말하지 않았다. 대체 이걸 어떻게 알리면 좋을지 몰라, 두 사람에게 지혜를 빌리고 싶었다.

"리리 언니는 그 사람이 남자분이라고 하셨는데요……."

"【미라주】, 같은 환영 마법을 사용, 했던 건가요?"

"아니야. 남장을 했었어."

여성 자격으로 입장한 다음 남장을 하고 참가할 거라고 누가 생각이나 할 수 있었을까.

입장 체크는 의상방에 들어가기 전에 했으니 눈치를 못 챘다. 가면을 쓰면 인식이 저해되기도 하고. 같이 참가한 그 나라의 여성진은 알고 있었던 모양이지만.

"본인에게 확인했더니 인정하더라고. 검은 가면을 쓴 남자로 참가했다고."

"왜 그런 짓을 했을까요?"

"음~~~. 본인이 그러는데, 하늘거리는 드레스를 입고 싶지 않았대. 부끄럽다고도 말했어."

뭐가 부끄러운지는 모르겠지만. 사람마다 뭐가 수치스러운지는 다 다른 법이니, 이것만큼은 본인이 아닌 이상 뭐라고 말하기가 힘들다.

"그런데…… 그 남장을 한 검은 가면의, 정체는……."

"토리하란 신제국의 리스티스 황녀. 전에 원로원이 계속 장악했었던 나라에서 신분을 제2 황자로 속였던……."

"아. 엔데 씨가 조종당했을 때……. 그렇군요, 그래서……."

리스티스 황녀는 토리하란 신제국의 황녀로 태어났지만, 당시의 토리하란을 제멋대로 주무르며 지배하던 원로원의 눈을 속이기 위해 황자로서 양육되었다.

오랫동안 남성으로 양육된 탓에 대쪽 같고 담백한 성격이었다. 나는 처음에 남장한 모습으로 만났는데, 정말로 그 모습은 순정 만화에 나올 법한 황자님 중의 황자님이었다.

그런 모습으로 나타나면 설사 가면을 쓰지 않았더라도 여성이라고는 생각하기 힘들었으리라 생각한다. 행동과 말투가 남성 그 자체니까. 거칠어서가 아니라, 신사 같다는 의미에서.

남자라고 생각하면 하늘거리는 드레스를 입는 건 부끄럽겠지? 그래서인가?

"프리물라 왕국과 전쟁을 할 때는 지휘관으로 참가, 했었죠?"

"응. 맞아. 그러니 싸움에도 익숙했을 거야."

참고로 리스티스 황녀의 오빠인 루페우스 황태자는 마공학을 취미로 공부하는 학자풍 청년으로 여동생과는 정반대다.

이 황태자는 마동승용차 레이스를 계기로 스트레인 왕국의
베를리에타 왕녀와 약혼을 했다.

오빠에 이어 여동생도 반려를 찾았으면……. 토리하란 황제
폐하는 그렇게 생각했을지도 모르지만…….

"본인이 틀림없나요?"

"손수건 얘기도 알고 있었으니 틀림없을 거야."

착오였으면 했지만 말야. 성가신 이야기가 더욱 성가셔졌
다.

"어…… 이건……."

"어떻게 하면, 좋을까요……?"

유미나와 린제가 서로 얼굴을 마주 보았다. 그 마음은 안다.

"둘 중 하나겠지. 이 사실을 리리엘 황녀에게 솔직히 말할 것
인가, 말 것인가. 찾아봤지만 못 찾았다며 이번 사랑에 막을
내릴 수도 있겠지만……."

"하지만…… 함부로 다른 사람의 사랑을 끝내선 좋지 않아
요. 그런 점도 포함해 어떻게 할지 결정해야 하는 사람은 리리
언니가 아닐까요?"

맞다. 나도 마찬가지 생각이다. 어떤 결말을 맞이하든 간에.

그런데 유미나의 말을 하는 동안 옆에 있던 린제는 복잡한
표정을 짓고 있었다. ……왜 그러지?

"조금…… 신경 쓰이는 일이 있어, 서요……. 릴 선생님은

그런 쪽의 작품도 쓰고, 계시죠……?"

"그런 쪽이라니……?"

"남성만으로 구성된 기사단의 다양한 연애 모습을 그린 릴 선생님의 대표작이 '장미의 기사단' 인데, 그 외전적 작품도 시리즈로 간행되고, 있거든요. 여성만으로 이루어진 근위부대를 중심으로 이야기가 펼쳐지는 '백합의 친위대' 라는 작품인데……."

어? 그게 뭐야? 그런 스핀오프 작품도 썼어? 연극 각본도 손을 대기도 했고, 정말 폭넓게 활동하고 있네…….

"늠름한 선배 여성 기사와 시골에서 올라온 신참 소녀 기사의 연애극……인데, 실은 매우 농밀한 애정 표현도 묘사되어 있으니……. 서, 선생님도 그런 관계를 원할 가능성도 있지, 않을지……."

후반은 우물우물 잠긴 목소리였지만, 린제의 설명을 들은 유미나가 화악 얼굴을 새빨갛게 붉혔다. 무슨 상상을 했는지 약 1시간 동안 물어보고 싶은 마음은 굴뚝 같지만, 그건 그냥 넘어가자.

그런 작품을 쓴다고 해서 그런 성향이 있다고는 할 수 없다. 좋아하거나, 흥미가 있으니 쓰는 거라고는 생각하지만.

첫사랑(?) 상대가 동성이라는 점을 알게 된 리리엘 황녀를 어떻게 위로하면 좋을까……. 어떻게 말을 해 주면 좋을지 전혀 떠오르지 않네.

"우리가 아무리 말을 해 줘 봐야 안 믿을지도 모르니, 두 사람을 만나게 해 주는 게 좋을까?"

"그, 그러네요. 실제로 이야기해 보면, 찾았던 사람인지 아닌지도 알 수 있을 테니까요……."

그 사람이 거의 확실하다고 생각하지만. 일말을 넘어 백말의 불안을 안은 채, 나는 리리엘 황녀에게 연락하기 위해 주머니에서 스마트폰을 꺼냈다.

"바, 발견했다고?! 정말로?! 그, 그 사람은 누구였어?!"

"흥분 가라앉혀. 자자, 가라앉혀. 워워, 자리에 앉아. 워워, 진정해."

"난 말이 아니야!"

나는 벌떡 의자에서 일어난 리리엘 황녀를 진정시켰다. 이래서야 정말 괜찮은가……? 나는 옆에 있는 유미나와 린제를 바라보았다. 두 사람 모두 어색한 웃음을 짓고 있었지만, 이제 와서 그만둘 수도 없는 노릇이다.

이곳은 리프리스성 안에 있는 왕족의 개인 안뜰로, 가족이라 해도 양해도 없이 함부로 들어올 수 없는 곳이다. 따라서 다른 사람에게 이야기가 들릴 염려는 없었지만 그래도 혹시 모르니까.

"일단 이곳에 데리고 와도 될까?"

"……?! 여, 여, 여기에?! 아, 아직 마음의 준비가!"

내 말을 듣고 너무 당황해 이러지도 저러지도 못하는 리리엘 황녀. ……충격을 받지 말아야 할 텐데……. 아니, 당연히 받게 될까?

나는 유미나와 린제에게 작은 목소리로 말했다.

"이거…… 먼저 진실을 말해야 좋지 않을까? 본인이 직접 그런 얘길 했다간 대미지가 더 클 거야."

"네…… 그거야 그렇겠지만요……."

"믿을, 까요?"

딱 봐도 잔뜩 흥분한 상태이니, 그런 말을 해도 농담이라고 생각할 수밖에 없으려나?

"그런 면으론 내성이 있을 테니, 우리가 생각하기보다는 괜찮을 거라 생각하는데요……."

"좋아. 데리고 올게. 저편에서 여자분을 계속 기다리게 하면 그것도 미안하니까."

"여자분?"

우리의 말을 듣고 작게 고개를 갸웃한 리리엘 황녀를 일부러 무시하고, 나는 【게이트】를 열었다. 원래는 전이 마법을 막기 위해 이 성에는 결계가 처져 있지만, 리리엘 황녀에게 이야기해서 미리 해제해 달라고 했다.

"이제야 왔구나. 기다리다 지쳤어."

우리 눈앞에서 【게이트】를 빠져나온 사람은 익숙지 않은 드레스의 옷자락을 양손으로 들어 올리며 리프리스의 땅에 발을 내디뎠다.

처음 만났을 때와는 달리 짧았던 금발도 조금 길게 자랐고, 화장도 엷게 해서인지 평소보다는 여성스러움이 두드러진 모습이었다. 그렇게 해 달라고 시중드는 메이드들에게 우리가 부탁해서 그런 거지만.

결코 화려하지 않은 하늘색 프린세스 드레스였지만 매우 멋들어지게 잘 어울렸다. 따라온 메이드 두 명이 뒤에서 의기양양한 표정을 짓고 있네. 상당히 공을 들였구나.

평소에는 이런 여성스러운 차림을 하지 않는다고 하니까. 당연히 공을 들일 수밖에 없나.

"어……? 누구야?"

만나고 싶었던 남성이 아니라 처음 보는 여성이 【게이트】 밖으로 나오자 리리엘 황녀가 어리둥절한 표정을 지으며 우리에게 누구냐고 물었다.

"이분이 누구시냐면…… 서방 대륙 토리하란 신제국의 제1 황녀이신 리스티스 레 토리하란. 그리고 이분은 동방 대륙 리프리스 황국의 제1 황녀이신 리리엘 림 리프리스."

내가 두 사람을 소개하자, 먼저 리스티스 황녀가 드레스의 옷자락을 들어 올리고 발을 뒤로 빼며 인사를 했다.

"초대해 주셔서 감사합니다, 리리엘 황녀. 토리하란 신제국의 제1 황녀인 리스티스 레 토리하란입니다. 잘 부탁합니다."

"……초대? 저, 저는 리프리스 황국 제1 황녀인 리리엘 림 리프리스입니다……. 리프리스에 온 걸 환영해요."

의문을 꾹 참으며 역시 발을 뒤로 빼고 인사하는 리리엘 황녀. 하지만 그 시선은 대체 무슨 일이야? 라고 말하듯이 리스티스 황녀와 우리를 바쁘게 오갔다.

그런 리리엘 황녀의 모습을 보고 단단히 결심한 듯이 유미나가 말을 꺼냈다.

"리리 언니, 잘 들어 주세요? 이분이 '검은 가면' 을 쓰셨던 분이에요."

"……………………………………………………뭐?"

시간이 멈춘 것처럼 잠시 굳어 있던 리리엘 황녀의 입에서 짧은 의문의 목소리가 새어 나왔다. 무슨 소리야? 그런 마음의 목소리가 들려오는 듯했다.

살며시, 우리에게 다가온 리리엘 황녀는 작은 목소리로 말했다.

"있잖아, 내가 찾는 '검은 가면' 은 남자로……."

"파티에서는 남장을 하셨다고, 해요. 여러 가지로, 사정이 있어서요."

"또또~. 그런 수엔 안 넘어가, 린제. 그런 오락 소설 같은 일이 어디 있어?"

그런 일이 여기에 있었다는 말이지만……. 부정을 하면서도 조금 표정이 굳은 리리엘 황녀는 그대로 두고, 나는 리리엘 황녀에게 받아뒀던 물건을 주머니에서 꺼냈다.

"리스티스 황녀. 리리엘 황녀가 얼마 전 파티에서 신세를 졌다고 하더라고요. 이 손수건은 리스티스 황녀의 물건이죠?"

"어? ……아!! 그때 그 사람이구나! 가면을 썼을 때와는 인상이 완전히 달라서 몰라봤어! ……나도 가면을 쓰고 있었으니 마찬가지인가? 그래, 당연히 모를 수밖에."

" ………………………………………………………………
…………………………………뭐어어?!?!"

조금 전보다 더 오래 침묵을 지킨 후, 리리엘 황녀가 배 속 깊은 곳에서 쥐어 짜낸 듯한 목소리로 되물었다. 눈앞의 충격적인 현실을 보고, 놀란 표정을 지은 채 얼어붙은 듯했다.

"고, 공황 폐하……. 이 사람 괜찮은 거야? 엄청난 표정을 지으며 굳어 있는데……."

리리엘 황녀의 반응을 보고 조금 당황한 리스티스 황녀가 걱정스러운 듯이 나에게 물었다. 응, 여성이 저런 얼굴이라니 내가 보기에도 좀 이상하게 보이긴 하는데, 그 심정을 생각하면 어쩔 수 없는 일인지도 모르니 이번엔 그냥 아무 말 말자. 역시 충격이 컸던 모양이다.

"저……. 리리 언니는 리스티스 님이 남성이라고 계속 착각하고 있었거든요. 그래서 깜짝 놀라신 거예요……."

"아~. 미안한걸……. 아무래도 드레스는 껄끄러워서. 그날은 몰래 준비했던 남자 옷으로 갈아입고 참가했어. 나중에 할아범에게 호되게 혼났지."

할아범? 아아, 그 제로릭 경을 말하는 건가. 리스티스 황녀의 시종 역할.

"이번에 이 드레스는 공왕 폐하가 말을 꺼낸 거지? 할아범도 다짐을 받아두더라고. 참 나. 왜 세상 여자들은 이렇게 하늘거리는 옷을 입고 싶어 하는 건지. 난 도무지 이해할 수 없어. 움직이기 편한 옷이 훨씬 좋은데."

오늘 초대하기 전에 '부디 여성적인 정장으로' 라고 토리하란 황제 폐하에게도 전화로 부탁했다. 한눈에 '여성' 이라는 사실을 알 수 있는 모습이 아니어선 곤란하니까.

이제 목적은 달성했으니 옷을 갈아입어도 문제는 없으려나?

"그런데 아주 잘 어울려요. 멋지세요."

"그런가? 나는 잘 모르겠어."

유미나의 말을 듣고 리스티스 황녀는 드레스의 옷자락을 가볍게 들어 올렸다.

움직이기 불편한가? 일단 나는 리스티스 황녀를 정원의 의자에 앉으라고 권했다. 충격으로 일어붙어 있는 리리엘 황녀에게도. 슬슬 현실 세상으로 돌아와 줬으면 하는데.

"익숙해져야 한다고는 생각해……. 오라버니가 약혼했잖아? 나도 얼른 반려를 찾아야 하지 않겠냐며 아버지도 시끄러우니까."

역시나? 토리하란 황제 폐하는 무도회에 아주 적극적이었으니까.

그런데 딸이 남장을 하고 참가했었다. 상대를 발견할 수 있을 리가 없다. 어떻게 보면 발견했다고도 할 수 있겠지만…….

"리스티스 님은, 좋아하는 '남성'은 있으신, 가요?"

린제가 어떤 의미가 포함된 에두른 표현을 사용하며 리스티스 황녀에게 질문했다.

"글쎄. 나는 계속 남자로 살아왔으니, 뭐라고 하면 좋을까. 그런 감정은 잘 모르겠어. 여자가 알기 쉬운 만큼 같이 있으면 더 편해. 남자는 야심이나 자존심처럼 성가신 점이 많아서 다루기 힘들거든."

에구. 왜 나를 힐끔 보는 건데요? 여기에 남자는 나 혼자이니 어쩔 수 없는 일인지도 모르지만.

"그래서 그때 곤란해 하던 리리엘 황녀를 보고 무심코 끼어들었지. 전형적인 횡포를 부리는 남자였거든."

"아니요. 진짜 남성조차 그런 모습을 보고 도우러 가지 못하는 사람도 있는걸요. 리스티스 님은 아주 훌륭한 일을 하셨다고 생각해요. 오늘은 그 인사를 하려고 초대한 건데……."

유미나가 영혼이 빠진 듯 새하얘진 리리엘 황녀를 슬쩍 보며 난처하다는 듯이 말했다. 그렇게 충격이었나?

"이렇게 놀라는 사람은 처음이야. 아직도 자주 남자라고 착각하는 사람도 많긴 하지만. 마치 '백합친'의 샤논 같은걸?"

리스티스 황녀의 말을 듣고 리리엘 황녀가 움찔하고 반응했다. 유미나와 린제도 놀란 표정을 지었다.

백합친? 샤논? 그게 누군데?

"어?! 리스티스 님. '백합친'을 아세요?!"

"알다마다. 브륀힐드에서 보낸 책이잖아? 꽤 재미있어서 단숨에 읽었어. 우리 대륙에 그런 책은 별로 없거든."

유미나의 말에 웃으면서 대답하는 리스티스 황녀.

우리 나라에서? 그리고 보니 토리하란이나 프리물라 등의 뒤쪽 세계 나라들과 서로의 문화를 이해하기 위해서라고 하며 다양한 책을 교환했었다.

솔직히 어떤 책을 선택하면 될지 몰라서 다른 사람에게 맡겨 뒀었는데. 그 일을 맡은 사람은 분명 '도서관'의 팜므랑……

'아.'라고 말하는 듯한 표정의 린제와 눈이 마주쳤다.

"……'백합친'이 뭐야? 책 제목?"

"어라? 공왕 폐하는 몰라? '백합의 친위대'라는 책인데……"

"……윽, 아!!"

다시 린제를 돌아보니 노골적으로 시선을 피했다. 잠깐! 맡긴 사람이 나이긴 하지만 왜 이 한심한 황녀의 작품을 끼워 넣었어?!

　린제야 리리엘 황녀의 팬이니까 이해를 못 할 바는 아니지만, 그게 일반적인 책인가?!

　"샤논은 그 '백합의 친위대'에 나오는 주인공 소녀야. 시골에서 올라와 나쁜 남자가 추근대는데 늠름한 미형 기사의 도움을 받지. 그리고 친위대의 시험장에 가서 자신을 도와준 사람이 선배 여성 기사라고 알게 되어 큰 충격을 받아. 지금 이 리리엘 황녀와 비슷하지?"

　"비슷하다고 할지……."

　그 책을 쓴 사람이 본인인데요……. 유미나와 린제도 나와 마찬가지로 어색한 미소를 지었다.

　"아, 아주…… 마음에 드셨나 보네요……. 여기서도 보기 드문 장르이긴 한데요……."

　"장르가 뭐든 재미있는 건 재미있는 거야. 남자든 여자든, 그건 사소한 일이잖아. 그런 굴레에 얽매이지 않기에 순수한 사랑이라고 할 수 있지 않을까?"

　"그 말 그대로야!"

　벌떡! 의자를 뒤로 차내며 리리엘 황녀가 갑자기 일어섰다. 우와, 깜짝이야! 부활하려면 더 조용히 부활해!

　"당신, 작품의 본질을 잘 아는걸? 맞아. 바로 그런 점을 그리고 싶었어! 사랑에는 성별도 연령도 종족도 신분도 관계없다는걸! 이해해 줘서 기뻐!"

흥분해서 마구 말을 쏟아내는 리리엘 황녀를 나와 유미나는 놀란 모습으로 바라보았지만, 린제는 다 맞는 말이라는 듯이 고개를 끄덕였다.

"어? 리리엘 황녀도 '백합친'의 독자야? 그거 재미있지?"

"당연해! 내가 썼으니까!"

"……………………………………………………응?"

시간이 멈춘 것처럼 잠깐 굳어 버린 리스티스 황녀의 입에서 짧은 의문이 새어 나왔다……라니, 이 기시감은 뭐지?

"그러니까, 요. 사실 이 리리엘 님이 '백합의 친위대'의 작가이신 릴 리프리스 선생님, 이세요."

린제가 왜인지 죄송스럽다는 듯이 리스티스 황녀에게 정체를 밝혀 주었다. 근데 이거, 정체를 밝혀도 되는 거였어? 본인이 말을 했으니 상관없다고는 생각하지만.

"어? ……정말로?"

"정말, 이에요."

"어어……? 왜 한 나라의 황녀가 그런 일을 해?"

"거기에 쓰고 싶은 내용이 있기 때문이야!"

리리엘 황녀가 뒤집힌 의자를 되돌리고 탁! 그 위에 서더니, 주먹을 하늘을 향해 내뻗었다. 너무 흥분한 거 아냐……?! 아까 눈이 죽어 버렸던 사람이랑 동일 인물이라고 하기 힘들어. 먼저 의자에서 내려와 주면 안 될까?

어안이 벙벙한 리스티스 황녀에게 린제가 가까이 다가갔다.

"리스티스 님은 어떤 등장인물을 좋아, 하시나요?"

"나? 글쎄……. 샤논이 동경하는 크리스엘도 좋지만, 역시 3번대 대장인 '얼음의 프리지아' 일까? 멋지잖아."

"좋은 선택인걸? 프리지아는 앞으로 출연이 많아질 거야. 그 아이는 사실…… 앗, 더는 말할 수는 없지."

"앗, 신경 쓰이는데요?! 혹시 4권에 나온 후드를 쓴 수수께끼 인물과 관련이, 있는 건가요?"

"아~. 그 사람. 누가 봐도 뭔가를 꾸미고 있는 사람이잖아."

"후후후. 아직 비밀이야~."

세 사람이 서로 뜨겁게 작품에 관해 얘기를 나누기 시작했지만, 나와 유미나는 전혀 무슨 소린지 알아들을 수 없었다. 유미나는 작품 자체는 알고 있지만, 내용까지 숙독하지는 않았다는 모양이다.

"이건…… 원만하게 마무리된…… 건가요?"

"그런가? 이건 그러니까, 걱정할 필요도 없었다고 하면 될지……."

마치 몇 년 만에 만난 절친처럼 대화하는 세 사람을 보고 우리는 서로 얼굴을 마주 보았다. 동호인이 한 명 더 늘었다고 보면 되는 거겠지. 잘됐네, 잘됐어……인가?

고개를 갸웃하는데 품 안에서 전화가 울렸다. 꺼내서 보니 카렌 누나였다. 이제야 전화냐. 전부 다 해결됐거든요?

연애신인데 전혀 도움이……. 정확하게 말하자면 이번엔 결과적으로 연애와 관련된 일이 아니었지만.

"네, 여보세요?"

〈누나가 위기야. 도와줘.〉

네?

판테온.
^{만 신 전}

천계의 저 위, 신들이 사는 신계에 존재하는 성스러운 신전.

온갖 신이 모여 서로 대화를 나누고, 편히 쉬는…… 이른바 집회 장소 같은 곳이다.

미숙한 신입이긴 하지만 어쨌든 세계신님의 권속이기도 하며, 상급신 자격을 지닌 나도 이 판테온에 들어갈 수 있도록 허가를 받았다.

신격은 상급신일지 몰라도 입장은 제일 말단이지만. 부모신(이 경우엔 세계신님)의 권속이라 필연적으로 그렇게 됐을 뿐, 스스로는 신분에 어울리지 않는다고 느낄 수밖에 없었다.

그래서 솔직히 말하면 별로 마음 편한 곳은 아니다. 이상하게 긴장이 된다. 당연하지만, 사람들 모두가 신들이니…….

판테온의 문을 지나니 자동으로 넓은 안뜰 같은 장소로 이동했다. 판테온 안은 다양한 장소가 독립적으로 존재하고 있으며, 그곳으로 가는 정해진 루트가 존재하지 않는다.

익숙해지면 순식간에 목적지로 이동할 수 있지만, 익숙하지 않으면 순식간에 미아가 된다.

그 중앙역 같은 장소가 이 안뜰이라는데, 여기서 어떻게 가면 되지?

내가 어찌할 바를 모르자, 현란한 나무들의 가지 끝에서 푸드덕하고 참새 한 마리가 날아와 내 어깨에 앉았다. 어? 이 참새는…….

"여, 신입 신. 오랜만이야. 잘 있었어?"

"네에. 덕분에요. 비행신님……이셨죠?"

"그래."

얼핏 참새처럼 보이지만 엄연히 신이었다. 전에 카렌 누나와 판테온에 왔을 때 만난 적이 있다. 비행신이니, 새뿐만 아니라 날아다니는 존재 전반과 관련 있는 하느님인 걸까?

"혼자서 여기에 온 걸 보니, 다른 누군가한테 볼일이 있는 건가?"

"네. 카렌 누나…… 아, 연애신님을 만나러 왔습니다. 어디에 있는지 아시나요? 판테온에 있다는 말밖에 못 들어서요……."

"아…… 연애신인가……. 그래, 그건가……."

참새 모습인 비행신은 솜씨 좋게 날개 하나를 움직여 머리를 누르더니 고개를 좌우로 흔들었다.

어? 뭔데요? 이 불안을 부추기는 반응은…….

"아무튼, 안내 정도는 해 주마. 이쪽이야."

다시 작은 날개를 푸드덕거리며 비행신은 내 어깨에서 날아 올랐다. 뭔진 몰라도 우선은 따라가 보자. 따로 의지할 만한 사람도 없으니.

안뜰에 설치된 새하얀 돌 아치를 지나자 순식간에 풍경이 전환되었다. 조금 전의 안뜰은 어딘가로 사라지고, 유리로 된 나선 계단이 위쪽으로 뻗어 있는 장소였다.

원통형 유리 건물 내부에 나선 계단이 설치되어 있었는데, 밖에서는 반짝반짝 빛나는 푸른 액체 안을 형형색색의 물고기들이 자유롭게 헤엄치고 있었다. 어? 여기 바다 밑이야?

"여기다. 날 놓치지 마라. 미아가 되면 너 혼자서는 돌아갈 수 없어."

그게 무슨 소리예요. 무섭게. 혹시 【게이트】나 【이공간 전이】로도 빠져나갈 수 없다는 건가?

나는 서둘러 비행신의 뒤를 쫓아 유리 나선 계단을 올랐다.

자세히 보니 바다(?) 안에도 사람처럼 보이는 존재나 인어 같은 존재가 있었다. 저 사람들도 신이나 그 권속인 걸까?

아니지. 저 근처를 헤엄치는 물고기들도 마찬가진가. 여기에는 하느님이나 그 권속밖에 없다고 하니까. ……될 수 있으면 쓸데없는 짓은 하지 말자.

비행신의 안내를 따라 나선 계단 위에 있던 아치를 지나자 또 조금 전과는 다른 장소가 나타났다.

이번에는 흐릿하고 어두운 공간으로, 하늘에는 무수히 많은 별이 반짝였다.

발밑은 무지개색으로 빛나는 돌바닥으로 그 길은 똑바로 앞을 향해 뻗어 있었다. 이거 덕분에 앞에서 나는 비행신을 간신히 놓치지 않을 수 있겠어.

"어물거리지 마라. 여기다. 너무 오래 여기에 있으면 장난을 치며 접근하게 될 거야!"

"뭐가요?!"

비행신의 말을 듣고 뭔가 알 수 없는 공포에 사로잡힌 나는 전력 질주로 어둠 속을 내달렸다. 등 뒤의 어둠 속에서 '쳇' 하고 혀를 차는 소리가 들렸지만 나는 들리지 않는 척을 했다. 질질 뭔가를 끄는 소리도 들렸지만 들리지 않는 척을 했다!

하늘을 나는 비행신과 거의 나란히 어둠을 내달리자, 또다시 다른 장소가 나왔다. 여기는 미궁이냐⋯⋯.

그 후에는 몇몇 장소를 빠져나가며 만난 신들과 인사도 나누고, 성가신 신들에게서는 도망치면서, 겨우 카렌 누나가 있다는 장소에 도착했다.

"여긴⋯⋯."

울창하게 우거진 푸르른 나무들과 흐드러지게 핀 화려한 꽃들. 아름다운 작은 강이 흐르고, 시원한 바람이 부는 곳. 정령의 빛이 넘치는 나무들 그 앞에는 지붕이 반구 모양의 유리로 만들이진 새하얀 정자—— 가세보가 있었다. 마치 로즈 가든 같은 정원이다.

내가 그 멋진 정원을 보고 넋을 놓고 있는데, 비행신이 푸드덕하고 가제보 쪽으로 날아갔다.

나도 그 뒤를 쫓듯이 장미 터널을 빠져나가 그곳으로 가 보니, 가제보 안의 테이블 의자에 앉아 엎드려 있는 여성이 보였다. 저 사람은……!

"카렌 누나?!"

나는 힘 없이 테이블에 엎드려 있는 카렌 누나에게 다가가 몸을 안아서 일으켰다. 몸에 힘이 빠져 있는 카렌 누나를 보니 얼굴은 새파랗게 질려 있었고, 눈은 공허하게 허공을 떠돌고 있었다.

"큭. 【빛이여 오너라, 평안한 치유, 큐어힐】! 그리고 【리커버리】!"

회복 마법과 상태 회복 마법을 중복해 사용했지만 카렌 누나의 안색은 원래대로 돌아오지 않았다. 이런, 신족에게는 마법이 안 통하나?!

아니. 나도 신족이긴 하잖아. 나한테 통한다면 카렌 누나한테도 통할 거야. 설마 신마독에……?!

"……………토, 토야…………."

"말하지 마세요! 기다려요! 당장 세계신님을……!"

나는 품에서 꺼낸 스마트폰을 들고 안아 올린 카렌 누나에게 소리쳤다.

"밥…… 먹고 싶어……."

"……………………."

"………읔, 아얏?!"

안아 올렸던 손을 놓아 의자의 등받이에 뒤통수를 부딪친 카렌 누나가 비명을 질렀다.

어이, 이봐요. 밥이라니, 그냥 배가 고팠을 뿐인 건가?!

"어떻게 된 건지 설명해 줄래요……?"

"며칠이나 아무것도 못 먹었어! 이제 한계야! 신이라서 안 먹어도 죽진 않지만, 지상에서 먹은 음식이 얼마나 맛있었는지를 알게 된 나에게는 참을 수 없는 고통이야! 그러니 이 누나한테 먹을 것 좀 나눠줘!"

어이없는 소리를 하는 누나를 무시한 채, 나는 테이블 위에 있던 비행신님에게 깊이 고개를 숙였다.

"비행신님. 신세를 졌습니다. 저는 이만 돌아가겠습니다."

"안 돼! 돌아가면 안 돼! 날 버리지 말아 줘어어어!"

"참~! 알았으니까 웃 놔요!"

울면서 코트에 매달리는 카렌 누나를 뿌리친 나는 【스토리지】에서 루가 만든 요리 몇 가지를 꺼냈다. 그러자 맛있는 냄새가 주변을 가득 채웠다.

"야호! 토야 배달 성공! 잘 먹을게~!"

환희에 찬 표정을 지으며 앞에 놓인 스푼에 손을 뻗는 카렌 누나. 감정이 이렇게 확 변할 수 있다니. 역시 가짜로 울었던 건가. 크윽.

"너…… 고생이 많구나……."

그만해요! 그렇게 가여운 눈으로 보지 마세요!

비행신의 시선을 버틸 수 없었던 나는 한숨을 쉬면서 유리 너머로 보이는 하늘을 올려다보았다.

"그래서요? 여기서 뭘 한 거죠?!"

"승신(昇神) 시험 도중이야."

"승신……?"

응? 승진이 아니라?

"신격을 올리기 위한 시험이다. 신격은 상급신, 중급신, 하급신으로 나뉘어 있긴 하지만, 지금은 역할에 맞춰 나뉘어 있을 뿐이야. 예전에는 엄격한 상하관계가 있었다고 하지만 '요즘 시대에 그건 아니지'라는 공통의 인식이 생겼거든. 지금은 격이 높은 신이 조금 우대를 받는 정도로, 기본적으로 큰 차이는 없어. ……지금 그게 중요한 게 아니라, 이거 맛있는데?! 계속 쪼아 먹고 싶어!"

카카카카칵! 설명하던 비행신이 접시를 연타하듯이 부리를 울리면서 루의 요리를 먹었다. 덧붙여 먹고 있는 음식은 오므라이스. 그 탓에 비행신은 케첩투성이가 되었다. 마치 피투성이가 된 참새 같다.

"그 승신 시험에 합격하면 신격이 올라가나요?"

"일단은. 그런데 최근 몇만 년간 시험을 본 신은 거의 없어. 종속신에서 승신하는 것과는 달리 크게 우대를 받지도 않고, 시험은 성가신 일이 많으니까."

모르겠다. 모르겠어……. 승신 시험을 모르겠다는 게 아니라, 왜 그렇게 성가신 시험을 귀차니스트인 카렌 누나가 치르는지 이해할 수 없다.

잘 모르겠으니 직접 물어보자 카렌 누나는 오므라이스를 먹던 손을 멈추고 스푼으로 딱딱 접시를 두드리기 시작했다. 뭐야? 그 말하기 힘들다는 듯한 표정은?

"……토야. 세계신님에게 신족으로 인정을 받았잖아?"

"네."

"언젠가 그 세계의 관리를 맡게 되면 하나의 세계를 담당하는 역할을 맡는 건데, 그건 명백한 상급신의 일이거든. 즉…… 이대로 가면 토야가 누나보다 지위가 더 높아지게 돼!"

"……엥?"

……이 누님은 참. 무슨 소릴 하는 건지.

"누나로서 동생보다 아래에 있을 순 없어! 그러니 누나의 실력을 과시해서, 토야와 같은 상급신의 신격을 차지해 주겠다는…… 아얏?!"

열변을 토하기 시작한 카렌 누나의 머리에 나는 파악! 하고 춉을 날렸다.

"며칠이나 안 보이고 연락도 없어서 걱정했는데 이유가 그거 였어요?! 너무 시시한 이유라 말도 안 나오네! 말도 안 나와!"

"왜 두 번 말해?"

나는 세계신님의 권속이라 신격만 따지면 틀림없이 상급신 수준이지만, 입장상 지금 있는 신들의 말단이다. 상급신이라 고 정식으로 인정받으려면 세계신님의 이야기로는 1만 년 정 도가 걸린다는 모양이다. 즉, 그때까지는 어디까지나 '신입 신'이고, 풋내기다.

나와 카렌 누나 중 누가 더 높냐고 물어보면 신들은 모두 카 렌 누나라고 대답하겠지.

봐. 비행신님도 어이없는 눈으로 바라보고 있잖아.

"우우……. 누나의 위엄이……."

"처음부터 그런 건 없었어요!"

"너무 단호하잖아?! 있어! 쪼끔 정도는 있거든!"

참 나……. 쓸데없는 걱정을 하게 만들다니. 이럴 줄 알았으 면 모로하 누나의 말대로 그냥 내버려 둬도 될 뻔했어.

신격과 신의 지위는 별개로, 비교 대상이 아니다. 신격에 따 라 책임은 무거워지는 듯하지만.

이유는 알았다. 그럼 이 바보 누나를 어쩌면 좋을까? 아내들 도 걱정했으니 억지로 데리고 돌아가고 싶지만…….

"그래서요? 시험은 언제 끝나요?"

한숨을 내쉬며 내가 묻자, 카렌 누나는 얼굴을 찌푸리며 고통스러운 표정을 지었다. ······뭐지? 애초에 시험 내용은 대체 뭘까?

"이제 끝내고 싶어······. 끝내고 싶지만······ 이것만큼은 두 사람이 받아들이지 않으면 안 끝나······."

투덜거리면서 허공을 올려다보던 카렌 누나가 기계처럼 오므라이스를 입으로 옮겼다. 눈에 빛이 사라졌는데요······. 무슨 일이 있었길래?

오므라이스를 먹는 기계로 변한 카렌 누나 대신에 케첩투성이가 된 비행신이 내 질문에 대답해 주었다. 아아, 진짜. 신경 쓰이니 손수건으로 닦아 주자.

"승신 시험은 말이지, 대부분은 자신의 특기 분야에서 '이런 일이 가능하다' 라는 능력을 보여 줘야 하는 경우가 많아. 신격을 올리는 일은 자신의 랭크업을 증명하는 거니까. 그러니 연애신의 경우는······."

"카렌 누나의 경우는······ 연애 관련인가요?"

"그래. 부부싸움 중인 부부 신이 있거든. 간단히 말해 중재해서 일을 원만히 수습하면 합격, 실패하면 실격인 건데······."

그렇구나. 화해하게 하면 되는 건가. 그거라면 연애신으로서의 능력을 가늠할 수 있겠네.

내가 감탄하는데, 장미 수풀 안쪽에서 말다툼하는 남녀의 목소리가 들렸다. 점점 이쪽으로 가까이 다가오네? 혹시 싸우는 중인 부부 신인가?

"앗, 왔다……!"

카렌 누나가 달그락, 스푼을 떨어뜨리더니 고통에 가득 찬 표정을 지었다.

"어이구. 그, 그럼 난 이만. 잘 지내라, 신입 신. 또 맛있는 음식 부탁할게!"

"앗, 비행신! 도망치다니 치사해!!"

비행신이 재빨리 가제보 밖으로 푸드덕 날아갔다. 명백한 도망인데……. 그 부부 신이 그렇게 위험한 사람들이야?!

내가 내심 잔뜩 겁을 먹고 있는데, 수풀 안쪽의 돌바닥 길에서 남녀 한 쌍이 모습을 드러냈다.

"이봐, 연애신! 이 고지식한 사람한테 한마디 좀 해 줘!"

"연애신! 이 경박한 남자한테 한마디 좀 해 줘!"

고함을 치면서 쾅! 하고 카렌 누나 앞의 테이블을 두드리는 두 명의 신. 이게 조금 전 이야기에 나왔던 부부 신인가.

남자는 햇볕에 탄 적동색 피부를 지녀 딱 봐도 운동 좀 했다 싶은 근육 빵빵한 건장한 사람이었다.

사파이어 같은 푸른 눈에 짧은 금발. 고대 로마인이 입었을 토가 같은 파란 의상을 걸쳤고, 황금 샌들을 신은 모습이다.

여자는 검은 롱헤어에 피부가 흰 사람으로, 따지자면 미녀 타입의 여성이었다. 잘 정돈된 얼굴과 개암나무색의 눈. 일본

풍과 비슷한 흰 바탕의 옷과 감색 띠를 두른 모습인데, 신발은 검은 가죽 부츠였다.

"두 사람 다……. 이, 일단은 진정해. 먼저 냉정하게 대화를……."

"그 뒤로 계속 대화를 했지만 이 사람은 전혀 말을 들어먹으려 하지 않아! 말이 안 통해!"

"무슨 소리야?! 사람 말을 안 듣는 사람은 당신이지! 하는 말을 전부 부정하다니, 이래선 어린애의 투정이나 마찬가지야!"

"뭐라고?!"

"왜?!"

서로 노려보면서 말다툼을 계속하는 두 사람에게 압도당해 나는 아무 말도 할 수 없었다. 솔직히 말해 무섭다. 우리 아빠랑 엄마도 부부싸움은 했지만 아빠가 물러서거나 엄마가 바로 사과해서 오래가지는 않았으니까.

"카, 카렌 누나? 이 두 사람이……?"

"해양신이랑 산악신이야……."

카렌 누나가 핼쑥한 표정으로 남신과 여신을 가리켰다. 아하, 바다의 신과 산의 신인가.

난 틀림없이 바다의 신이 여성이라고 생각했는데 반대였다. 흔히 '바다는 어머니'로 비유되니까.

그런데 그리스 신화의 유명한 포세이돈도 남신이니 별로 이상할 건 없나?

산의 신도 '산 사나이'처럼 남성적 이미지가 있었지만, '어머니 대지'라는 말도 있으니 크게 신경 쓸 일도 아닌가?

"바다의 신과 신의 신이 부부라……. 전혀 어울리지 않아 보이기도 하고……."

"평소에는 사이좋은 부부야. 그런데 한 번 틀어지면 둘 다 고집쟁이들이라……."

""고집쟁이는 이 사람이지!!!""

둘이 양쪽에서 동시에 고함을 쳤다. 이래선 역시 힘들어 보이네. 힘들지 않으면 시험이라 할 수 없겠지만…….

"당신은 항상 그 답답한 산에 틀어박혀 있으니 생각이 진부한 거야. 당신도 더 바다처럼 대범하게 말이야……!"

"흥! 생각 없는 해파리처럼 저리로 훌쩍, 이리로 훌쩍 움직이는 남자한테 그런 말을 들을 이유가 없지. 진짜 짠돌이 남자라니까!"

"뭐라고?!"

"왜?!"

이보세요, 이래선 끝이 없잖아요……. 둘 다 상대의 말을 들을 생각이 없어선 해결될 일도 해결되지 않는다…….

""연애신은 어떻게 생각해?!""

두 사람은 서로 노려보다가 고개를 획 90도로 돌려 카렌 누나를 바라보았다. 등 뒤에서 불타는 불꽃이 보인 듯한 기분이

들었다. 이건 신의 분노라는 건가?!

두 사람이 대답을 재촉하자 카렌 누나가 딱딱하게 굳은 미소를 지으며 말했다.

"아…… 그렇지, 토야! 같은 기혼자로서 두 사람에게 조언을 해 줘!"

"네에?!"

왜 나한테 떠넘겨?! 이건 카렌 누나의 시험이잖아요!!

"연애신, 앤 누구지?"

"지상에 있는 내 남동생이야. 소문에 도는 그 신입 신."

"아, 세계신님의 권속이 됐다는 그 신? 기혼자였구나. 그럼 얘기가 빠르지."

아뇨오오오오오오오!! 잠깐만요! 기혼자가 맞긴 맞는데, 솔직히 부부싸움다운 부부싸움도 아직 해 본 적 없는데요?!

대부분은 내가 사과하고 끝난다. 숫자로 밀어붙이면 당해낼 수 없으니…….

"너도 남자라면 알겠지?! 아내라면 남편의 뜻을 헤아려 스스로 움직여야 돼!!"

"뭐어?! '그거 가져와. 그거야 그거' 라고 해선, 아무리 텔레파시라도 무슨 뜻인지 알 수 있을 리가 없잖아! 제대로 명칭을 말해야지!"

"그걸 헤아리는 게 아내 아니겠어?!"

"난 당신의 엄마가 아니라서 불가능해! 있지, 이 사람은 뭘

해 줘도 고맙다는 말 한마디 안 해!! 그런 사람을 어떻게 생각해?!"

"네~. 그러네요. 고맙다는 말 한마디 정도는 해 주면 좋을 텐데요……"

산악신이 의견을 구해서 난 살짝 뒤로 물러서며 대답했다. 나도 그런 말을 잘하고 있을까……? 되도록 그런 말을 하려고는 하지만, 소홀하게 대답한 적도 있을지 모른다.

내가 동의하자 의기양양해진 산악신을 보고 해양신이 혀를 찼다.

"당신이 그렇게 쪼잔한 소릴 지근덕지근덕 추궁하니 말을 하기 싫어지는 거야! 몇만 년 전의 일을 다시 문제 삼고……. 대체 몇 번을 사과하면 분이 풀리겠어?! 이제 그만 좀 해!"

"네~. 그러네요. 이미 끝난 일을 자꾸만 언급하면, 이제 와서 어떻게 하라는 거냐는 생각이 들죠……"

"그치?!"

"이봐! 당신 대체 누구 편이야?!"

누구 편도 아닌데요?

눈앞에서 불꽃을 튀기며 말다툼을 하는 두 사람. 의견을 말해 달라고 해서 한쪽에 유리한 대답을 하면 다른 사람에게 혼쭐이 난다. 너무 터무니없다.

억지웃음을 지으며 '자자, 진정하세요'라고 중재를 반복하는 사이에 정신이 박박 소모되어 갔다.

대체 왜 내가 이런 꼴을 당해야 돼?!

원흉인 카렌 누나를 슬쩍 보니, 자긴 모르겠다는 듯이 남은 오므라이스를 냠냠 먹어 치우고 있었다. 이봐요, 누나!! 당신 시험이잖아!

살짝 살기를 띤 내 뒤에서 산악신이 테이블 위의 오므라이스를 쳐다보았다.

"……연애신, 아까부터 뭘 그렇게 먹어? 맛있어 보이네?"

"이건 그건가? 지상의 음식인가?"

흥미롭다는 듯이 두 사람이 카렌 누나의 접시를 들여다보았다.

아, 맞다. 신은 먹지 않아도 안 죽고, 신계에는 '신주', '신의 꿀^{암리타}', '신의 과실^{암브로시아}' 등 완전한 음식이 있어서인지, 신계의 요리는 지상의 요리와는 전혀 다른 음식이라고 했었지? 신기해 보이나?

"조리의 신이 자기의 연구실^{키친}에 틀어박혀 몇만 년이나 안 나오니, 지상의 음식은 정말 오랜만에 보는군……. 이봐, 이거 또 없나?"

"있는데요……. 아, 그렇지. 식사하시죠! 배가 고프면 짜증이 밀려오는 법이거든요!"

해양신의 질문에 나는 일부러 큰 목소리로 그렇게 말한 뒤, 【스토리지】에서 오므라이스를 포함한 음식 몇 가지를 테이블 위에 늘어놓았다. 지금은 먼저 싸우는 상대한테서 관심을 멀어지게 하자.

"오오……!"

"맛있겠다……!"

듬직한 음식에서 담백한 음식까지. 가능한 한 다양한 종류를 골라 테이블에 올려 두었다. 흥미가 생겼는지 두 사람은 말싸움을 멈추고 각각 의자에 앉아 눈앞의 요리에 손을 뻗기 시작했다.

……후우. 근본적인 해결은 되지 않았지만 음식으로 말다툼을 일시적으로 멈출 수 있다면 이 정도야 얼마든지 내놓을 수 있다.

그런데 어떻게 하면 화해시킬 수 있을지…….

"자, 여보. 아~앙."

"음! 맛있어! 당신이 먹여주니 더 맛있어!"

"어머나! 부끄러워라……."

내 눈앞에서 울리는 두 사람의 달콤한 말을 들으며 나는 손에 든 커피를 입에 머금있다. 블랙인데 달콤한 맛이 느껴지는 것 같아…….

"이것도 맛있네! 산에서 캔 산나물이 가득해서 정말 최고야! 당신처럼 부드러운 맛이 나서 마음이 놓여…….''

"어머, 이 해산물 요리도 맛있어. 바다가 풍성하게 만든 감칠맛이 응축되어 있거든. 깊은 어른의 맛이라 아주 멋져!"

러브러브한 대화 탓에 입에 머금은 커피가 전부 뿜어져 나올 듯했지만 나는 간신히 참으며 커피를 삼켰다.

쓴맛을. 나한테 더 쓴맛을 줘…….

"대체 어떻게 된 거지……?"

두 사람 모두 요리를 먹기 시작하더니 각자 의견을 말하기 시작했다. 처음에는 '맛있다'는 공통 의견을 서로 무작위로 말했을 뿐이었지만, 그러는 사이에 서로 자신이 먹는 음식을 상대에게 권하기 시작했다. 그리고 그 요리에 관해 즐겁게 대화를 나누게 되었고, 그러다가 순식간에 이 달콤한 공간을 형성하기에 이르렀다.

"원래 사이가 좋은 부부 신이었어. 오래갈 줄 알았는데, 이번 부부싸움은 짧게 끝났구나. 역시 연애신이야."

"난 아무 일도 안 했는데…….''

어느새 다시 날아온 비행신이 이번엔 미트소스투성이가 되어 내 의문에 대답해 주었다. 뭐야? 토마토 계열이 마음에 든 건가?

카렌 누나는 카렌 누나대로 지친 눈을 한 채 빨대로 과실수를 마시고 있었다. 뭐라 말하기 힘든 허무함을 느끼는 것처럼 보인다. 당연한가. 그렇게 고생했던 문제가 저절로 풀려 버렸으니까.

결국 내버려 둬도 됐던 걸까? '부부싸움은 칼로 물 베기' 라고 하는데 정말 맞는 말이다.

"역시 당신은 최고야!"

"참! 당신도!"

눈앞의 러브러브 극장을 보니, 아까 그건 뭐였나 하는 생각이 들어 나도 허무해졌다. 어떻게 이 정도로 러브러브 광선을 쏴댈 수 있는 건지. 솔직히 감탄이 절로 나온다. 주변 사람들도 힘들겠어…….

그런 말을 중얼거렸더니, 카렌 누나가 어이없다는 듯이 내 얼굴을 바라봤다. 어? 뭔데?

"무슨 소리야! 토야도 저런 느낌이면서. ……자각이 없어서 더 무서워."

뭐라고……?!

우리가 저런 느낌이라고……? 물론 포옹도 하고, 인사 대신 키스를 하는 횟수가 늘었다는 느낌은 들지만……. 저렇게 다른 사람 시선도 생각 안 하는 정도였나……?

어~~~. …………생각 안 했구나. 응. 결혼했으니 상관없다고 생각했던 것 같아.

"신혼이니까 러브러브한 거야 어쩔 수 없는 일이지만."

"그렇죠?! 어쩔 수 없는 거죠?!"

신혼이니까 러브러브해도 어쩔 수 없다! 어쩔 수 없는 일이다!

갑자기 열이 확 오른 얼굴을 들키지 않으려는 듯이 나는 남은 커피를 단숨에 들이켰다.

결론부터 말하면 카렌 누나는 시험에 불합격했다. 해양신과 산악신 부부를 카렌 누나가 화해시킨 게 아니라, 두 사람은 저절로 화해한 셈이라 시험은 무효 처리되었다.

하지만 그 결과에 불복해 카렌 누나는 추가 시험을 볼 수도 있었다는 모양이다. 하지만 심신 모두 지쳤는지 카렌 누나는 불합격을 순순히 받아들이고 당분간은 승신 시험을 미루겠다고 말했다. 그것도 그럴 만한가.

그리고 판테온(萬神殿)에서 우리가 돌아오자 걱정하던 아내들이 일제히 카렌 누나를 둘러쌌다.

"어서 오세요, 형님. 무사하셔서 정말 다행이에요."

"카렌 형님, 괜찮은가? 안색이 안 좋구먼."

"저어, 카렌 형님. 목욕물 데워 놨으니, 같이 들어가지, 않으실래요?"

"우와아아아아앙! 다들 너무 좋아!"

모두 다정한 말을 건네자 카렌 누나는 감격에 겨워 유미나, 스우, 린제를 꼬~옥 껴안았다. 걱정 끼치지 마요 좀.

"여. 돌아왔구나."

쓴웃음을 지으며 카렌 누나를 바라보는 내 등 뒤에서 그렇게 말을 걸어온 사람은 모로하 누나였다.

"정말 힘들었어요……."

"그러니까 가만 놔둬도 된다고 말했잖아?"

그건 정말 그랬지만. 더 자세히 가르쳐 줘도 됐을 텐데. 알려 줬으면 안 갔어요.

내가 안 갔다면 카렌 누나는 아직 못 돌아왔을지도 모르지만.

"모로하 누나는 승신 시험 볼 생각 없어요?"

"난 오로지 검을 휘두를 수 있는 지금이 더 좋아. 중급신이 되면 다른 신들이랑 회의할 일도 많고 휴가도 좀처럼 쓰기 힘드니, 별로 이득이 없다고 해야 할까?"

그래요? 내가 아는 신격이 높은 신이라고 하면…… 세계신님 이외에 상급신인 토키에 할머니 정도인가? 아, 파괴신도 있었어…….

토키에 할머니를 보면 항상 뜨개질을 하고, 아내들이랑 차를 마시는 정도로, 굉장히 한가해 보이넌데.

"시공신은…… 토키에 할머니는 몇만 년 만에 휴가도 겸해 이곳에 온 거니까. 물론 그분이 힘을 사용하면 시간이야 어떻게든 될 테지만."

그야 시간과 공간을 관장하는 하느님이니까. 마음만 먹으면 과거나 미래에도 갈 수 있겠지?

"마음만 먹으면이고 뭐고…… 어? 못 들었어? 토키에 할머니는 자주 미래에 가셔. 네 아이들하고도 자주 놀아 주신다나 봐."

"처음 듣는데요?!"

어?! 뭐야?! 할머니는 나보다 먼저 아이들이랑 놀아 주신다고?! 치사하지 않아?!

이건 공사를 혼동하는 일이 아닐까? ……다음에 사진 찍어서 보여 달라고 할까?

아무튼 이것으로 한 건 해결인가. 해프닝이 너무 많아서 지쳤어…….

카렌 누나와 아내들은 모두 목욕을 하러 가 버렸다. 모로하 누나까지.

나도 목욕을 하면서 쉬고 싶지만, 저녁을 먹기 전에 해 둬야 하는 일이 있다. 코사카 씨한테 혼나기 전에 얼른 끝내자.

맞다. 엔데 결혼식도 협의해야 하는구나. 밤에 주점에라도 불러낼까.

나는 스마트폰을 꺼내 톡톡 입력한 메시지를 엔데에게 보냈다.

◇ ◇ ◇ ◇

"그렇게 재미있는 일이 있었는데, 난 왜 지상에 없었던 거지?! 너무! 후회! 돼!"

쾅! 테이블을 양 주먹으로 내리치며 고개를 떨군 사람은 카렌 누나.

저녁 식사 후, 카렌 누나가 없었을 때 어떤 일이 일어났는지 자세히 알려줬더니 이 모양이다. 별로 재미없었어요. 성가실 뿐이었죠.

"원래 내가 기획한 일이었는데……! 역시 시험일을 미뤄 달라고 부탁할 걸 그랬어……. 내가 그 자리에 있었으면 리리엘이랑 리스티스의 사이를 진전시킬 수도 있었을 텐데…… 너무 아까워……!"

"어? 카렌 형님의 능력은 그런 방면으로도 가능, 한가요?"

린제가 살짝 눈을 반짝이며 카렌 누나에게 물었다.

"연애에 귀천은 없거든? 성별도, 나이도, 종족도, 신분도 관계없어. 상대를 생각하는 마음이 있다면 말이야. 일방통행을 할 뿐 상대를 생각하는 마음이 없다면, 사랑하는 자신을 좋아할 뿐인 단순한 자기애에 불과해."

어딘가의 작가 황녀와 같은 말씀을 하시는군요……. 그 자체를 부정하진 않겠지만 연애신의 힘은 쓰지 마세요?

식사 후에 커피를 마시면서 부활이 빠른 누나를 보니 조금 어처구니가 없었다.

……앗, 메시지가 왔네. 엔데가 주점에 도착한 모양이었다. 갔다 와 볼까.

"그럼 잠깐 나갔다 올게."

"벌써 가는 겐가? 남자끼리 어울리는 일도 필요하겠지만, 색시들과의 대화도 소중하게 생각하지 않으면 금세 '권태기' 가 올 수 있으이."

"누구야?! 스우한테 이상한 말 가르친 사람?!"

방의 구석에 대기하고 있던 세스카가 시치미를 뚝 떼며 시선을 피하더니 휘파람을 부는 척을 했다. 저 에로 메이드 자식. 돌아오면 벌을…… 그건 기뻐하겠지? 에로 발언 금지 명령을 내려 주겠어.

나는 세스카를 노려보면서 【게이트】를 열어 주점으로 전이했다.

후드를 쓰고 가게로 들어가 보니, 시끄러울 정도로 떠들썩하고 밝은 음악이 귀로 날아들었다. 여전히 붐비는구나. ……어? 저기서 피아노를 치는 사람은 소스케 형 아니야? 뭐 하는 거야, 음악신.

"토야. 여기야 여기."

"미안. 기다렸지……? 어?"

나는 이미 테이블 앞에 앉아 있는 엔데와 그곳에 같이 온 사람들을 보고 조금 놀랐다. 거기에는 엔데 옆에 리세, 맞은편 자리에는 메르와 네이가 이미 앉아 있었다. 웬일이야. 이런 밤에 주점에 다 오고.

"안녕하세요, 토야 씨."

"오랜만이군."

"안녕."

세 사람 모두 내가 건네준 별 모양 펜던트를 목에 걸어 인간의 환영을 두르고 있었다. 어딜 어떻게 봐도 인간 소녀처럼 보인다.

전에 만났을 때와 비교하면 어딘가 세련된 느낌이 드네. 옷은 환영이 아니라 진짜지? 패션에도 조금 신경 쓰고 있는 모양이다. 이 세계에 익숙해졌다는 거려나?

"웬일이야. 주점에 셋이 같이 오는 일은 잘 없잖아."

나는 엔데와 메르 사이에 의자를 가져와 앉았다. 네 사람 모두 이미 술과 요리를 주문한 듯해서, 나도 과실주를 주문했다. 주점에 와서 술을 안 마시는 것도 역시 어색하니까. 지구에서는 아직 미성년자라 마시면 안 되지만. 이세계 만세.

"저희 결혼식에 관해 의견을 들어주시는걸요. 당연히 얼굴을 비쳐야죠."

"엔데뮤온한테 다 맡겨뒀다간 메르 님이 창피를 당할지도 모르지. 당연한 일이다.”

“피로연 메뉴 체크, 당연히 해야 돼.”

아, 그런 이유로…….

엔데를 보니 메마른 웃음을 지으면서 에일 맥주를 마셨다. 너도 고생하는구나…….

“피로연은 괜찮은데, 하객이 그렇게 많아?”

새삼스럽지만 얘의 교우 관계는 과연 어떨지. 우리야 일단 참가할 예정이지만.

“나는 이래 봬도 은색 랭크 모험자잖아. 다른 모험자나 길드의 직원들과도 교류가 있고, 메르랑 두 사람도 사이가 좋아진 마을 사람이나 성안 사람들이 있어.”

그렇구나……. 생각보다 잘 녹아들어 사네. 상식을 모른다며 사람들이 꺼리지 않을까 걱정했는데…….

“저도 한 세계의 ‘왕’이었으니, 백성의 이야기를 듣는 일엔 익숙하거든요. 그다음엔 저마다 고민을 들어주거나, 적재적소에 사람과 물건을 배치하면 모두 기뻐해 주세요.”

메르가 아무것도 아니라는 듯이 대답했지만 스킬이 쓸만한데? 혹시 메르는 굉장히 유능한 인재인가……?

코사카 씨의 보조 역할로 스카우트할까? 그건 또 다음에 생각하자. 오늘은 결혼식 얘기를 하러 왔으니까.

“늦은 질문일지는 모르겠지만 다른 지배종과는 연락하고 있어?”

지금까지 프레이즈가 쫓아온 이유는 여기에 있는 메르 때문이었다. 프레이즈의 '왕'인 메르의 힘을 노리고, 또는 메르 자신이 다시 '왕'으로 복귀하기를 바라서 프레이즈들은 수많은 세계를 건너다녔다.

　변이종이나 유라의 일도 있어, 이 세계로 건너온 프레이즈들은 대부분 괴멸됐지만……

　"리세야 어쨌든, 네이는 원래 메르를 데리고 돌아가려고 이 세계까지 쫓아온 거잖아? 그건 이제 괜찮은 거야?"

　내 질문에 네이가 작게 한숨을 쉬더니 말했다.

　"정말 늦어도 너무 늦은 질문이군……. 네 말대로 이전에 나는 메르 님에게 '결정계'로 돌아가 주십사 부탁을 했다. 하지만 나의 진정한 바람은 그게 아니었어. 난 메르 님 곁에 있고 싶었지……. 그냥 그뿐이었다. 그런데도 '결정계'를 위해서라고 거짓말로 자신을 속이며 엔데뮤온을 질투했을 뿐이었던 거지. 여기에 와서 그 사실을 겨우 알아챘다. 그러니 이제 메르 님을 '결정계'로 모시고 갈 필요는 없어졌다."

　어딘가 개운한 표정으로 네이가 그렇게 말하자, 옆에 있던 메르가 네이의 머리를 착하지, 착하지, 라고 말하듯이 쓰다듬어 주었다.

　"후후. 앞으로도 계속 함께야, 네이."

　"메, 메르 님……! 그래도 이런 일은 사람들 앞에서는 가능하면……! 아으으……!"

고개를 숙이고 얼굴을 붉히며 쑥스러워하는 네이. 아주 귀중한 장면을 본 기분이야. 동영상으로 찍어 둘까?

은근히 메르 하렘이네⋯⋯. 본인이 좋다면 문제없지만.

그러는 사이에 요리가 나와서 나도 그중에서 꼬치구이를 하나 들고 덥석 입에 넣었다. 오, 맛있어.

"그⋯⋯'결정계^{프레이지아}' 세계에서는 메르의 남동생이 새로운 '왕'이 됐다고 했지?"

"네. '왕'으로서의 힘은 저보다 뒤떨어지지만, 민초를 위해 최선을 다하는 다정한 '왕'이에요. 그 아이에게는 신세를 지게 되었지만, 언젠가 만나러 갈 수 있었으면 하고⋯⋯."

만나고 싶다면 만나러 가면 되지 않냐고도 생각하지만, 나름대로 여러 가지로 생각하는 바가 있는 거겠지. 선대의 뛰어난 '왕^{메르}'이 귀환하면 또 왕으로 추대하려고 할지도 모르고, 지금 필사적으로 노력하고 있는 현재의 '왕'에게는 그 치세에 치명적인 타격이 될 수도 있다. 그건 누나로서 메르도 원하지 않는 일이라 생각한다.

나도 처음에는 원래의 세계로 돌아가지 못했으니 그 마음을 잘 안다. 돌아갈 수 없다면 그 사실을 받아들이고 긍정적으로 살아가는 수밖에 없다.

조금 침울해져서 이야기를 본론으로 되돌렸다.

"그럼 결혼식 자체는 우리 나라에 있는 교회에서 하면 되는 거지?"

"응. 여기선 신에게 맹세한다기보다는 정령에게 각오를 보여 주는 형식이잖아? 문제없어."

엔데 자신이 '무신의 권속'이니……. 정령보다도 지위는 더 높지 않을까 하는데. 좀 이상한 기분도 든다.

아니지. 내가 결혼할 때도 마찬가지였고, 혼인 신고의 증인으로 회사의 부하를 내세우는…… 그런 느낌이라 생각하면 꼭 틀린 비유도 아닌가.

"결혼식 이후의 파티는 숙소 '은월'에서 하기로 할게."

"그래. 거기라면 널찍하고 요리도 더할 나위 없지. 우리가 부탁한 메뉴는 괜찮은 건가?"

"괜찮아. 문제없어. 그다음은…… 카페 '파렌트'의 아에루 씨한테 주문하기로 한 웨딩케이크 말인데……."

"그거! 그게 제일 중요해! 얼른 보여줘."

흥분한 리세가 재촉해서, 나는 준비해 둔 케이크 견본 리스트를 【스토리지】에서 꺼내 보여 주었다. 검색해서 프린트해 두었던 리스트다. 한 장, 한 장에 사진도 첨부해 두었다.

"굉장해요! 먹는 게 아까울 정도네요!!"

"크으으……. 순백의 케이크에 형형색색의 꽃을 장식한 것도 좋지만, 이 과일이 가득 올라간 케이크도 제외하긴 아까워……. 아니, 이것도……."

"우리는 네 명이니 네 개를 준비해도 돼……?"

아니, 안 돼. 웨딩케이크는 신랑신부가 하나씩 먹는 음식이 아니거든? 그렇다고 넷이서 케이크 하나를 통째로 다 먹는 음식도 아니고.

엔데가 리스트의 2미터는 되어 보이는 케이크를 보더니 낮게 소리를 내며 고민했다.

"이렇게 높은데 만약에 쓰러지면 어떻게 하지……? 큰일 아니야……?"

"아, 높은 건 대부분이 이미테이션…… 가짜야. 겉모양을 화려하게 만들려고 만든 물건으로, 대부분이 못 먹는 거라 괜찮아."

"""…………."""

슥. 메르와 리세, 네이가 높이가 높은 케이크를 옆으로 제쳐 놓았다. 아, 역시 그건 중요한 고려 사항이구나…….

리스트 뭉치를 네 사람이 검토하는 모습을 바라보면서 나는 주점의 웨이트리스에게 주문을 추가했다.

"어디 보자. 콩샐러드랑 감자조림, 모둠 소시지랑 소금간닭 날개…… 그리고 또 먹고 싶은 음식 있어?"

추가 주문이 있냐고 물어보려고 고개를 돌렸는데, 네 사람 모두 움직임을 멈추고 있었다. 눈으로 허공을 바라보면서 미동도 하지 않았다. 어? 뭔데? 왜 그래?

"들려요……."

"응?"

메르가 중얼거리는 목소리가 들리긴 했지만 작아서 잘 알아

듣지 못했다.

"…… '향명음(響命音)' 이 들려. 멀리서 들리긴 하지만 분명히 이건 '향명음' 이야."

"난 그 '향명음' 이 뭔지 모르는데."

엔데가 설명해 줬지만 무슨 말인지 모르겠다. 더 자세하게 설명해 봐.

"'향명음' 이란 우리 프레이즈가 발하는 생명의 파동. 토야 씨가 가둔 우리의 소리가 바로 향명음이에요."

아, 그거구나. 프레이즈들은 메르가 발하는 그 소리를 따라 이 세계로 왔었다. 그리고 길드에 배포한 프레이즈 출현을 알리는 '감지판' 도 그걸 이용해서 만들었다.

"응? 잠깐만. 그렇다면……!"

"프레이즈가 이 세계에 출현했다는 거야."

그 말을 듣고 벌떡 일어서려는 나를 네이가 손으로 제지했다.

"당황하지 마라. 딱 한 개체가 나타났을 뿐이야. 그런데 이 반응은…… ."

"지배종. 하지만, 좀…… 이상한데?"

"뭐……?!"

지배종?! 설마 유라의 동료가 남아 있었나?! 이상하다면, 변이종으로 변한 거 아냐……?!

나의 그런 불안을 네이가 부정했다.

"적어도 나는 처음 듣는 '향명음' 이다. 지금까지 만난 적이 없는 놈이겠지."

"유라의 동료 아냐?! ……설마하니 유라의 분신은 아니겠지……?!"

프레이즈는 단독으로 다음 세대를 만들 수 있다고 했다. 유라가 죽기 전에 자신의 분신을 남겼을 가능성도…….

"아니. 전에도 말했지만 지배종은 부모의 핵. 그 특징을 이어받아. 그건 '향명음' 도 마찬가지야. 이 소리는 유라의 '향명음' 과는 전혀 달라. 절대 유라의 분신은 아니야. 굳이 따지자면……."

엔데가 분명하지 않은 말투로 말하다가 맞은편에 앉은 메르를 흘끔 쳐다봤다.

"메르 님의 '향명음' 과 비슷해……. 설마 '왕' ?"

어?

리세의 말을 듣고 나는 무심코 메르를 쳐다봤다. '왕' 이라면 설마 남동생? 프레이즈의 '왕' 이 변이종으로 변한 거야?!

"분명히 비슷합니다……. 하지만 제가 아는 그 아이의 '소리' 와는 조금 달라요. 설마 정말로 변이종으로 변한 걸까요……?"

메르의 표정에 복잡한 마음이 떠오른 듯이 보였다. 정말로 메르의 남동생인 '왕' 인가? 하지만 '왕' 정도의 지배종이라면 복구 중인 '세계 결계' 를 빠져나오긴 힘들 텐데……. 대체 어떻게 된 거지?

"토야, 지도 꺼내 봐."

"어? 으, 응."

엔데의 말대로 나는 테이블 위의 공중에 작은 지도를 투영했다. 잠시 그 지도를 노려보던 엔데가 곧 그 안의 한 점을 확대해서 손가락으로 가리켰다.

"……여기. 여기서 그 '향명음'이 들려. 토야의 전이 마법으로 갈 수 있겠어?"

"라제 무왕국인가. 가 본 적은 없으니【텔레포트】로…….

멀지만 신기를 사용하면 넘어갈 수 있어. 바로 갈까?"

내 질문에 네 사람 모두 고개를 끄덕였다. 엔데도 간단한 전이 마법은 사용할 수 있는 듯했지만 먼 거리는 어렵다고 하니까. 좋아. 바로 가자.

나는 주문을 취소하고 요금을 냈다. 주문을 취소한 사과 비용도 포함해서 더 얹어 주었다. 피아노를 치던 소스케 형에게 사정을 이야기하며 조금 멀리 가게 됐다고 알린 뒤, 우리는 네 사람은 서둘러 주점 밖으로 나갔다.

그리고 곧장 건물의 뒤편으로 가서 소녀 세 명에게는 엔데에 달라붙어 달라고 말했다. 아무래도 나한테 달라붙으라고 말할 수는 없으니…….

뒤에서 엔데의 어깨를 붙잡은 나는 신기를 휘감은【텔레포트】로 단숨에 라제 무왕국으로 건너갔다.

"어차!"

우리가 도착한 곳은 마을에 있는 건물 옥상이었다. 그 수 센티미터 위에 출연한 우리는 모두 안전하게 착지했다. 높낮이 차를 고려하지 못했네. 실패야.

"설마 마을 한가운데라니……. 토야, 여긴 어디야?"

"어~. '아마츠미'……. 아마츠미 마을인데, 그다지 크지 않아."

그런 것치고는 번화했다. 지붕에서 내려다본 거리는 밤인데도 마광석 네온이나 램프 등이 형형색색으로 빛을 발했다. 길은 넓고 몇 대의 고렘 마차가 길을 오갔다.

마을에 즐비한 집들의 모양은 서방 대륙에서는 보기 드물게 복고풍 이미지였다. 대략적인 이미지지만, 서부극의 거리에 가까웠다. 총잡이도 카우보이도 없어 보였지만.

"아직 마을은 괴멸되지 않은 모양이군."

어둠 속에서 빛나는 마을을 내려다보면서 네이가 중얼거렸다. 야, 불길한 소리 하지 마…….

그런데 정말 지배종이 나타났는데도 집이 하나도 안 부서졌네…….

우리는 지붕 아래로 내려가 길을 오가는 사람들을 바라보았다.

"이 마을에 있어? 아니면……."

"들려요……. 틀림없이 근처에 있습니다. 저 방향에——."

메르가 시선을 돌린 곳에 있는 큰길 앞을 자세히 보니 사람들이 많이 모여 있었다. 무슨 소동이 벌어져 구경꾼들이 몰려든 듯했다.

마치 유명인이 마을에 나타난 것처럼 사람들이 한데 뭉쳐 있었다.

"이봐, 누가 좀! 보안병 불러와! 고렘도!"

"좋아! 해치워라!"

"거기야! 날려버려!"

뭐지? 싸움 났나? 설마 변이한 프레이즈의 '왕'이 싸움을 하고 있는 건 아니겠지?

"바보 같은 소릴. 메르 님보다 전투력이 낮다고는 하나, 우리 프레이즈의 '왕'이다. 인간이나 기계인형 따위가 상대되리라 생각하나?"

네이가 나의 혼잣말을 듣고 곧장 부정했다.

그렇겠지. 지배종이 날뛰면 이 정도 규모의 피해로 그칠 리가 없어.

어쨌든 우리가 찾던 지배종은 저 혼잡한 사람들의 중심에 있는 듯했다. 사람들 탓에 전혀 보이지는 않지만.

"어쩔 수 없네. 【프리즌】."

"오, 오오?! 뭐지?!"

사람들로 북적이는 곳에 직사각형 모양의 【프리즌】을 형성. 보이지 않는 벽에 떠밀려 사람 벽이 두 갈래로 나뉘었다. 마치 바다를 가르는 모세 같은걸?

그 안을 천천히 빠져나가 우리는 소동의 중심에 다다랐다. 그곳에는——.

"이 꼬맹이 자식……!"

"늦어, 늦어. 그런 움직임으로 날 붙잡을 수 있을 리 없잖아? 아저씨들 정말 강한 거 맞아?"

강건한 남자 세 명에게 둘러싸여 있으면서도 상대를 놀리며 주머니에 손을 넣은 채 공격을 계속 피하는 어린 소년.

나이는 레네보다도 어리니…… 여섯 살이나 일곱 살 정도? 부드럽게 움직이는 그 모습은 어딘가 새끼 고양이 같다는 생각이 들었다.

아니지, 새끼 고양이라기보다는……. 나는 무심코 앞의 소년과 옆에서 멍한 표정을 짓고 있는 동행자를 비교해 보았다.

소년의 약간 길고 흰 머리카락, 사람을 살짝 놀리는 듯한 미소 그리고 긴 머플러.

닮았다. 정확하게는 닮았다기보다는 이거…….

"응? 엔데뮤온……. 너한테 남동생이 있었나?"

"없어……. 게다가 저 아이한테서 '향명음'이 나거든? '건너는 자'일 리가 없어."

나와 같은 의문을 품은 네이가 직접적으로 질문을 했지만 엔데는 부정했다. 남동생이 아니라고? 그렇지만 저 모습은…….

소년이 우리를 향해 시선을 돌렸다. 앗, 우리를 눈치챘다.

"어? 이제야 왔네. 참~. 왜 이렇게 늦었어. 그 탓에 이상한 사람들이 시비를 걸어서 고생했잖아!"

"크악?!"

"어억?!"

"우우윽?!"

쿠구궁! 잇달아 작렬한 3연속 공격에 남자들이 지면에 내동 댕이쳐졌다. 와아, 방금 뭐야……? 한 발 한 발이 빠르고 묵직한 일격이었어. 어리지만 이 아이는 상당한 실력자 아냐?

"앗, 폐하도 왔구나! 와아, 기뻐!"

"어?!"

환한 웃음을 지으며 우리를 향해 달려오는 어린 소년. 잠깐만. 날 알아?

눈앞에 와서 생글거리며 웃는 모습을 보고 나는 하나 착각한 점을 깨달았다. 이 아이는…… 여자아이……?

반짝이는 아이스블루 눈동자가 우리를 보았다.

"우와아, 다들 별로 안 변했구나? 조금 젊은 정도? 맞다. 나중에 사진 찍어도 돼?"

"넌…… 누구야?"

아주 신이 난 어린 소년……. 소년이 아니라, 소녀에게 내가 대표로 질문했다. 다른 네 명이 굳어 있어서…….

"아~. 그렇지. 날 몰랐었어. 처음 뵙겠습니다? 난 아리스테라. 아빠랑 엄마들은 아리스라고 불러. 그러니까 여기서도 그렇게 불러줘!"

"자, 자, 자, 잠깐만 기다려 봐! 너, 넌…… 아리스? 아빠랑 엄마들이라면……."

내가 일단 말을 막고 되묻자, 아리스라고 자신의 이름을 밝힌 소녀는 아무렇지도 않게 엔데를 가리킨 다음 메르, 네이, 리세를 순서대로 가리켰다.

"아빠랑, 엄마들이야."

""""""뭐, 뭐어어어어어어어어어————————?!?!""""""

네온사인이 깜빡이는 아마츠미 마을에서 우리의 외침이 메아리쳤다.

"그, 그럼 정말로 엔데 씨의 따님인가요?!"

"그렇다나 봐……."

유미나에게 사정을 설명하면서 나는 소파 위에 누워 메르의 무릎베개를 베고 자는 소녀를 슬쩍 곁눈질로 바라봤다.

일단 브륀힐드의 왕성으로 돌아온 우리는 아리스테라…… 아리스라고 자신의 이름을 밝힌 소녀에게 이야기를 들어보려고 했는데…….

"졸려. 이제 잘래……."

그 말만을 남기고 아리스는 마치 전지가 다 떨어진 사람처럼 메르의 무릎을 베고 잠들어 버렸다. 자기 페이스가 확실한 아이네…….

그 모습을 아무 말 없이 바라보던 네이에게 내가 말을 걸었다.

"대체 뭐가 어떻게 된 건지……. 먼저, 저 아이가 엔데와 너희의 아이라는 건 틀림없어?"

"아니. 정확하게는 다르겠지……. 이 아이는 틀림없이 프레이즈의 특성을 이어받았지만 '향명음'은 나와 리세하고는 다르다. 정확하게는 엔데뮤온과 메르 님 사이의 아이라 생각한다. '향명음'은 거짓을 발하지 않으니까."

머리 색은 엔데랑 닮았고 눈동자 색은 메르랑 똑같으니 그거야 뭐.

메르의 아이라면, 엔데와 함께 결혼한 네이와 리세를 엄마라 불러도 부자연스럽지 않다.

십중팔구 아리스는 두 사람의 아이이겠지. 그렇다면…….

"혼전 임신 결혼……. 아니 혼전 출산 결혼인가……."

"농담이라도 웃을 수 없는 말이야, 토야……."

"저도 낳은 기억이 없는데요……."

아리스의 부모가 날 노려보았다. 미안. 분위기를 풀어 보려고 그런 거야.

"미, 미래에서 온 너희의 아이일 가능성이 크지?"

"미래에서요? 어떻게…… . 아, 시공 마법?!"

유미나가 짝, 하고 손뼉을 쳤다. 그 소리를 듣고 아리스가 잠꼬대를 하며 몸을 뒤척여 우리는 목소리를 낮췄다.

"야, 아빠. 딸을 침대로 옮겨 줘."

"그러니까……! 큭, 이제 됐어!"

엔데가 조용히 아리스를 안아 올리고는 메이드장인 라피스씨의 안내를 받아 별실로 데리고 갔다. 걱정됐는지 어머니들인 메르, 네이, 리세가 우르르 엔데를 뒤따라갔다.

자는데 저렇게 옮겨 주면 기분이 참 좋은데…… . 어릴 적에 나도 아빠가 저렇게 옮겨 줬던 일이 흐릿하게 기억났다.

"시공 마법이라…… . 그거라면 정말 가능할지도 몰라. 실제 사례도 있잖아."

린이 소파에서 팔짱을 끼고 중얼거렸다.

파레리우스 왕국의 시조, 시공 마법의 사용자인 아레리아스 파레리우스. 그 아들이자 사고로 인해 뒤쪽 세계로 날아가게 된 프리물라 왕국의 시조, 레리오스 파레리우스.

그 사람은 뒤쪽 세계로 날아가면서 시간을 200년 정도 거슬러 올라갔다. 뒤쪽 세계로 날아가 버린 본인은 눈치채지 못한 듯하지만.

확립된 마법은 아니지만, 시공 마법은 실제로 시간을 뛰어넘는 힘이 있다.

"그럼 저 아이가 시공 마법 사용자란 말이야?"

"아니. 저 아이가 원해서 이 시대로 날아왔는지는 알 수 없어. 적어도 레리오스 파레리우스 때는 사고였으니까……."

미래 세계는 어떨지 몰라도, 시간을 넘는 시공 마법에 관한 얘기는 들어본 적이 없는데. 레리오스와 마찬가지로 무슨 사고가 벌어져 미래에서 과거로 온 건가?

미래에서 뭔진 몰라도 엄청난 사고가 벌어졌나……? 크으으…… 모르겠어……!

"무슨 일인지 잘 모르겠다만, 시간에 관한 일이라면 토키에 할머니한테 물어보면 되지 않겠는가? 할머니는 '시공신' 이시지?"

"아."

낑낑거리며 고민하는 내 옆에서 스우가 간단히 정답을 찾아냈다.

그래, 그러면 돼. 토키에 할머니는 시간과 공간을 관장하는 '시공의 신' 이다. 이번 일도 어떻게 된 건지 알고 계실 거야.

……어쩌면 아리스를 과거인 여기로 데리고 온 사람이 토키에 할머니일지도 몰라. 모로하 누나의 말로는 가끔 미래에 가신다는 모양이니까.

"할머니는?"

"어~. 아침에는 평소처럼 발코니에 계셨는, 데요……."

내가 묻자 린제가 그렇게 알려주었다. 할머니는 낮 동안은 대부분 발코니에서 뜨개질을 한다. 프레이즈 탓에 너덜너덜해진 '세계의 결계'를 뜨개질을 통해 복구하는 중이다.

밤에는 우리와 함께 식사를 하고, 스우와 린제와 대화를 하거나 하지만, 대부분을 일찍 잔다.

이미 시간은 10시를 지났다. 이 시간이면 이미 주무시고 계실까? ……어?

내가 평소의 그 기척을 느끼고 뒤를 돌아보니 그 자리에 토키에 할머니가 전이해 왔다.

"어머나, 기다렸니?"

시공신인 할머니는 나와 같은 세계신님의 권속이기도 해서 전이해서 오게 되면 기척을 느낄 수 있다.

내가 쌓이고 쌓인 의문을 물어보려고 하자 할머니는 손을 내밀어 그걸 제지했다.

"알고 있단다. 아리스의 일로 그러는 거지?"

"역시 알고 계셨어요?"

"시간 전이를 했으니까. 내가 눈치채지 못할 리가 없잖니. 내가 마중하러 가기보다는 너희가 가는 편이 낫다고 생각해 이 시대에 도착했어도 잠시 내버려 두었단다."

할머니는 미소 지으면서 그렇게 말했다. 아리스에 관해 잘 알고 있는 듯했다. 역시 아리스와 이미 만난 적이 있는 건가?

"그 아이는 예상대로 엔데와 메르의 아이인가요?"

"그래. 미래에서 태어날 두 사람의 아이야. 프레이즈처럼 핵에서 성체로 진화하지 않고 인간 아이처럼 평범하게 자란 아이지. 물론 프레이즈의 특성도 지니고 있어."

네이의 말대로인가. 그 아이가 엔데와 메르 사이에서 미래에 태어날 아이라는 점은 잘 알았다. 문제는 미래에서 왜 이 시대로 왔는가인데…….

"그 아이를 과거로 데리고 온 사람은 할머니예요?"

"그렇다고 말할 수도 있지만 직접적인 원인은 달라. 그 아이들은 '차원진(次元震)'에 말려들었어. 시간과 시간의 단층이 엇갈렸을 때 튕겨서 날려온 거지. 시공의 일그러짐은 물의 파문처럼 퍼져나가 쓰나미처럼 뒤덮는 것들을 끝없이 떠밀어내게 된단다. 그래서 그렇게 되기 전에 이 시대로 흘러올 수 있도록 유도했지."

그렇다면 시공의 틈새를 영원히 떠돌 수도 있었던 그 아이를 할머니가 이 시대로 데리고 와 주셨다는 건가.

지구에서도 뜬소문이긴 하지만 시공 표류자 이야기는 자주 듣는데……. 그것도 사실일까? 난 잘 모르겠다.

"떠다니는 동안에 설명해 주긴 했다만, 얌전히 기다릴 수 없었나 보구나. 그 아이는 말괄량이니까."

다 큰 남자 세 명을 상대로 싸움을 벌였는데 '말괄량이'라는 한마디로 마무리 지어도 될지 의문이긴 하지만 문제는 그게 아니다.

"그 '차원진'? 그것으로 인해 미래 세계가 큰 재난에 말려들었나요?"

멸망한 미래에서 과거를 바꾸기 위해 오는 미래인. 타임슬립이 소재인 이야기에 흔히 나오는 그런 이미지가 머릿속에 떠올라 나는 무심코 꿀꺽 마른침을 삼켰다.

"아니야. 특별히 아무 일도 일어나지 않았어. 차원진은 시간의 일그러짐. 수면에 떨어진 물방울이 만들어 내는 파문처럼, 주변에 크게 퍼지기는 하지만 금방 원래대로 돌아오지. 이번에는 우연히 그 중심 근처에 그 아이들이 있었을 뿐이야. 미래의 세계는 평화 그 자체란다."

"그, 그런데 미래에 있는 엔데 씨네 가족이 걱정하고 있지 않을지……."

"미래의 그 사람들은 지금 여기 있는 사람들이잖니. 무슨 일이 있었는지 전부 알고 있어."

린제의 질문에 토키에 할머니가 미소 지으며 대답했다. 어? 그럼 이상하지 않나?

"그럼 미래의 엔데, 아니지. 저를 포함한 모든 사람은 그 차원진이 일어난다는 사실을 알고 있었던 거죠? 왜 막으려고 하거나, 아리스를 멀리 떼어 놓으려고 안 했나요?"

"막을 필요가 없었기 때문이겠지. 아리스를 비롯한 아이들은 문제없이 차원진이 일어나고 몇 초 후에 돌아오니까. 정해진 과거 아니니. 그걸 막으려고 한다고 해도 막을 수 없어. 그걸 잘 알고 있어서 그렇단다."

그럼…… 미래는 바꿀 수 없다는 건가? 타임슬립 이야기를 보면, 과거를 바꾸려고 미래인이 오지만 결국 바꿀 수 없었다…… 같은 결말을 맞이하는 이야기도 적지 않긴 하지만.

"아리스가 와서 미래가 바뀌는 일은……."

"날 누구라고 생각하니? 그럴 걱정은 안 해도 된단다. 이번 일과 관련해선 아무런 걱정을 할 필요 없어."

오오, 역시 상급신이자 세계신님의 권속. 정말 마음 든든하다.

자세히 물어봤는데 시간의 정령이 현상의 복구를 이러니저러니 하는 이야기라 이해하기 힘들었지만, 어쨌든 문제는 없다는 모양이었다.

아리스한테 미래에 관해 들어도 그게 원인이 되어 역사가 바뀌지는 않는다고 한다. 바꾸려고 해도 할머니의 바꾸지 못하게 하는 힘이 발동된다……? 그런 건가? 역사의 강제력인가? 역시 시간의 관리자. 장난 아니야, 시공신…….

"아리스가 과거로 온 일도, 무사히 미래로 돌아가는 것도, 이미 확정된 미래……. 그런 말일까……?"

린이 다시 팔짱을 끼고 생각에 잠겼다.

바빌론 박사의 미래를 엿보는 아티팩트로는 불확실한 미래밖에 엿볼 수 없는데 굉장해…….

반대로 미래를 바꾸려고 한다면 그것도 쉽게 할 수 있겠지……? 그게 뭐야? 신이야. 신이었네. 상식이 통하지 않지만 새삼 놀랄 일도 아닌가?

신들은 표면적으로는 지상의 사건에는 크게 간섭하지 않으려고 하니, 미래가 크게 변화해선 안 된다는 그런 걸까?

"할머니, 토키에 할머니. 그럼 아리스는 언제까지 여기에 있게 되는 겐가?"

스우가 소파에 등을 기댔다가 몸을 앞으로 내밀며 토키에 할머니에게 물었다.

흠. 할머니의 이야기에 따르면 아리스는 반드시 아무 일 없이 미래로 돌아간다고 한다. 내일 돌아가든, 1년 후에 돌아가든, 원래의 미래 시대에서는 수 분밖에 안 지난다고는 하지만 너무 오래 있어선 안 좋을지도 모른다. 자칫하다간 여기에서도 아리스가 태어나 아리스가 두 명이 될 수도 있고.

"차원진의 파도가 진정될 때까지……. 이곳의 감각으로 따지면 몇 개월 정도일까. 모두 모이면 내가 책임을 지고 미래로 돌려보낼 테니 걱정 안 해도 돼."

"저어, 아까부터 계속 마음에 걸리는 말이 있는데요……."

머뭇거리며 힐다가 작게 손을 들었다. 응? 마음에 걸릴 말이 있었던가?

"토키에 할머니께서는 조금 전에 '그 아이들'은 차원진에 말려들었다고 하셨는데……. 혹시……."

"어머! 어머나, 그렇구나! 그 설명을 아직 안 했었어. 미안하구나. 가장 중요한 일을 먼저 설명해 주지 않다니."

토키에 할머니가 짝, 하고 손뼉을 치면서 쓴웃음을 지었다.
어? 뭔데요?

"차원진에 말려든 아이는 아리스 혼자가 아니야. 너희 아이들도 말려들었단다. 그러니 조만간 이 시대에 오게 될 거야."

《《어?》》

동시에 외쳤다. 나와 나의 아내들이. 완벽한 동시 발성.

수 초간, 머리가 새하얘져 아무런 생각도 나지 않았다. 아내들도 똑같지 않았을까. 그야말로 시간이 멈춘 듯 우리는 미동도 하지 않았다. 시간 정지? 이건 시공신의 능력인가요?

이윽고 우리의 시간은 혼란과 함께 움직이기 시작했다.

"어어어어어어?! 무, 무슨 말씀인가요, 할머님?!"

"아, 아이들?! 우, 우, 우리의?!"

"지, 지, 지지지지지, 진정, 진정해! 언니!"

"미, 미래에서 오는 것입니까?! 소인들의 아이가?!"

"나와, 토야 님의……!"

"하, 하, 할머니! 그게 정말인가?! 정말인 겐가?!"

"이건 놀랄 수밖에 없어……. 그런데 달링과 나의 아이가……? 정말?"

"아, 아직 어머니로서의 마음가짐이! 어, 어, 어쩌지……?!"

"벌써 엄마가……! 너무 일러……!"

공황 상태다. 나도 완벽히 공황 상태지만, 주변이 이래선 오히려 난 반응을 하기가 힘들었다. 당황할 타이밍을 놓쳤다고도 할 수 있다.

"할머니······? 그건, 언제쯤인지······?"

"말려든 시점이 각자 다르니 여기에 도착하는 시점은 조금씩 다르겠지만, 모두 몇 개월 이내라고 하면 될까. 아리스가 가장 빨랐을 뿐이야. 근처에 있었었던 아이들이라면 한꺼번에 나타날지도 모르지만."

"그, 그, 그, 그! 괜찮을까요?! 아이들만 위험한 곳에 방치되기라도 하면······!"

당황해서 빠르게 다가온 루의 어깨를 할머니가 부드럽게 제지했다.

"애들아, 아리스도 그렇지만 너희 아이들은 대부분이 금색 또는 은색 랭크 모험자들이야. 거수도 맨몸으로 잡을 정도지. 걱정하면 할수록 손해란다."

⟨⟨네?⟩⟩

또 동시에. 나와 내 아내들의 목소리가 또 완벽히 겹쳤다.

모두 금색 또는 은색 랭크라고? 진짜로······? 거수를 맨몸으로 잡아? 난 프레임 기어로 잡고 금색 랭크가 됐는데······.

아빠 체면이 말이 아니네······.

"하, 할머니! 내 아이는 금색 랭크예요?! 아니면 은색?!"

"저, 저어! 제 아이는 몇 살 정도인지……."

"소인 아이의 검 실력은……!"

"자자, 여기까지. 전부 내가 말해 버리면 재미없잖니. 그건 만났을 때를 위해 남겨 두렴. 그렇지. 아리스한테도 말하지 말라고 말해 둘까?"

〈우우~~.〉

아내들 모두가 '그럴 수가' 하고 아쉬워했다.

큰일 났네……! 설마 출산과 육아를 건너뛰고 성장한 자신들의 아이들을 만나게 될 줄이야. 이렇게 말하긴 미안하지만 엔데 문제가 머릿속에서 다 지워져 버렸어!

"이, 일단……."

나는 검색 사이트를 열어 '아이를 대하는 법'이라고 적었다.

ᴧᴧ 제5장 방문객 또다시

　다음 날 아침.

　끝없이 맑은 푸른 하늘이 큰 식당의 창문으로 올려다보였다. 구름 한 점 없이 맑은 걸 보니 오늘은 아주 화창한 날씨가 될 듯하다.

　그토록 상쾌한 아침인데, 식당은 이상한 긴장감에 휩싸여 있었다. 긴 테이블을 둘러싼 사람은 나와 아내들, 토키에 할머니와 모로하 누나, 코스케 삼촌(그 외의 하느님들은 아직 자는 중), 거기에 손님으로 찾아온 엔데, 메르, 네이, 리세, 추가로 화제의 중심인 아리스였다.

　사람이 이렇게 많은데 거의 대화가 없어, 식기와 접시가 부딪쳐 잘각거리는 소리와 아리스의 즐거운 목소리만이 울려 퍼졌다.

　"맛있어~! 나 이거 아주 좋아해! 엄마도 먹어!"

　"으, 으응. 먹을게."

　테이블 위에 올라가 있던 베이컨에그를 먹으면서 아리스가 옆에 앉은 메르를 보고 웃었다.

그 일거수일투족을 흘끔흘끔 살피면서도, 우리는 어떻게 이야기를 하면 좋을지 좀처럼 거리감을 파악하지 못하고 있었다. 토키에 할머니가 아리스에게 말을 하지 말라고 주의를 주었다고는 하지만 묻고 싶은 것들이 너무나도 많았다.

"아, 아리스 양은 지금 몇 살이야?"

오오, 에르제가 말했다. 평범한 대화에서 화제를 확장하려는 심산이구나? 웃는 얼굴은 잔뜩 굳어 있지만.

"풉."

"어? 왜? 뭐, 뭐가 이상했어?"

나이프와 포크를 든 채 갑자기 웃음을 터뜨린 아리스를 보고 에르제가 당황했다.

"선생님이 '아리스 양'이라고 부르니까 그렇지. 평소랑 다르니 이상해서."

"서, 선생님?!"

"있지, 에르제 선생님은 내 무술 스승님이야. 아, 난 여섯 살이고."

"그, 그렇구나……."

에르제가 스승님?! 아리스는 무술가인가……? 어제 남자들을 꺾은 움직임을 보면 무술가 같긴 했지만…….

미래에 관한 정보를 듣고 나는 놀라면서도 한편으로는 조금 이해가 됐다. 아버지인 엔데와 에르제는 무신의 동문이다. 그러니 그런 관계가 되더라도 이상하지는 않다.

"……잠깐 괜찮을까? 에르제가 스승이라니, 난 안 가르쳐줘?"

"아빠는 좀처럼 돌아오질 않으니까. 돌아오면 지쳐서 바로 자고."

"……돌아오지 않는다니 무슨 소릴까? 엔데뮤온……?"

"나?! 아냐, 난 모르는 일이야!!"

메르가 차갑게 바라보자 고개를 붕붕 젓는 엔데. 돌아오지 않는 사람은 미래의 엔데인데 지금의 엔데를 탓하다니 너무 하잖아.

"일이 바쁘대. 일단은."

"일단은이라니?! 그건 좀 믿어주자, 응?!"

필사적으로 딸에게 변호를 부탁하는 아빠 엔데. 꽤 재미있는 가정인 듯하다.

"근데 얘가 일을 하는구나?"

"토야까지……."

"아빠는 모험자 길드에서 길드 마스터로 일해. 담당은 브륀힐드가 아니지만."

그래? 의외로 쉽게 미래에 관한 정보를 들었네. 엔데 이 자식, 미래에서는 모험자 길드에서 일하게 되는 거였냐. 지금도 모험자이긴 하니, 길드에서 일한다고 해도 이상할 건 없지만.

"그래서 에르제가 스승이 되어 가르쳐주는 거구나……. 타케루 삼촌한테는 안 배워?"

"배우려고 했는데 아빠가 말렸어. '지옥을 보기엔 너무 일러' 라고 하더라고."

"나이스, 미래의 나……!"

작게 주먹을 불끈 쥐는 엔데. 이해 못 할 일은 아니다. 그 무신에게 맡겼다간 유소년기의 성격 형성에 엄청난 영향을 받게 된다. 싸움이 인생의 전부인 싸움꾼 딸로 자랐다간 너무 마음이 아플 테니까.

"그, 그럼. 내, 내 아이도 아리스랑 같이 배우고 그래?"

접점을 발견해서인지 에르제가 거침없이 묻기 시작하네. 우리도 묻고 싶었던 일이라 굳이 방해는 하지 않겠지만.

"글쎄. 에르나는 발로 차거나 주먹으로 때리는 일을 싫어하니……. 근데 린네하고는 자주 싸워. 얼마 전에도……."

"아리스?"

"어? 아~~~. 에헤헤. 이건 비밀이었어. 너무 많이 알려주면 만났을 때의 즐거움이 줄어들잖아. 나중에 내가 혼나. 실수했네."

토키에 할머니에게 주의를 들은 아리스가 작게 혀를 내밀었다. 자신에 관한 일은 괜찮지만, 우리의 아이들에 관한 이야기는 하지 말라고 주의를 받은 모양이었다.

하지만 이미 늦었다. 적어도 에르제의 아이가 '에르나' 이고, 맨손으로 싸우기를 싫어하는 아이라는 점은 알게 되었다. ……에르제의 아이 맞지?

아마 딸일 텐데. 에르제의 딸이 싸우길 싫어해? 어째서?

에르제도 같은 생각을 했는지 미묘한 표정을 지었다.

그리고 린네? 그 아이도 내 아이일까……?

나는 에르제 옆에서 좀처럼 진정하지 못하며 수상한 움직임을 보이는 린제를 슬쩍 바라보았다. 이름으로 봐선 린제의 아이일 가능성이 크네…….

나와 같은 생각을 했겠지만, 지금은 할머니가 막고 있어 린제는 최선을 다해 질문하고 싶은 마음을 꾹 참고 있는 듯했다.

나중에 단둘이 있게 되면 무심코 정보를 흘릴지도 모르지만. 아리스는 작은 일에까지 일일이 신경 쓰는 성격은 아닌 모양이니까.

"아. 아빠, 오늘 한가하면 나랑 시합하자."

"응? 나랑?"

아리스가 옆에 앉아 있는 엔데의 팔을 잡아당겼다. 오? 부녀 대결인가?

엔데가 메르를 흘끔 보내자, 메르도 어쩌면 좋을지 판단이 안 서는 듯 곤혹스러운 표정을 지었다.

"북쪽 훈련장이 비었어. 시합할 거라면 나도 견학을 한번 해볼까?"

"야호! 결정이네?!"

샐러드를 먹으면서 모로하 누나가 그런 제안을 하자 아리스가 만세~ 하고 말하며 양손을 들어 올렸다.

기사단 훈련은 모로하 누나와 기사단 단장인 레인 씨에게 맡겨두었다. 일정을 파악하고 있는 모로하 누나가 그렇다면 당연히 비어 있겠지.

"그럼 나도 견학할게. 실력이 어느 정도인지 보고 싶거든."

"어, 언니가 견학한다면 나, 나도."

"소인도 견학을 해 볼까 합니다……."

"그, 그럼 저도요!"

이렇듯 잇달아 견학을 하겠다는 사람이 나타나, 결국에는 모두 견학을 하러 가게 되었다. 다들 흥미진진하네. 물론 나도 마찬가지지만…….

다들 기회가 오면 자기 아이의 정보를 얻을 수 있을지도 모른다고 호시탐탐 노리고 있을지도 모른다.

언젠간 알게 될 일이니 굳이 물어볼 필요는……. 그런 생각도 들지만 역시 미리 알아서 마음의 준비를 해 두고 싶긴 하다.

그거와는 별도로 아리스의 실력이 궁금한 것도 사실이고. 아마츠미 마을에서 그 실력의 일부를 보긴 했지만 그게 전력은 아니겠지.

자자, 미래의 금색, 은색 랭크의 실력을 한번 구경해 보도록 할까.

◇ ◇ ◇

"토야. 난 시합에서 이겨야 할까 져야 할까……?"

"어려운 문제네……."

훈련장으로 가는 길에 엔데가 몰래 나에게 그런 질문을 했다.

시합이란 당연히 눈앞에서 모두에게 둘러싸여 걷고 있는 아리스와의 시합을 말한다.

"아버지의 위엄을 유지하려면 이겨야 하지 않을까? 아버지는 넘어야 할 벽이자, 아이가 가장 먼저 목표로 삼는 인물이라고 해도 과언이 아니니까."

"여, 역시 그럴까?"

"단, '남자아이일 경우' 라는 전제 조건이 붙었을 때의 이야기가 아닐까 하는 생각도 들어. 여자아이를 상대로 진심으로 싸운다니 그것도 좀 그렇고, 무엇보다 딸이 지고 난 뒤에 '아빠 미워!' 라고 말하기라도 하면……."

"겁주지 마……! 결국 어떻게 하란 거야?!"

엔데가 진심으로 난처하다는 듯한 표정을 지으며 나를 압박했다. 아무리 물어봐야 나도 잘 모르겠거든? 솔직히 나도 같은 장면을 맞닥뜨릴 가능성이 커서 엔데의 행동을 참고할 생각을 하고 있었다. 너의 희생을 헛되이 하지 않을게, 걱정하지 마.

엔데가 계속 고민을 하든 말든, 우리는 북쪽 훈련장에 도착했다. 여기는 기사단이 사용하는 훈련장과는 달리 신기로 엄청나게 강한 결계를 펼쳐 두었다. 즉, 아무리 엄청난 짓을 해도 괜찮다는 말이다.

마법 실험이나 시험 발사, 모로하 누나나 타케루 삼촌의 기술을 보여 주거나 할 때 사용한다. 그 외엔 전이시킨 마수를 상대로 기사단이 집단전 훈련을 할 때라든가.

그리고 그 일각에 한 단 정도 높게 솟은 투기장이 있었다.

엔데와 아리스는 마수의 가죽으로 만든 오픈핑거 글러브를 끼기 시작했다. 건틀릿을 끼우고 서로 치고받을 수는 없으니까.

아리스에게 맞는 글러브가 없었지만, 린제가 재봉 도구를 꺼내 순식간에 손에 딱 맞는 어린이용 글러브로 다시 만들어 주었다. 잠깐, 지금 그거 뭐야?!

【고속 재봉】이라고 해야 하나? 설마 이게 린제의 권속 특성인가?

사이즈가 변경된 글러브를 끼고 아리스가 주먹을 쥐었다 폈다 하며 감촉을 확인했다.

이건 주먹을 보호하는 동시에, 상대에게 가해지는 대미지를 줄여주기 위한 도구다. 그렇지만 상대가 받는 충격은 그대로이니, 맞으면 아픈 건 여전하다. 정말로 괜찮을까……?

토키에 할머니가 말리지 않는 걸 보면 괜찮겠지만…….

"자, 시작해 볼까."

모로하 누나의 말에 따라 엔데와 아리스가 무투장 중앙으로 이동했다.

"마법 사용은 금지. 그리고 무투장에서 떨어지면 실격이야. 제한 시간은 5분. 시합 속행이 불가능하다고 내가 판단한 경우에는 거기서 시합 종료. 괜찮겠지?"

엔데와 아리스가 작게 고개를 끄덕였다. 나란히 서 있으니 키 차이가 엄청난데 정말 괜찮나? 엔데는 170센티미터가 넘지만 아리스는 120센티미터도 안 되어 보이는데……

"그럼, 시작!"

"자~. 간다~!"

쿵! 마치 로켓 같은 폭발음을 내며 돌격한 아리스가 오른손 주먹을 들어 올렸다.

자신을 향해 날아온 주먹을 엔데가 왼손으로 막은 순간, 이번엔 쳐올리는 듯한 아리스의 왼손 주먹이 엔데의 턱을 향해 날아갔다.

"엇?!"

살짝 몸을 뒤로 빼며 일격을 피한 엔데를 추격하며 계속 공격을 날리는 아리스. 상당히 빠른 연속 공격을 엔데는 정확하게 막고 피했다.

"움직임이 상당히 좋습니다."

"네. 세밀하고 낭비가 없는 움직임이에요. 하지만 너무 정면으로만 공격하는 느낌도 들어요."

야에와 힐다가 그런 감상을 나누었다. 정면으로만 공격한다고 했는데 페인트 같은 동작이 없다는 그런 말인가?

나는 옆에 있던 에르제에게 말을 걸어 보았다.

"미래의 스승님이 보기에는 어떠십니까, 에르제 씨?"

"지금은 뭐라고 말하기가 힘들어. 아직 기본만 가르쳐줬을 지도 모르니까. ……앗."

"핫!"

에르제가 중얼거린 소리를 듣고 시선을 다시 시합으로 돌려 보니, 아리스가 엔데의 정면에서 크게 '기' 덩어리를 손바닥에 올려 날리고 있었다. 저건 '발경' 인가?!

"큭!"

엔데는 양팔을 교차시켜 막았지만, 발경에 밀려 뒤로 한 걸음 물러서고 말았다. 그 틈을 노렸는지, 아리스가 양팔을 앞으로 내뻗자 그 앞에서 수정 가시가 튀어나왔다.

"【프리즈마 로즈】!"

"아니?!"

몇 개의 가시 줄기가 순식간에 엔데의 발을 휘감았다. 엔데는 곧장 손날로 그걸 절단했지만 다시 발이 휘감기는 걸 방지하기 위해서인지 뒤쪽으로 뛰어 아리스와의 거리를 벌렸다.

"메르 님, 방금 그건……."

"네. 저의【프리즈마 로즈】네요……. 놀랐어요."

"틀림없이 저 아이는 메르 님의 딸이야."

프레이즈 어머니들은 감탄을 했지만, 저건 규칙 위반 아닌가? 마법이 아니라 OK……인가? 프레이즈에게는 팔다리나 마찬가지니 괜찮을지도 모른다. 모로하 누나가 주의를 주지 않는 걸 보니 괜찮은 거겠지.

되돌아간 수정 가시 줄기는 아리스의 팔꿈치 앞을 빙글빙글 휘감더니, 주먹 끝에서 더욱 큰 수정 주먹을 만들었다.

"하앗!"

"어?!"

아리스는 내뻗은 오른손 주먹으로 용수철처럼 빙글빙글한 가시 줄기가 이어진 커다란 수정 주먹을 엔데를 향해 날렸다. 마치 스프링이 달린 것 같다.

저런 캐릭터가 싸우는 게임을 인터넷으로 본 적이 있긴 한데……. 복싱 로브에 스프링이 달려 그걸 튀어나오게 하는 게임.

"저것도 저의 【프리즈마 길로틴】의 응용이네요. 멋지게 활용하고 있어요."

놀라서 말을 잇지 못하는 나와는 대조적으로 메르가 감탄했다는 듯이 작게 고개를 끄덕였다. 어머니의 특성을 살린 싸움이 아리스의 스타일인가?

"큭!"

엔데가 피하자 수정 주먹이 스프링처럼 아리스에게 되돌아갔다. 그와 동시에 이번엔 반대 주먹이 큰 호를 그리듯이 엔데를 습격했다. 앗, 저건 못 피해.

"무신류, 향진열파(響震烈破)!"

자신을 향해 날아오는 커다란 수정 주먹을 향해 엔데는 오른손 손바닥을 내뻗었다.

그러자 파앙! 하는 커다란 소리와 함께 수정 주먹이 잘게 부서졌다.

"아직이야, 아직! 분, 쇄!"

미끄러지듯이 앞으로 뛰어든 아리스의 정권 지르기가 엔데의 명치를 향해 날아갔다. 마치 에르제의 움직임을 그대로 복사해 놓은 듯했다. 스승이니까 당연한가.

그런데 이 공격은 위험하지 않을까? 엔데와 에르제는 그야말로 매일같이 타케루 삼촌 밑에서 시합을 한다. 상대의 움직임은 손바닥 보듯이 다 알 텐데.

그렇기에 상대의 공격을 역이용하거나, 두 수 앞을 읽거나 하는 눈치싸움이 중요하다. 힐다가 앞서 에르제에 비해 '정면으로만' 공격한다고 평가한 아리스의 움직임이어선…….

엔데는 아리스의 공격을 옆으로 움직여 피하더니, 그 손목을 잡고 쭈욱 아래로 잡아당겼다.

균형을 잃은 아리스가 앞으로 고꾸라지는 자세가 되자, 엔데는 재빨리 다리를 걸고 그 몸 앞에 왼팔을 뻗어 아리스의 몸을 튀어 오르게 했다.

"어? 으앗!"

공중으로 떠오른 아리스가 깔끔하게 반 바퀴를 빙글 회전해

등부터 지면에 떨어졌다. 아리스는 바로 일어서려고 했지만 엔데는 아리스의 얼굴을 향해 주먹을 휘둘렀다. 당연하지만 주먹은 얼굴에 닿기 직전에 멈췄다.

"여기까지. 승자는 엔데."

모로하 누나가 손을 들어 시합 종료를 선언했다. 흠, 이겼구나. 물론 엔데가 이기리라고는 생각했지만, 일부러 져주는 패턴도 있으니까. 방심하다가 지면 마음껏 웃어 줄까도 생각했지만 그건 비밀이다.

"으으! 여기의 아빠는 처음 보는 거니 이길 수도 있을 거라 생각했는데!"

"하하하. 물러 물러. 아무리 그래도 어린이에게 질 수는 없잖아?"

지면에 쓰러진 채 아쉬워하는 아리스를 보고 엔데는 대수롭지 않게 대답을 하더니 이곳을 향해 걸어왔다.

"……야, 얼굴이 굳었거든?"

"정말 위험했어……! 쟤 뭐야?! 도깨비 상자 같은 아이야. 정말……!"

엔데가 작은 목소리로 나와 스쳐 지나가면서 그런 말을 중얼거렸다. 뭐냐니, 네 딸이잖아. 실감이 안 날지도 모르지만.

그런 엔데의 양 겨드랑이를 네이와 리세 자매가 딱 붙들었다.

"어? 어? 왜 그래?!"

"조금 힘을 빼고 상대할 수는 없었던 거냐, 네놈은?!"

"맞아. 엔데뮤온은 딸을 배려하는 마음이 부족해."

엔데는 그대로 훈련장 구석으로 질질 끌려 연행되었다. 우와, 부조리한 현실.

정작 아리스는 전혀 신경 쓰지 않는다는 듯 깡충 뛰어 자리에서 일어섰다.

"폐하, 폐하! 이번엔 폐하가 상대해 줘!"

"뭐?!"

훈련장 구석에서 설교를 듣는 엔데를 흘끔 본 나는 지금이 위험한 상황이란 사실을 깨달았다. 엔데 옆에 나란히 서 있는 미래밖에 안 보이는데. 이건 어떻게 해서든 회피해야 해.

"시합 신청은 고맙지만……."

"다음은 내가 상대할게. 토야, 괜찮지?"

내가 어떻게든 변명을 해서 거절하려고 하는데, 오픈 글러브를 낀 에르제가 스윽 앞으로 나섰다. 역시 나의 아내. 살았다.

"젊은 시절의 선생님이라, 재미있겠어! 응, 하자!!"

의욕이 충만해진 아리스가 에르제와 마주 보았다. 가슴 설렌다는 표정이네. 역시 아직 어린이구나.

"아직 어린데도 상당한 실력이군요. 그런데 이렇게 되면…… 우리도 멍하니 있을 수만은 없겠습니다. 힐다 님."

"네. 본분이 아니라 그대로 두었지만, 우리도 은색 랭크로 랭크를 올리고 올까요?"

야에와 힐다가 뭔가 합의를 봤다는 듯 서로 얼굴을 보고 고개를 끄덕였다.

야에와 힐다는 모험자 길드에 등록은 되어 있지만, 그게 본업은 아니라 굳이 랭크를 올리지는 않고 있다. 나는 금색 랭크 지명 의뢰도 들어오곤 하지만, 야에와 힐다는 가끔 던전섬에 가서 순찰 목적으로 마수를 사냥하는 정도다. 그래서 두 사람 모두 여전히 빨간색 랭크에 머물러 있다.

아리스가 토키에 할머니의 말씀대로 금색이나 은색 랭크라면, 야에와 힐다보다도 랭크가 더 높다는 말이 된다. 물론 실제로는 미래의 모험자 길드에 등록한 거니, 지금은 등록이 안 되어 있겠지만.

그런데 여섯 살 어린이한테 어떻게 등록 허가가 난 건지······. 길드 마스터인 레리샤 씨가 손을 쓴 건가? 모험자는 실력주의라고 하지만 그건 좀 그렇지 않을까?

야에와 힐다가 마음만 먹으면 은색 랭크야 금방이겠지. 나쁜 짓을 하는 드래곤을 가볍게 손봐 주면 그만이니까. 그다음은 거수를 한 마리 해치우면 금색 랭크로 승격하지 않을까?

금색, 은색 랭커가 많아져 북적거리게 될 듯하다. 거의 대부분이 식구들이지만······.

에르제와의 시합 후(시합은 물론 에르제가 이겼다), 아리스가 과거의 성 아랫마을을 구경하고 싶다고 해서 가족끼리 즐겁게 보낼 수 있도록 시간을 내주었다. 역시 이럴 때 따라가면 눈치 없는 짓이지.

에르제, 야에, 힐다는 모험자 길드에 갔다. 바로 랭크를 올릴 셈인 듯하다. 브륀힐드에는 거물이 없어 조사를 해 보니, 로드메어 산악주에서 사이클롭스의 아종 두 마리가 날뛰고 있다는 사실을 알게 됐다. 드래곤보다는 아래지만 그것부터라도 토벌하겠다는 세 사람을 나는 【게이트】를 열어 로드메어로 보내주었다. 끝나면 전화를 한다고 한다.

시공 마법을 조사하기 위해 바빌론의 '도서관'을 찾은 나는 박사와 에르카 기사, '도서관'의 관리인인 팜므에게 지금까지 있었던 일을 말해 주었다.

"꽤 재미있어졌는걸? 그건 그렇고 시간을 넘는 마법이라. 아무리 천재라지만 나도 이것만큼은 역시……. 아니지? 미래로 돌아가는 아리스에게 차원문을 쥐여줘서 시공간의 특이점을 만들면 시간 전이를……."

중얼거리며 생각에 빠진 박사는 제쳐놓고 나는 눈앞에 있는 에르카 기사에게로 시선을 되돌렸다.

"검은색 '왕관' 느와르도 시공 마법을 사용했었지?"

"그 아이의 능력은 아주 한정적이야. 자신의 시간을 앞당기거나, 다른 시계열에서 힘을 끌어오는 정도지."

"미래나 과거로 갈 수는 있어?"

"음~. 가능은 하지 않을까……? 그렇지만 시간을 거슬러 올라갈 정도의 능력을 사용하려면 상당한 【대가】가 필요할 걸? 【대가】 자체도 시간을 거슬러 올라가고 있지만."

느와르의 【대가】는 계약자의 '시간' 이다. 기억은 그대로 남지만 육체가 젊어진다. 단지 그뿐이라면 아주 부러운 일이지만, 자칫 잘못하면 태아 상태까지 되돌아가고 만다. 무시무시한 대가다.

"느와르는 시간의 흔들림이라고 하면 될까? 시간을 넘어서 오는 자를 감지할 수는 있어?"

"글쎄……? 항상 능력을 발동해 미래의 느와르들과 감각을 공유하면 알 수 있을지도 모르지. ……설마 그걸 위해 노른이 【대가】를 치르게 할 생각은 아니지?"

뱅뱅이 안경을 살짝 올리고 나를 노려보는 에르카 기사에게 나는 고개를 절레절레 가로저었다.

노른은 에르카 기사의 동생이다. 내가 동생에게 위험한 짓을 시키려는 게 아닌가 생각한 거겠지. 물론 그럴 생각은 전혀 없다.

느와르라면 미래에서 아이들이 언제 올지 시기를 예측할 수 있지 않을까 생각했을 뿐이다. 물론 【대가】가 필요하다면 처음부터 시도할 생각은 없었어.

아리스를 본 덕분에, 우리 아이들이 나름대로 강하다는 사실은 잘 알게 됐다. 웬만한 마수나 마물 상대로는 지지 않겠지. 하지만 세상의 위험은 그게 다가 아니다.

아이들을 속이거나 이용해서 이득을 보려는 쓰레기들도 있다. 노예 상인도 아직 존재한다.

그런 놈들과 관련된 일에 말려들지 않을지……. 아이들이 미래에서 오면 토키에 할머니가 알려주실 거라고는 생각하지만 아리스도 퇴물 모험자들과 싸움이 벌어졌으니 솔직히 걱정됐다.

이런저런 고민을 하는데, 옆에서 사고의 바다를 헤매다 물 위로 떠오른 박사가 나에게 질문을 했다.

"그건 그렇고, 차원진의 원인은 뭐였대? 아리스한테 물어봤어?"

"아~~~. 그걸 안 물어봤네. 차원진의 발생은 반드시 일어날 미래라는 모양이니, 물어본다고 해서 우리가 어떻게 할 수는 없는 일이지만."

미래에서 그 차원진이 일어났기에 아리스는 과거로 올 수 있었던 거기도 하고.

해저 지진으로 인해 해저에 지진 단층이 생기면 그 탓에 쓰나미가 발생하듯이, 차원진도 어떠한 원인이 있을 거다.

약 5000년 전에 세계를 건너온 프레이즈를 차원의 틈새로 쫓아내고 세계 결계를 '되돌린' 검은색과 하얀색 '왕관'의 폭주.

이번 차원진도 검은색 '왕관' 느와르와 하얀색 '왕관' 아르부스의 폭주 탓인가? 그럴 리가.

우리는 파레리우스 옹이 남긴 시공 마법 책을 샅샅이 조사해 봤지만 특별히 새로운 발견은 하지 못했다. 역시 노리고 시간을 넘기는 어려운 모양이다.

이곳으로 온 아이들이 순순히 전화로 연락해 주면 좋을 텐데……. 그럼 바로 데리러 갈 수 있으니까.

아직 아무 일도 일어나지 않았는데 벌써 정신적인 피로가 엄청나다. 이 아빠는 위에 구멍이 뚫릴 것 같단다…….

이래저래 아리스가 온 지 며칠이 지났다.

"아이는 참 좋아, 토야."

"……넌 누구냐?!"

히죽거리면서 듣는 사람에 따라서는 오해를 할 법한 소리를 하는 엔데. 얜 뭐야?! 완전 팔불출 같은 미소네…….

엔데는 스트랜드 상회의 가게 앞에서 캡슐토이를 돌리며 노는 아이들을 미소 지으며 바라보았다. ……너 그러다 잡혀간다?

"나도 사실 처음엔 딸을 봐도 실감이 전혀 안 났는데, 같이 살다 보니 정말 귀엽다는 생각이 들어서. 웃을 때 보면 눈매가 메르랑 똑같더라. 세상 아빠들이 딸을 아주 귀여워하잖아?

그 마음이 이해가 돼."

"……그러니까 넌 누구냐고. 아, 가짜 엔데인가."

"너무 그러지 마. 토야도 곧 알게 될 거야. 기대되는걸?"

"좀 열 받아."

깨달음을 얻은 듯한 표정이 그런 감정에 더욱 불을 붙였다. 뺨이라도 한 대 때려줄까? 그러면 제정신으로 돌아올지도 모른다.

"그런 이야기를 하려고 부른 게 아니야. 그래서? 무슨 얘기 좀 들었어?"

"아. 몇 개 정도는."

아리스와 함께 생활하는 엔데와 그 세 사람이라면 아리스한테 미래에 관한 이야기를 들을 수 있었겠지. 그 정보를 우리한테도 알려달란 얘기였다. 주로 우리 아이들에 관한 정보를.

"먼저 토야의 자녀는 아홉 명. 남자아이가 한 명이고 나머진 모두 여자아이라는 모양이야."

"그건 알아!"

"어?!"

앗, 엔데한테는 그런 설명을 안 했나? 아무튼 좋다. 다음. 다음 정보를 제공해라.

"그다음은……. 첫째는 열한 살, 막내는 다섯 살이었던가? 첫째는 벌써 금색 랭크래."

어? 6년간 9명이 태어난 건가? 아니지. 두세 명은 같은 나이

이기도 할 테니, 그렇게 돼도 이상하지는 않은가……?

그런데 첫째가 열한 살이라. 유미나랑 처음 만났을 적 나이랑 거의 비슷하잖아. 그렇다면 이미 약혼자가 있고, 결혼이 초읽기에 들어갔다든가? 안 돼. 아직 만난 적도 없는데, 이 아빠는 벌써 눈물이 나려고 해…….

딸을 시집보내는 아버지의 마음이 이런 걸까…….

"아니. 그 아이는 자신보다 강한 사람이 아니면 결혼 상대로 인정하지 않겠다고 말했다나 봐. 금색 랭크보다 위인 사람은 그다지 많지 않으니, 아직 약혼자는 없는가 보더라고."

"좋았어!"

나는 크게 팔을 휘두르며 주먹을 불끈 쥐었다. 교육 방침상 그래도 되나 싶은 생각도 들긴 하지만, 일단 지금은 좋은 게 좋은 거라 치자!

적어도 왕가는 왕가. 공주로 태어난 이상은 정략결혼이라는 선택지도 있을지 모른다.

그러나 나로서는 그런 선택지는 선택하고 싶지 않다. 전쟁 회피, 침략 추진, 경제 원조 등이 목적이라면 그런 거야 우리 나라라면 어떻게든 해결할 수 있기도 하니까.

그러니 딸들은 자유 연애를 해서 결혼했으면 바람이었다. 이건 아내들도 같은 의견이다.

그런데 안타깝게도, 정말 안타깝게도! 나라끼리 교류를 하기도 한다. 가족이 다 같이 모여 서로 어울리는 일도 있다.

그런 자리에서 다른 나라의 왕자와 만나 사랑에 빠지고, 애정을 키워나가다, 일찍 결혼—— 그런 루트도 있으니까!

그러니 이 전개는 나쁘지 않다. 좋아, 첫째는 엄청나게 단련시켜 주자. 날 싫어하게 되지 않을 정도로만.

……어? 이건 미래의 정보가 미래를 결정하게 된 거 아냐?

분명히 어쩌구 패러독스가……. 아냐아냐. 굳이 생각하지는 말자. 토키에 할머니가 뭘 조절하거나 했겠지. 그런 모순은 신에게 다 맡기자.

내가 마음속으로 토키에 할머니에게 문제를 전부 떠넘기는데, 갑자기 엔데가 내 어깨를 두드렸다.

"그런데, 듣자 하니 내 딸은 토야네 아들을 굉장히 좋아한다는데 넌 그거 어떻게 생각해?"

"어? 뭐야. 어깨 아프거든……?"

"아리스가 그 아이의 색시가 되겠다고 말하는데, 어떻게 생각하냐고."

어? 엔데 씨…… 화났어요? 어깨를 쥐는 힘이 점점 강해져서, 아파, 아프다고. 아프다니까!

"여섯 살에 결혼을 생각하다니 어떻게 된 거지?! 우리 딸은 아직 안 줄 거야!!"

"몰라! 아직 만나지도 않은 아들한테 화를 내 봐야 어쩔 수 없지! 너무 성질이 급한 거 아냐?!"

딸을 결혼시키는 아버지의 마음을 벌써 느끼고 있는 자식이 눈앞에 있었구나.

그런데 우리 아들은 어떻게 생각하고 있을까? 서로 좋아하나? 소꿉친구의 일방적인 짝사랑일지도 모르잖아?

그런 말을 했다가 엔데와 대판 싸울 뻔했다.

으악~. 이 아버지 너무 성가셔!

〈간다~!〉

아리스가 탄 중기사(슈발리에)가 땅을 울리며 거수를 향해 갔다. 손에 든 무기는 투박한 메이스.

상대하는 적은 멧돼지형 거수, 터스크 보어. 그 거체를 향해 중기사(슈발리에)는 총알처럼 돌진했다.

길고 날카로운 창처럼 생긴 멧돼지의 엄니 두 개가 기체에 닿으려던 그 순간, 아리스가 탄 중기사(슈발리에)는 산뜻하게 공중으로 날아올랐다.

멧돼지에게 맞아 날아간 게 아니다. 스스로 뛰어오른 것이었다. 마치 높이뛰기의 스트래들 점프를 하듯이 터스크 보어의 머리 위를 뛰어넘어 회전한 뒤, 중기사(슈발리에)는 어려움 없이 착지했다.

중기사는 프레임 기어 중에서도 방어에 중점을 둔 중장비형
기체다. 당연히 무겁고 움직임이 둔하다.

그걸 저토록 가볍게 다루려면 상당한 조종 기술과 경험이 필
요하다.

미래 세계에서 자주 탔다는 말은 거짓말이 아닌 듯하다.

"꾸우우우우우우울!"

방향을 전환한 터스크 보어가 다시 아리스가 탄 중기사를 향
해 돌진하기 시작했다. 이번에는 아리스도 손에 든 메이스를
들고 정면에서 터스크 보어와 대치했다.

〈에잇!〉

아리스는 짙은 쥐색으로 빛나는 메이스를 터스크 보어를 향
해 던졌다. 어?! 왜 던져?!

콰악! 둔탁한 소리가 나며 메이스가 터스크 보어의 이마에
맞았다. 피부가 찢어지고 그곳에서 피가 흘렀지만 아리스의
돌격은 멈추지 않았다.

〈【결정 무장】!〉

갑자기 아리스가 탄 중기사의 양팔에서 수정 가시 줄기가 튀
어나와 양 주먹을 빙글빙글 말더니, 수정 건틀릿을 형성했다.

저건 메르의……

〈분, 쇄!〉

수정 건틀릿으로 감싼 중기사의 주먹이 터스크 보어의 코끝
에 작렬했다.

그러자 피보라와 부러진 엄니를 휘날리면서 터스크 보어가 호들갑스럽게 저 멀리 날아가 버렸다.

얼굴이 찌부러진 터스크 보어가 지면에 떨어져 숨이 끊어졌다.

〈해냈다!〉

"……아~아. 안 되겠네……."

주먹을 들어 올리며 승리 포즈를 잡는 중기사를 보면서 내가 얼굴을 실룩이며 미소 지었다.

그 말이 마음에 안 들었는지 옆에 있던 네이와 리세가 눈썹을 찌푸리며 날 노려보았다.

"안 되겠다니 무슨 의미지? 아리스는 멋지게 해냈지 않나. 귀여운 우리 아이에게 불만이라도 있나?"

"격렬히 동의. 아리스는 천재. 아주 좋은 아이야."

흠, 애네들도 딸 바보로 변했구나. 힐끔 엔데를 보니 난처한 듯한 미소를 짓고 있었다.

"토야가 '안 되겠네'라고 말한 이유는 싸우는 방법이 잘못됐다는 지적이 아니라, 잡는 방법에 문제가 있다고 말한 거야. 아리스는 프레임 기어에 상처를 내지 않고 멋지게 싸워 터스크 보어를 잡았지만, 이렇게 잡으면 안 돼. 가장 귀중한 소재인 엄니가 도중에 부러져 가치가 떨어졌거든. 아깝다는 말을 하고 싶었던 거야."

터스크 보어의 엄니는 가치가 높으니 그것만큼은 멀쩡하게 입수하고 싶었으니까. 멀쩡한 엄니와 부러진 엄니는 상당히 가치의 차이가 크다.

그런데 은색 랭크 모험자라면 그 정도는 잘 알고 있을 텐데.

……이번엔 부모님 앞에서 멋진 모습을 보여 주고 싶었던 거겠지. 공격을 피하는데 저렇게 뛸 필요는 없으니까. 그런 점은 아직 어린아이구나.

"에헤헤. 어때? 잘 잡았지?"

중기사에서 내린 아리스가 얼굴 가득 미소를 짓고 머플러를 나부끼면서 달려왔다. 칭찬해 줘, 칭찬해 줘, 라고 요구하는 느낌이 풀풀 풍긴다. 마치 붕붕 흔드는 꼬리가 보이는 듯한 착각이 드네.

어떤 점에서 잘 잡았다고 해야 하는지 고민되는 면이 있지만, 프레임 기어의 조종 기술이 훌륭하다는 점만큼은 사실이었다.

나 역시 이 미소에 찬물을 끼얹을 수는 없었다.

"응! 역시 우리 딸이다! 잘했다, 아리스!"

"아리스는 강해. 최강의 프레이즈 공주야."

네이와 리세가 아리스의 머리를 쓰다듬으면서 교대로 칭찬해 주었다. 정말로 딸 바보네…….

그리고 아리스는 웃으면서 그 모습을 보던 메르의 품으로 뛰어들었다.

"괜찮았어? 다치진 않았고?"

"괜찮아~. 난 강하니까. 엄마들 다음으로지만."

고양이처럼 눈을 가늘게 뜨며 메르에게 응석을 부리는 아리스. 뭐라고 하면 될까. 정말 이젠 서로 잘 녹아들었다.

이번에는 파레리우스 왕국에서 거수 퇴치를 했는데, 이건 길드를 통한 의뢰가 아니었다. 아리스가 프레임 기어를 조종할 수 있다고 해서 그 실력을 보기 위해 내가 찾은 거수였다.

보통 거수는 마을에서 떨어진 산속이나 사람이 접근하지 않는 마경 등에 서식한다. 그것뿐이라면 드래곤과 마찬가지로 사람과는 사는 곳이 달라 서로 간섭할 일이 없지만, 가끔 서식지를 벗어나는 개체가 있어 모험자 길드에 토벌 의뢰가 오기도 한다. 원래는.

이번 터스크 보어는 파레리우스 왕국의 중앙 신전 근처까지 내려와, 내가 파레리우스 왕국에게 거수 퇴치를 하겠다고 자청했다.

흔쾌히 허락해 준 파레리우스 여왕에게는 파격적으로 싸게 터스크 보어의 소재를 팔기로 약속했는데, 이래서는 더 싸게 팔아야겠어…….

"손실 난 금액은 엔데한테 받아내면 되나?"

"방금 자연스럽게 무서운 소리 했지?"

힘내라, 아버지! 너도 거물을 잡고 와.

……그런데 아리스의 말로는 미래에도 거수로 인한 피해가 있다는 모양이다. 오히려 지금보다도 약간 많다고 한다.

그건 세계가 융합했을 적에 마소 웅덩이가 세계 곳곳에서 발생한 탓이겠지. 지금보다 십수 년이 지나 거수화한 놈들이 잇달아 나타나게 된 건가.

이건 아리스가 실수로 한 말인데, 우리 아이들도 프레임 기어에 올라타 거수 퇴치를 하고 있다는 모양이었다. 애들한테 무슨 짓을 시키는 거냐, 미래의 나여. 그런데 아이들은 모두 금색, 은색 랭크이니…….

프레이즈의 위협도 사라져 프레임 기어가 활약할 일도 사라졌다고 생각했는데, 아직도 더 필요할 듯하다. 그래도 이제는 몇백 기나 투입해야 할 싸움은 없으리라고 생각하지만.

아무튼 거수 퇴치는 끝났으니, 나는 파레리우스 여왕에게 연락을 하고 【게이트】를 연결하여, 파레리우스 병사들에게 터스크 보어를 가지고 가게 했다. 돈은 나중에 청구하자.

이제 돌아갈까. 그렇게 생각하며 브륀힐드로 가는 【게이트】를 열려고 했는데 내 귀에 경쾌한 스마트폰의 벨소리가 들려왔다.

내 벨소리는 아니다. 나는 보통 진동 모드로 해 놓고 안주머니에 넣어두니까.

엔데네 식구 중 누군가인가? 그렇게 생각했지만, 다들 서로 얼굴을 마주 보며 어리둥절한 표정을 짓고 있었다. 어? 너희 아니었어?

"앗, 내 거다."

그렇게 말하며 아리스가 주머니에서 귀엽게 장식이 된 스마트폰을 꺼냈다. 고양이 귀 같은 커버 케이스를 씌운 흰 스마트폰이었다. 저건 미래에서 만든 물건인가……? 크게 업그레이드한 것처럼은 안 보이지만.

"어? 야쿠모 언니한테서다."

"뭐?"

야쿠모 언니? 야쿠모? 설마, 그 아이는……?!

"여보세요. 야쿠모 언니? 응. 난 벌써 브륀힐드에 도착했어. 아빠, 엄마랑 같이 지내. 야쿠모 언니는 지금 어디야? 어? 응, 알았어. 그렇게 말해 둘게. 근데…… 아, 끊어졌네."

귀에서 뗀 아리스의 스마트폰에서 띠~띠~ 하는 소리가 들렸다. 아무래도 상대가 일방적으로 통화를 끊은 모양이었다.

그건 아무래도 좋아. ……아니지, 좋진 않지만.

문제는 누구한테서 온 전화였는가다.

"아리스……. 방금 그 전화는 누구한테서 온 거야?"

"응? 야쿠모 언니? 으~~~~음……. 어라? 이거 얘기해도 되는 건가? 근데 폐하에게 전해 달라고 했으니…….."

"말해도 돼. 안 되면 토키에 할머니가 나타났을 거야. 그러니까 괜찮아."

조금 억지스럽지 않나 생각도 했지만, 그보다도 먼저 전화 상대가 누구인지 궁금했다. 내 예상대로라면……!

"있지, 야쿠모 언니는 폐하의 첫째 아이로…… 장녀로, 야에 님의 딸이야."

"역시나……!"

야쿠모. 야에랑 비슷한 이름이라고 생각했는데 역시 그랬구나. 게다가 장녀……. 나의 첫째는 야에의 아이였구나……!

앗, 감동하고 있을 때가 아냐!

"그래서, 그 아이는 지금 어디 있어?!"

"지금 로드메어 연방으로 온 모양인데, 브륀힐드에는 한동안 수행을 한 다음에 온대."

"뭐?"

……수행? 미안, 무슨 말을 하는지 잘 이해가 안 되는데.

"야쿠모 언니는 수행을 좋아하니까~. 강해진 다음에 폐하를 만나고 싶은 게 아닐까?"

"아니, 안 되지! 어린이를 혼자 돌아다니게 놔둘 수는 없잖아! 로드메어지?! 전주 총독에게 수색을 의뢰해서……!"

"소용없을걸? 야쿠모 언니는 【게이트】를 사용할 수 있는 데다, 여러 군데를 돌아다녀 보겠다고 했으니 벌써 다른 곳으로 가지 않았을까?"

"우리 딸이 【게이트】를 쓸 줄 알아?!"

진짜로?! 어? 그런데 【게이트】는 가 본 적 있는 곳밖에 못 가는데……. 아, 경치가 크게 바뀌지 않은 곳이라면 미래에 갔던 곳을 참고로 갈 수 있을까……?

그러지 말고 【게이트】를 사용할 줄 알면 가장 먼저 브륀힐드로 돌아와야지!

검색 마법으로 찾으려고 했지만 찾을 수 없었다. 당연하다. 난 딸이 어떻게 생겼는지 모르니까. 【리콜】로 아리스에게서 기억을 건네받을까도 생각했지만 토키에 할머니의 당부가 있어서인지 아리스는 내키지 않아 했고, 아리스의 부모님들도 날 보고 으르렁거렸다. 기억을 좀 엿보는 정도야 뭐 어때?!

내가 여기서 물러설 줄 알고?!

"그, 그럼 야쿠모한테 전화해 줘!"

"그거야 괜찮지만 아마도……. 앗, 역시 착신 거부해 놨네. 방해받고 싶지 않은 거야."

"차암~!"

행동이 너무 빠르잖아! 얼마나 수행을 좋아하길래!

어쩌지……? 이, 일단은 야에한테는 말해 두는 편이 좋겠지? 아내들 모두에게 전해 두는 편이 좋을까?

머리가 혼란스러워진 나는 아내들과 상의를 하려고 브륀힐드로 가는 【게이트】를 열었다.

"소, 소, 소인의 딸 말입니까?!"

점심으로 먹던 닭튀김을 떨어뜨리며 눈을 번쩍 뜨더니 야에가 벌떡 의자에서 일어났다.

다른 아내들도 깜짝 놀라 말을 잇지 못하는 듯했다.

근데……. 이 시대에 오긴 왔지만 행방을 감췄다고 어떻게 전달을 하면 될지…….

나는 최대한 천천히 차근차근 상황을 설명했다. 야에에게는 (나에게도이지만) 소중한 딸이다. 너무 자극하지 않도록…….

"여러 군데를 돌아본다니 그게 무슨 말인가요, 서방님!"

"죄송합니다. 나도 몰라!"

소용없었다. 당연히 이렇게 될 수밖에. 매달리려는 듯이 바짝 다가온 야에에게 나는 사과하는 수밖에 없었다.

"수행, 인가요……? 정말 야에 씨의 딸답다고 할지……."

"맞아. 이해가 되는 행동인걸?"

린제와 에르제가 서로 얼굴을 마주 보며 작게 고개를 끄덕였다.

"흠? 야쿠모라는 아이가 첫째 딸이라면, 그 아이가 금색 랭크란 말인 겐가?"

스우의 말대로 지금까지의 정보에 비춰 보면 그렇게 된다. 엔데가 말한 '자신보다 강한 상대가 아니면 결혼하지 않겠다'고 선언한 사람도 이 아이가 아닐까 한다.

추측이지만, 야에 이외에 모로하 누나도 이 아이에게 검술을 가르쳐 줬으리라 생각한다. 결과, 야에보다도 더 검술 외

길을 걷는 성격이 된 게 아닐까?

모로하 누나의 가호도 받았겠지? 아직 만난 적은 없어서 예상을 할 수밖에 없지만.

"어, 어, 어쩌면 좋습니까?! 과거 세계에 와서 혼자 돌아다니다니 괜찮을까요······?!"

야에가 안절부절못했다. 그 마음은 잘 안다. 알지만 닭튀김을 젓가락에 꽂아 닭튀김 꼬치를 만드는 의미 없는 짓은 그만해 줘. 음식을 먹고 싶어서가 아니라, 단지 패닉 상태라 그런 거겠지만.

"진정해. 너희가 전전긍긍한다고 해결될 일이 아니잖아."

쓴웃음을 지으면서 말을 건 사람은 둘째 누님. 야에가 닭튀김 꼬치를 내던지고 모로하 누나에게 달려갔다.

"모, 모로하 형님! 그렇지만 낯선 과거 세계에 어린이가 혼자 있다니 위험하지 않을지요?!"

"그 아이는 금색 랭크잖아? 그럼 걱정할 필요 없지 않을까? 그러는 야에는 혼자 수행 여행을 떠난 나이가 몇 살이었어?"

"소, 소인은 13세 6개월 정도에 이셴을 떠났습니다만······."

"봐. 거의 나이 차이가 안 나잖아. 부모라면 아이를 더 신뢰해 줘야지."

누님? 어린아이의 두 살 차이는 크거든요? 신의 감각으로는 순식간일지도 모르지만. 거기다 아직 만난 적도 없는 자신의 아이를 신뢰하라고 해도 그건 어려운 일이다.

"혹시라도 위험하면 【게이트】로 돌아올 수 있고, 토키에 할 머니의 부하가 지켜보고 있을 테니까 괜찮을 거야."

"토키에 할머니의 부하라면, 전에 말한 시간의 정령인가요?"

나는 지상의 정령왕이지만 신들 사이에서는 이제 막 들어온 신입. 풋내기다. 같은 신이라도 정령에게는 당연히 토키에 할 머니의 지위가 더 높다. 즉, 다른 신들〉〉〉〉나(신입 신)〉대정 령이다.

나도 시간의 정령과는 만난 적이 없다. 정령들도 자기들 마 음대로 자유롭게 사는 편이라 만난 적 없는 정령도 꽤 많은 편 이란 말이지…….

"기다리면 어느새 불쑥 나타날 거야."

"으으……. 태어나지도 않았으면서 벌써 부모님을 걱정하 게 만들다니……."

무사태평한 모로하 누나와는 달리 걱정이 태산인 듯한 야 에. 너무 심각하게 생각하지 않는 편이 좋겠지?

어? 나? 엄청 걱정되는데요? 어떻게든 【서치】로 찾을 수 없 는지 아까부터 시행착오를 하는 중입니다만.

'야에와의 사이에서 태어난 아이'로 검색하니 이셴을 중심 으로 엄청나게 많은 검색 결과가 표시되었다. 에구, 검색 결 과를 좁히기가 힘드네. 이건 겉모습만 보고 '자신과 야에의 아이일지도 모르는 아이'라고 판단한 검색 결과이겠지만, 왜 이렇게 많아.

나중에 아리스에게 들었는데, 어린이들(아리스도 포함)이 가지고 있는 스마트폰에는 부적과 같은 효과가 부여되어 있어 가까운 거리라면 몰라도 먼 거리에서는 【서치】로 찾을 수 없다고 한다……. 미래의 토야 너, 쓸데없는 짓을 하다니.

"그런데 야에 씨와의 사이에서 낳은 아이가 토야 님의 첫 번째 아이였군요……. 어딘가 모르게 분한 기분이 들어요."

루가 작게 한숨을 내쉬며 그런 말을 중얼거렸다. 나로서는 실감이 거의 안 나지만.

보통은 임신 기간이 있으니, 그 사이에 아이의 부모로서 각오라고 할지, 결의라고 할지, 그런 감정이 천천히 싹트는 법이라고 생각하는데, 그런 과정이 확 생략되어 버렸으니까.

"그, 그렇군요. 소인의 그 아이가 서방님과의 사이에서 태어나는 첫째……. 기, 기쁘기도 하고, 부끄럽기도 하고……."

나와는 달리 얼굴을 새빨갛게 물들이고 꼼지락거리며 쑥스러워하는 야에. 얘가 참. 우리 색시들은 너무 귀여워서 탈이야!

"그런데 조금 그렇구먼……. 야에의 딸은 11세인 게지? 나와는 겨우 두 살밖에 차이가 안 나네만……."

흐으음, 하고 스우가 하늘을 보며 웅얼거렸다. 스우는 13세. 어쩌면 스우가 더 어리게 보일 가능성도 있다.

그러네. 스우가 결혼한 이상 야에의 딸…… 야쿠모도 역시 약혼을 한다 해도 이상하지 않은가……?

그, 그래도 자신보다 강한 상대가 아니면 결혼 안 하겠다고 말했다고 하니, 지금은 걱정할 필요 없으려나?

미래 세계에서는 어떻게 될지 모르지만, 여기 세계에서 금색 랭크라면 나랑 힐다네 할아버지인 갸렌 할아버지밖에 없다.

갸렌 할아버지도 실력은 뛰어나지만, 지금은 야에와 힐다가 더 강할 테고, 모로하 누나의 가호도 받았을 테니 야쿠모도 갸렌 할아버지보다는 강할 것이다.

동급 클래스인 신의 가호를 받았고, 금색 랭크 수준의 실력자인 남자가 흔하게 있을 리는…………… 있네. 한 사람…….

"……? 왜 그러십니까?"

"아니. 엔데가 '딸을 나한테 줘' 같은 말을 꺼내거나 하면 우리 같이 검을 휘두르자, 야에."

"왜 그렇게 되는 것인지요?!"

가능성이 있는 이상, 몇 가지 대처법은 생각해 두는 편이 좋다. 결국 선택은 한 가지뿐이겠지만.

우리가 그런 어이없는 대화를 하는데, 옆에 있던 스우는 결의에 찬 눈으로 힘주어 고개를 끄덕였다.

"야에의 딸이라면, 나의 딸이기도 하지 않는가. 두 살 차이라고는 하나 가볍게 보지 않도록 노력해야겠구먼. 더 어른스럽게 행동하도록 노력하겠으이."

"아냐. 야쿠모는 미래에서 왔으니, 어른스러운 스우가 아니라 진짜 어른이 된 스우를 알고 있잖아? 무리할 필요는 없다고 생각하는데."

"아닐세. 예전부터 어른스러웠다고 생각하게 해주고 싶으이! 일단………. 어, 어쩌면 좋겠는가? 유미나 언니."

스우가 유미나를 돌아보았다. 어른스럽게 보일 방법이 딱히 떠오르지 않은 모양이었다. 어린이 같은 모습이라고 한다면 어린이 같은 모습이겠지만, 이 천진난만한 면이 스우의 매력인데 말이야.

"그렇게 물어봐도 나도 잘은……. 음, 린 씨. 좋은 방법 없을까요?"

"응?"

앗, 유미나가 떠넘겼다. 최연장자 린은 홍차를 마시다가 말고 생각을 하며 스우를 바라보았다. 야, 폴라. 흉내 안 내도 돼.

"가장 간단한 방법은 옷일까? 그다음은 머리 모양? 겉모습부터 어른스럽게 꾸미는 일도 도움이 되리라 생각해. 차분한 분위기의 옷을 입기만 해도 인상이 많이 변하지 않을까?"

"그렇구먼! 옷인가! 그건 간단해 좋구먼!"

린의 말대로 사람은 입고 있는 옷이 무엇인지에 따라 인상이 바뀐다. 스우도 파티에 드레스를 입고 참가한 모습을 보면 평소와는 다른 인상을 받기도 하고 말이지. 하지만 그래도 스우는 어른스럽고 예쁘다기보다는 귀엽고 흐뭇하다는 이미지가 더 강하다.

그것도 드레스의 디자인이나 색에 따라 또 달라지겠지만.
스우가 지금까지 입은 드레스는 핑크나 노란색처럼 밝고 발
랄한 색이 많은 듯한 느낌이기도 하니까.

더 지적이고 도시적인 분위기의 옷을 입으면 어른스럽게 보
일까?

"토야, 토야! 나에게 어울리는 어른스러운 옷을 골라 주게!"

"어? 그래, 뭐…… 좋아……."

골라줄 만큼 내 패션 센스는 좋지 못합니다만? 이럴 때는 역
시 스마트폰으로 검색해 보는 게 최고일까…….

공중에 투영된 많은 옷을 보고 스우 외에 다른 아내들도 흥
미가 생긴 듯했다.

아내들이 마음에 든다고 한 옷의 사진을 나는 전부 저장해
두었다. 나중에 프린트해서 '패션 킹 자낙'으로 가지고 가면,
이 세계에 존재하는 소재로 만들어 주니까.

다들 스우의 말을 듣고, 아이들과 만날 때 조금 더 좋은 모습
을 보여 주고 싶다는 생각을 하게 된 듯했다. 이게 부모의 허
세인 걸까?

옷의 영상을 음미하는 아내들 뒤에서 나는 자신의 옷을 새삼
확인해 보았다.

"……………."

〈아빠는 몇 년 전부터 똑같은 옷을 입고 있었구나!〉

크학?! 영상의 목소리인데 대미지가 커!

오해는 하지 마. 이 옷에는 보호 마법이 걸려 있어서 해어지지 않고 더러워지지도 않아……!

나, 나도 조금 어른스러운 옷을 사 볼까……?

묘한 초조함을 느끼면서 나는 남자 패션 사이트를 열었다.

"야에 씨? 야에 씨!"

"헉?! 무, 무슨 일인지요 힐다 님?!"

"다른 게 아니라…… 달걀 프라이가 간장 범벅이 됐는데요……."

"네? 으아아?!"

달걀 프라이를 담은 야에의 접시가 간장통에서 흐른 간장으로 범벅이 되어 있었다. 대체 얼마나 뿌리는 건지.

아침 식사 중에도 야에는 계속 이런 느낌이었다. 멍하니 뭔가를 생각하거나, 가끔 에헤헤, 하고 야무지지 못한 웃음을 짓거나 하고 있다. 무슨 생각을 하는지야 알지만.

"어쩌면 좋아……. 야에가 점점 더 망가져 가고 있어."

"점점 더라니……. 상황이 이러니 어쩔 수 없어."

옆에 앉아 있던 린이 조금 어이없다는 듯이 말을 걸었다. 그런 소리 하지 말고 부디 너그럽게 봐 줘. 솔직히 말하면 나도 마음이 영 진정되지 않으니까.

자신의 딸이 이 세계에 있다고 생각하니 뭐라고 하면 될까……. 뭐라고 말로 표현을 하기 힘드네.

걱정과도 기쁨과도 다른 여러 감정이 뒤섞여 있어 가슴에 안개가 낀 느낌이 든다고 해야 하나?

"이런 일을 앞으로 여덟 번이나 반복해야 하는 건가……?"

이 아빠는 마음고생으로 쓰러지겠어…….

"아이들 모두가 딴 길로 샜다가 오는 건 아니잖아? 바로 여기로 오는 아이도 있겠지."

"그럼 만약 린이 아이들과 같은 상황이었다면 똑바로 브륀힐드로 왔을까?"

내가 린에게 되묻자, 린은 포크를 달걀 프라이에 꽂은 채 잠시 작게 중얼거리며 공중을 노려보았다.

"……안 오겠지……. 과거 세계에 가는 건 좀처럼 경험할 수 없는 일이잖아. 살짝 견학해 보고 싶다고 생각할 거야……."

그것 봐. 린의 아이도 그렇게 생각할 가능성이 커. 아이는 부모를 닮잖아. 내 아이이기도 하지만.

"그건 그렇고, 야에의 아이가 【게이트】를 사용할 수 있다니. 부모와 아이가 모두 무속성 적성을 지닌 사람은 있지만 마법까지 같다는 말은 들어본 적 없어. 무속성 마법은 유전되지 않을 텐데…….”

　단순한 우연일 가능성도 있다. 내가 무속성 마법이라면 뭐든 사용할 수 있는 체질이니 무속성 마법의 적성을 지닌 딸이 쓰는 마법을 당연히 나는 사용할 수 있다. 결과적으로 같은 마법 사용자가 되는 것이다.

　“요정족은 무속성 마법 적성이 높았지?”

　“응. 내가 아는 한 하나도 가지고 있지 않은 요정족은 없었어.”

　“그렇다면 린의 아이도 무속성 마법을 사용할 수 있을 가능성이 크겠구나…….”

　린의 종족인 요정족, 사쿠라의 종족인 마왕족의 아이는 배우자가 어떠한 종족이든 요정족, 마왕족으로 태어난다.

　그에 더해 요정족은 다른 종족과의 사이에서 태어나는 아이는 거의 90퍼센트가 여자아이라고 한다. 따라서 나와 린 사이에서 태어난 아이도 딸일 가능성이 상당히 크다.

　“린은 몇 살 정도에 무속성 마법을 사용할 수 있었어?”

　“정확히 기억은 안 나지만 다섯 살 정도에는 이미 【디스커버리】를 사용할 수 있었을 거야.”

　【디스커버리】라면 그건가. 나의 【서치】와 같은 탐색 계열 무속성 마법. 조금이라도 상황이 변하면 검색되지 않는다는 그…….

　다섯 살에 그걸 사용할 수 있었다는 린도 대단하지만, 린의 딸이라면 그 정도는 충분히 가능하다는 말이기도 한가.

"으으으으음……."

"내, 내 아이는 어떻게 할지 모르겠지만, 순순히 이곳으로 오는 아이도 있을 거야. 힐다나 린제의 아이는 착실하지 않을까?"

힐다의 아이는 몰라도 린제의 아이는……. 린네라고 했었나? 아리스의 이야기로 추측해 보건대 꽤 개구쟁이 같던데.

고민하면서 음식을 먹은 탓에 아침 식사의 맛이 어땠는지 알수가 없었다. 요리장인 클레아 씨랑 루한테 미안한걸?

야에랑 힐다, 그리고 에르제는 오늘도 랭크 업 의뢰를 하러 모험자 길드에 가 본다고 한다. 이제 곧 은색 랭크에 도달할 듯하다고. 금색 랭크도 초읽기에 들어섰다고 해야 하나.

가족 이외의 사람이 보면 그럴 필요가 있나 싶을지 모르지만, 부모의 체면을 지키기는 참 힘든 법이구나…….

아침 식사를 마치고 산더미 같은 서류와 씨름한 나는 일을 마치고 코하쿠와 함께 성 아랫마을로 가 보았다.

특별히 볼일이 있어서는 아니었다. 착실하게 곧장 브륀힐드로 온 아이들이 있다면 만날 수 있을지도 모른다고…… 생각한 건 아닙니다?

착실한 아이라면 전화나 메시지 한 통 정도는 주겠지만…….

아직은 다들 시간 여행을 하는 중이겠지……? 토키에 할머니의 이야기대로라면 모두가 과거로 오는 시기는 몇 개월 이내라고 하니까.

"자신의 아이와 만날 수 있어서 기쁘긴 한데 말야."

〈그렇습니다. 저도…… 특히 왕자님이 기대됩니다. 듣자 하니 저희는 왕자님의 호위를 맡게 된다고 하니 말입니다.〉

"그게 무슨 소리야?! 난 처음 듣는데?!"

코하쿠가 〈응? 왜 모르지?〉라고 말하는 듯한 눈으로 나를 바라보았다.

코하쿠가 아리스한테 들은 이야기로는 미래에서 코하쿠를 포함한 신수들은 내 아들의 호위수로 일한다고 한다. 그런 걸 알았으면 얼른 알려줘야지…….

〈아리스 님이 아무렇지 않게 말씀하셔서 주인님에게는 이미 이야기한 줄로만…….〉

그럼 아리스가 또 실수로 말한 건가. 이러니저러니 해도 얼 빠진 면이 있다니까. 역시 엔데의 아이라고 해야 할지.

그런데 호위라면 아직 어리다는 말일까? 야에의 딸인 야쿠모는 호위도 없이 혼자서 행동하고 있는 모양이니, 그 아이보다 어린 건 확실하지만.

첫째는 딸이, 둘째는 아들이 좋다는 말도 있지만, 한참 나중에 태어나면 그만큼 누나가 늘어나게 된다. ……남동생은 고

생길이야.

혈연관계는 아니지만 성가신 누나가 둘이나 있는 나는 아들을 조금 동정하며 작게 한숨을 내쉬었다.

오르바 씨의 스트랜드 상회 앞을 보니 어린아이들이 캡슐토이를 뽑으려고 기계를 잘각거리며 돌리고 있었다.

우리 아이들도 미래에서 이런 모습으로 놀고 그럴까……? 흠……. 우리 아이인데 평범하게 노는 모습이 잘 떠오르지 않네……. 고블린이나 오크를 섬멸하는 모습은 떠오르지만……. 어?

자세히 보니 아이들 틈에 내가 알고 있는 아이가 있었다.

"어? 폐하다."

"아리스?!"

아리스가 캡슐토이에서 꺼낸 통을 손에 들고 나를 돌아보았다.

"이런 곳에서 뭐 해? 엔데랑 엄마들은?"

"용돈을 받아서 물건을 사러 왔어. 아빠는 길드 일을 하러 갔고, 엄마들은 저기서 쇼핑해."

단독 행동인가. 그런데 용돈이라니. 어? 아리스는 금색인가 은색 모험자라고 하지 않았나? 돈이라면 남아돌 텐데…….

"내 돈은~ 미래의 길드에 맡겨졌으니까. 여기서는 모험자 등록도 못 하고."

"그렇구나. 아, 그 뒤로 연락은 안 왔어? 야쿠모한테."

"안 왔어. 야쿠모 언니는 뭔가에 집중하면 다른 사람이 눈에 안 들어오는 성격이거든. 그래서 항상 프레이 언니한테 혼나고 그래."

"프레이 언니?"

"앗."

실수했다. 그렇게 말하는 듯한 표정으로 아리스가 나를 바라보았다. 또 말실수를 했구나……. 이 아이 정말 괜찮은 건가? 조금 걱정이 되네.

"이름 정도는 괜찮지 않을까? 그 아이도 내 아이야?"

"아하하……. 응, 맞아. 사실은 프레이가르드라는 이름이지만, 다들 프레이 언니라고 불러."

"프레이가르드……."

이름으로 추측해 보면, 힐다(힐데가르드)의 아이다. 틀림없어. 아리스가 언니라고 불렀으니 나이가 많을 텐데, 몇 살일까?

"그 아이는……."

내가 자세히 물어보려고 하는데, 아리스의 스마트폰이 울렸다. 오! 혹시 야쿠모한테서? 아니면 다른……!

"네, 여보세요. 응. 알았어. 돌아갈게."

아리스가 짧게 대답하고 전화를 끊었다. 어?

"엄마한테서 왔어. 저기서 부르니, 가 볼게. 또 봐!"

타다다다닷. 아리스가 힘차게 달려서 떠나갔다.

〈가 버렸군요.〉

"응. 역시 뜻대로는 안 되는 건가……."

그런데 미래의 우리 아이들은 내 전화번호를 알고 있을까? 미래에 기종을 변경해서 번호가 바뀌거나 그러진 않았겠지?

가장 먼저 연락이 닿을 가능성이 큰 사람은 아리스이니 역시 신경이 쓰이네.

또 한숨을 한 번 내쉬고 나는 스트랜드 상회를 떠났다.

"어? 폐, 폐하 아니십니까."

"어? 란츠구나."

부르는 소리에 고개를 들어보니, 우리 기사단의 단원인 란츠가 작은 꽃다발을 들고 서 있었다. 갑옷을 입고 있지 않으니 오늘은 비번인가?

그런데 꽃다발……? 아하~~.

"미카 누나를 보러 온 거야?"

"네?! 그, 그건, 네, 그렇습니다……."

얼굴을 붉히며 쑥스러운 듯이 란츠가 고개를 끄덕였다. 란츠와 숙소 '은월' 브륀힐드 지점의 점장인 미카 누나는 최근에 정식으로 사귀기 시작했다는 모양이었다.

그 계기는 내 결혼식 때의 부케 토스였다.

〈새 신부가 던진 부케를 차지한 독신 남성이 마음에 둔 상대에게 그 꽃을 주며 고백하면 마음이 받아들여진다〉라는 카렌 누나의 엉터리 소리를 믿고 란츠는 미카 누나에게 무작정 고백을 했다.

결과적으로는 미카 누나가 고백을 받아들여 다행히도 연인 사이가 됐지만. 그 탓에 남몰래 미카 누나를 노리고 있던 기사단 사람들이나 모험자들은 눈물을 흘렸다나 뭐라나.

가장 큰 난관은 빨간털 수염 아저씨인 미카네 아버지, 도란 씨였지만 간신히 인정을 받은 듯했다.

귀족 출신에 기사단 단원으로 장래가 유망한 데다. 성격도 좋고 잘생기기까지 했으니 반대하기가 오히려 어렵지 않을까.

"순조로운 듯해서 다행이야. 그럼 결혼까지 일직선이겠네?"

"아니요. 저는 아직 훌륭한 기사라고는 할 수 없습니다. 더 정진하지 않으면 미카 씨를 맞이하기는 도저히……."

여전히 고지식하네! 레스티아 출신 사람은 다 이런가 하고 생각하게 되잖아. 힐다도 그렇고, 그 오빠인 레스티아 국왕, 라인하르트 씨도 굉장히 착실하고.

선선대 국왕인 변태 갸른 할아버지는 레스티아 출신이 아니라고 하니까.

그 착실함이야 높이 사지만, 그럼 언제 프러포즈할 거냐고 묻고 싶어진다.

당장은 가야 할 곳도 없어 나는 란츠를 따라가 보기로 했다. 별로 놀리려고 가는 건 아니다.

'은월'에 들어가 보니, 미카 누나의 힘찬 목소리가 식당의 카운터에서 들려왔다.

"어서 오세요! 앗. 오, 오늘도 왔구나⋯⋯."

"네, 네에! 오늘은 비번이라서요. 그, 그리고 이거, 괜찮다면 가게에 장식해 주십시오!"

"와, 고마워."

미카 누나가 란츠에게 꽃다발을 받더니 수줍은 미소를 지었다. 완벽히 두 사람만의 세계다. 저도 있는데요~~. 일단 이나라의 임금님인데요~~.

"어머, 토야. 있었어?"

"너무해."

오래 알고 지낸 사이인데 너무하잖아요. 사랑 앞에선 우정이란 겨우 이 정도인가. 처음부터 분위기를 망칠 생각은 없었지만.

"그래서? 무슨 일 있어? 요즘엔 안 오던데, 그래서 잘 있나 살피러?"

"네. 그렇다고 할 수 있죠."

미래에서 온 자신의 아이를 찾으러 여기저기 돌아다니고 있습니다. 그렇게 말할 수는 없어 질문하는 대로 말을 맞춰 두었다.

이 숙소는 '은월' 브륀힐드 지점인데, 엄연한 국영이었다. 미카 누나는 고용된 점장이라는 형태다.

그래서 가끔 시찰이라는 명목으로 밥을 먹으러 오기도 하는데, 결혼한 뒤로는 루가 열심히 요리를 만들고 있어 전보다 오는 횟수가 줄어든 게 사실이다.

"곧 점심시간이라 얘기를 많이 하지는 못하겠지만, 뭐라도 먹고 갈래?"

"어~~. 아니요. 점심은 성에서 먹으니 괜찮아요. 대신 목이 마르니 과실수를 코하쿠 몫까지 두 개 먹고 갈게요."

"알았어~."

콧노래라도 부를 듯이 기분 좋은 모습으로 미카 누나가 꽃다발을 들고는 주방으로 들어갔다. 사람이란 변할 때는 변하는 법이구나.

란츠는 이 나라에 온 뒤로 계속 미카 누나를 좋아했지만, 미카 누나는 란츠의 마음을 전혀 눈치채지 못했다. 아무튼, 관계가 잘 진전돼서 다행이다.

"그건 그렇고……."

아직 점심시간이 되기 전인데도 식당 안에는 사람이 많았다. 매출이 좋으니 물론 다행이긴 하지만, 이 많은 손님한테 음식을 내주려면 힘들지 않을까?

"폐하의 결혼도 있어 사람이 더욱 많이 모였으니까요. 게다가 이곳의 요리는 맛이 일품이니 당연히 사람이 많을 수밖에 없지 않을까 합니다!"

"네네, 뜨겁네요 뜨거워."

란츠의 말을 쓴웃음과 함께 받아넘긴 뒤, 우리는 눈에 띄지 않는 구석 자리로 이동했다. 후드를 쓰고 있는 상태긴 하지만 얼굴을 들키면 일이 성가셔지니까. 여기라면 관엽 식물도 있으니 눈에 띄지 않겠지.

가게 안에서는 모험자는 물론, 상인과 여행자 같은 사람들이 와자지껄 떠들며 식사를 하고 있었다. 종족도 인간, 수인, 드워프, 엘프, 용인족 등으로 다양했다.

그런 손님들 사이를 젊은 웨이트리스가 이리저리 오갔다. 처음 보는 얼굴인데, 새로 고용한 사람인가?

이 가게의 경영은 모두 미카 누나에게 맡겨두었다. 그래서 점원의 고용 등도 나는 전혀 관여하지 않는다. 미카 누나가 고용해도 괜찮다고 인정했으니, 기본적으로는 참견하지 않는다.

"자, 과실수. 코하쿠는 이거."

미카 누나가 컵과 깊은 그릇, 그리고 주전자에 들어간 과실수를 가지고 왔다. 얼음으로 차갑게 식혀 맛있어 보였다.

"새로 고용했나요?"

"응? 아, 3일 전에. 가족을 만나러 가는 도중이래. 돈이 별로 없다고 하니 여기서 잠시 숙박을 하며 일하고 있어."

그래? 힘들겠네.

바쁘게 가게 안을 돌아다니는 웨이트리스를 슬쩍 바라보았다.

스무 살 정도인가? 미카 누나와 비슷한 정도일까?

"란츠는 결정했어? 오늘은 스푸라새 데리야키 정식을 추천해."

"그, 그럼 그거로 부탁드립니다!"

"알았어~. 주문 감사합니다~!"

미카 누나가 빙글 발길을 돌려 주방으로 돌아갔다. 기분이 아주 좋아 보이네. 얼른 결혼해 버리면 될 텐데. 결혼은 기세예요. 내가 이런 말을 할 입장은 아니지만……

"응?"

묘한 시선이 느껴져 돌아보니 조금 전의 웨이트리스가 우리를 응시하고 있었다.

지그시———…….

지그시———………….

지그시———————………….

지그시———————………….

……어? 이 데자뷔는 뭐지? 왜 이렇게 날 쳐다보는 걸까?

……뭐라도 묻었나? 아니면 이 나라의 임금님이라고 들킨 건가? 미카 누나가 내 얘길 했다든가?

최대한 시선을 신경 쓰지 않으려고 했는데, 웨이트리스가 먼저 종종걸음으로 우리에게 다가왔다.

"저어, 모치즈키 토야 님이시죠?"

"그런데요……?"

역시 내가 누군지 알았구나. 누구한테 들었지?

내가 의아해하게 생각하는데, 웨이트리스가 키득거리며 웃기 시작했다.

"제가 누군지 모르시겠나요?"

"어?"

무슨 말이지? 내가 이 사람이랑 만난 적이 있었던가? 어라? 누, 누구였더라……? 어쩌지? 기억 안 나.

〈주인님. 이 여자는 수상한 마력을 두르고 있습니다.〉

"!"

코하쿠의 텔레파시를 듣고 나는 벌떡 자리에서 일어났다. 정말로 자세히 보니 여자는 온몸에 옅은 마력을 두르고 있었다. 이건 은폐 계열의 마법……!

"……누구냐?!"

"내 이름은 쿤. 난 처음이 아니지만, 처음 뵙겠습니다. 아버지."

"…………………………뭐?"

솜사탕이 녹듯이, 안개가 개듯이, 웨이트리스가 두르고 있던 마력의 옷이 사라져 갔다. 이건…… 【미라주】인가?!

모든 마력이 사라지자, 널찍한 프릴 소매 흰 블라우스에 검은 고스로리 옷을 입은 10살 정도의 소녀가 나타났다.

희고 긴 머리카락은 투사이드업으로 묶어 귀여웠지만 그 황금색 눈동자는 어린이이면서도 소악마 같은 빛을 띠고 있었다.

무엇보다도 등 뒤에 보이는 나비처럼 얇고 반투명한 날개가 눈길을 끌었다.

요정족. 틀림없다. 이 아이는──────────.

"풉. 아하하하하하하!"

내가 뭐라 말을 못 하고 있자, 쿤이라고 자신을 소개한 여자 아이는 웃겨서 참을 수 없다는 듯이 배를 잡고 웃었다.

"아버지의 그 얼굴! 풉! 아하하하하하! 대성공인걸? 곧장 여기로 온 보람이 있었어. 아하하하하하하!"

"어? 어어?"

뭐가 뭔지 이해가 안 돼 멍하니 있는 나는 상관 않고 쿤이 계속 포복절도했다.

"저어……."

"잠깐만 기다려. 사진 찍을 테니까."

쿤이 소매에서 꺼낸 스마트폰으로 찰칵, 찰칵, 하고 갑자기 사진을 찍기 시작했다. 이게 뭐야?!

"아하하, 너무 재미있었어. 돌아가면 어머니한테도 보여줘야지. 좋은 선물이 생겼는걸?"

"자, 잠깐만! 쿤이라고 했지?! 너는 그러니까 나의……!"

"어머, 새삼 인사를 해야 해?"

쿤은 스윽 한 걸음 뒤로 물러서더니, 양손으로 스커트의 옷자락을 집고 가볍게 고개를 숙이는 커트시 자세로 인사했다.

"처음 뵙겠습니다, 아버지. 당신의 딸이자 브륀힐드의 궁정

필두 마술사인 린의 딸, 쿤입니다. 앞으로도 잘 부탁드립니다."

장난스러워 보이는 금색 눈동자가 나를 꿰뚫어 보았다. 역시 린과 나의 딸이구나! 10살 정도인데 사람을 얕보는 듯한 이 분위기는 엄마랑 똑 닮았다.

"폐하? 아버지라니 무슨 말인지……."

사정을 모르는 란츠가 눈을 껌뻑이며 날 바라보았다.

"어? 이건……."

"제가 잘못 말했네요. 오라버니였어요. 저희는 먼 친척이에요."

"그런가요? 어쩐지……. 폐하도 가끔 모습을 바꾸시니까요."

"어머나. 참 곤란한 분이네요."

그렇게 말하며 쿤이 조용히 미소를 지었다. 물론 나도【미라주】로 가끔 모습을 바꾸긴 하지만!

오로지 날 놀리기 위해【미라주】로 모습을 바꾸고 '은월'에서 일한 거야?

놀라고 어이없어서 입을 뻐끔거리는 나를 보고 쿤이 재미있다는 듯이 웃었다.

"자세한 이야기는 일이 끝난 뒤에 하죠. 그럼 가 볼게요, 오라버니."

다시 환영을 둘러 웨이트리스 모습이 된 쿤은 아무 일도 없

었다는 듯이 주방으로 사라져 갔다.

　너무 갑작스러운 만남에 나는 멍하니 서 있을 수밖에 없었
다. 내가 생각했던 만남과는 많이 다르네…….

◇　◇　◇

　"어이가 없어 말도 안 나와."

　"어머, 그런가? 꽤 재미있는 시도였다고 생각하는데. 어머
니도 이런 거 좋아하잖아?"

　"……그거야 부정하지 않겠지만."

　이봐요. 그건 부정해야죠.

　린과 쿤이 서로 마주 보며 대화를 나눴다. 겉모습만 봐서는
어딜 어떻게 봐도 자매다. 발밑의 폴라가 당황하며 두 사람을
번갈아 가며 보았다. 응, 완전 패닉 상태야.

　"설마 린 씨의 아이가 1등이라니……."

　"와아, 똑같네요……."

　"으으……. 소인의 아이는 어디로 갔는지……."

　쿤을 바라보면서 유미나와 루가 대화를 하는데, 그 옆에서
야에만 풀이 죽어 있었다. 그 마음은 잘 안다.

　"설마 내가 1등일 줄은 몰랐어. 다들 아직 과거에 도착 안 한

걸까?"

"아니. 아리스랑 야쿠모는 왔어. 다만 야쿠모는 세계를 돌며 수행을 하고 온다고 말하곤 연락이 끊겼지만……."

"야쿠모 언니다워. 그럼 나중에 아리스한테 인사하고 올까."

야쿠모 언니……. 좀 이상한 기분이지만, 야에의 아이도 린의 아이도 나의 피가 유전된 자매인 거지? 앗, 그렇지. 깜빡 못 물어봤네.

"쿤은 몇 살이야? 나의 몇 번째 아이야?"

"저는 열 살이에요, 아버지. 셋째고요."

"셋째 딸이구나……. 첫째 딸은 야쿠모인데, 혹시 둘째는 프레이야?"

"어머, 프레이 언니까지 알고 계세요? ……아하, 아리스군요. 그 아이는 입이 가벼우니……."

입이 가볍다기보다는 어벙한 거지만. 우리의 귀중한 정보원이야.

"프레이라니…… 누구?"

우리의 대화를 듣고 의문이 생겼는지 사쿠라가 고개를 갸웃하며 물었다. '누구'냐는 질문은 '정말 누구냐'는 의미일까 아니면 '누구의 아이인가'라는 의미일까.

"프레이가르드 언니는 아버지의 둘째예요. 힐다 어머니의 딸이고요."

"제, 제 딸이요?!"

힐다가 어리둥절한 목소리를 내며 쿤에게 다가갔다.

그렇다면 첫째 딸 야쿠모, 둘째 딸 프레이, 셋째 딸 쿤이 되는 건가.

"제, 제 딸은 훌륭한 기사인가요? 쿤 씨!"

흥분해서 바짝 다가온 힐다를 보고 쿤이 살짝 뒷걸음질을 쳤다. 워워, 진정하라니까.

"아무래도 가족이다 보니 훌륭한지 어떤지는 판단하기 힘들지만, 성실한 기사라는 점만큼은 확실해요. 기사치고는 조금 별나지만요."

"……별나? 어떻게?"

"그건…… 아니요, 이쯤 할게요. 본인과 만나서 확인해야 더 재미있을 테니까요."

우우~~. 또 그거야? 너희는 우리를 놀라게 하는 일에 쓸데없이 힘을 많이 들이고 있어.

우리의 실망하는 그런 얼굴을 보고 쿤이 또 쿡쿡 웃었다. 이 아이는 가학적인 면이 있는 것 같은데.

"쿤. 듣기론 【미라주】를 사용할 수 있다고?"

"응. 맞아, 어머니. 무속성 마법은 그 외에도 세 개를 더 쓸 수 있어."

네 개인가. 린이랑 같은 숫자네. 굉장해. 역시 요정족과 무속성 마법은 궁합이 좋은 모양이다.

"나 말고도 우리 남매들은 모두 하나씩은 무속성 마법을 가지고 있어."

"어?! 그래?!"

모두 무속성 마법의 적성을 지니고 있었다니⋯⋯! 야에의 딸인 야쿠모는 【게이트】를 지니고 있다는 모양인데, 설마 다른 아이들도 적성을 지니고 있을 줄은 몰랐다.

"이건 역시 달링의 피를 이어받아서 그런 걸까?"

"흐음⋯⋯. 글쎄⋯⋯."

세계신님에 따르면 우리 아이들은 '반신(半神)'이라는 모양이었다. 단, 신력(神力)을 조종할 수는 없고, 몸은 어디까지나 지상의 사람이라는 듯하지만. 수명이 조금 긴 정도로 뭔가 특수한 능력이 있다는 말은 못 들었는데⋯⋯.

그렇지만⋯⋯. 태어났을 때부터 카렌 누나나 모로하 누나 같은 신들이 주변에 있을 테니, 그 신들에게 사랑을 받으며 자랐다면 엄청난 수의 신들에게 가호를 받았을 수도 있지 않을까?

그러니 아내들처럼 권속화까지는 안 되더라도, 어머니인 아내들과 비슷한 수준의 실력을 지니게 된다고 해도 이상하지 않으려나?

끙끙대며 고민하는 나에게 쿤이 다가왔다.

"그런 것보다 아버지. 전 위에 가 보고 싶은데요."

"위?"

"'바빌론'이요. 이 시대에는 아직 허가가 없어 성의 전이실에서 위로 올라갈 수 없으니까요."

'바빌론'을 알아? 가족이니까 안다고 해도 이상할 건 없지만.

성의 한 방에는 '바빌론'으로 통하는 전이실이 있다. 그곳을 사용하면 누구든 '바빌론'으로 전이할 수 있다. 물론 허가를 받은 사람 외에는 사용할 수 없지만.

당연히 지금 막 온 쿤은 사용할 수 없다.

그런데 왜 '바빌론'에?

"전 이래 봬도 마공학을 전공하고 있으니까요. '바빌론'은 그걸 위한 설비가 갖춰져 있잖아요? 그 설비를 사용할 수 있으면 많은 도움이 된답니다."

"어?!"

놀랐다. 린처럼 마법 방면에 관심이 있을 거라고만 생각했는데 마공학 방면이었을 줄이야.

마도구나 고렘 등을 제작하는 사람에게 '바빌론'은 분명 꿈같은 환경이겠지. 어쩌면 바로 브륀힐드에 온 이유도 '바빌론'이 있어서 그런 건가?

"제가 지닌【미라주】를 제외한 무속성 마법은【모델링】, 【인챈트】,【프로그램】. 이만큼이나 마공학에 적합한 적성은 없다고 생각하지 않나요?"

그런 구성이야? 거의 내가 마도구를 만들 때 사용하는 마법들이잖아. 물론 그런 마법을 사용할 수 있다면 여러 물건을 만들어 보고 싶은 욕구가 생기니 그 마음은 잘 안다.

"아, 그렇지. 제 작품을 보여드려야겠네요."

쿤이 폭이 넓은 소매에서 카드 한 장을 꺼냈다. 그건 '스토리지 카드'?

쿤이 그 카드를 한 번 휘두르자 안에서 커다란 뭔가가 철컹, 하고 떨어졌다.

"【기동】." 어웨이큰

"아니……!!"

쿤의 말과 함께 부스스 일어선 그 커다란 물건은 50센티미터 정도로, 둥그스름한 그 몸은 금속제라 반짝거렸다. 고렘인가……? 그런데 내가 놀란 이유는 그것 때문이 아니었다.

둥근 얼굴, 둥근 귀, 작은 손발에 동그란 눈동자, 그리고 목의 리본.

나는 무심코 린의 발밑에 있는 곰 봉제 인형을 돌아보고 말았다. 본인도 흐에에엑! 하고 놀라는 자세로 굳어 있었다.

그래. 이 고렘은 폴라랑 똑같이 생겼다.

"메, 메카 폴라……."

"'파라'라고 해요. 자, 인사."

파라라고 불린 폴라랑 똑같은 고렘은 여엿! 하고 말하듯 한 손을 높다랗게 들었다. 작은 가동음이 들리긴 하지만 살아 있는 것처럼 움직임이 매우 부드러웠다.

"이거 고렘이지?"

"네. 베이스로는 망가진 고대 기체의 G큐브와 Q크리스탈을
사용했어요. 그래서 고렘 스킬도 없지만, 조금 일을 도와주는
정도는 가능해요."

폴라와 파라는 거울을 보듯이 서로 마주 서서는, 폴라가 왼
손을 들면 파라가 오른손을 들고, 점프를 하면 같이 점프를 했
다. 마지막에는 나란히 서서 문워크마저 시작했다. 너희 그건
어디서 배웠어?

"어때? 어머니, 어때?"

"굉장한걸? 나는 폴라를 이렇게까지 만드는 데 200년은 걸
렸는데. 고렘이라고는 하지만 멋진 움직임이야."

"……후후."

린에게 칭찬을 받자 쿤이 나이에 걸맞은 미소를 지었다. 뭐
야, 그렇게도 웃을 수 있잖아.

린도 후후, 웃으면서 쿤의 머리를 쓰다듬었다. 역시 자매로
밖에 안 보이지만, 정말 흐뭇한 광경이다.

그 발밑에서 어째서인지 격렬한 댄스 배틀을 시작한 두 마리
가 그 분위기를 망치고는 있었지만.

"고렘은 에르카 기사한테 배웠어?"

"네. 바빌론 박사한테도 많이 배웠지만요. 위에서는 조수 역
할도 했었어요. 아직 한참 멀었지만요."

무슨 소리야. 충분히 대단한걸? 나도 같은 마법을 사용할 수
있지만, 이런 고렘까지는 못 만든다.

"그러니까, 네? 괜찮죠? 아버지. '바빌론'에 데려가 주세요."

"글쎄⋯⋯."

쿤이 내 팔을 잡고 조르기 시작했다. 으, 귀여워.

솔직히 말하면, 그 기술자 콤비 곁에 이 아이를 둬도 될지 고민이 됐다. 교육상 그보다 더 나쁜 곳은 없을 테니까.

하지만 미래 세계에서 사제 관계라고 한다면, 이미 늦었다는 거지⋯⋯? 뭐 하는 거냐, 미래의 토야 너!!

"좋아. 알았어. 데리고 가 줄게."

"고마워요, 아버지!"

쿤이 웃으면서 나에게 안겨들었다. 우와, 딸 너무 귀여워.

으, 엔데의 기분을 완벽하게 이해해 버렸어. 안 돼, 이래선 안 된다고! 저항 못 하겠어! 무조건 항복입니다!

당장에라도 헤실거릴 거 같다는 걸 스스로도 알 수 있었다. 시선을 쿤 위로 올려 보니 린의 발끈한 모습이 보였다. 으악!

"⋯⋯달링? 너무 오냐오냐하면 안 되지."

"어머, 어머니. 질투해?"

"⋯⋯바보 같은 소리 말고 떨어지렴. '바빌론'에 못 가게 금지할 거다?"

"네~."

작게 혀를 내민 쿤이 나한테서 떨어졌다. 어쩐지 이 모녀의 관계성이 이해될 듯한 기분이 들었다.

신기하네. 아직 잘 알지도 못하는 사이인데 옛날부터 이렇게 지냈던 것만 같다.

"따뜻한 가정의 한 장면이 펼쳐졌어요……."

"음……. 묘하게 소외감이 느껴지는구먼……."

앗, 루와 스우의 시선이 따가워. 안 되지 안 돼. 자중하자.

"오호라. 네가 토야와 린의 딸인가. 그리고 나와 에르카의 제자라."

"정식 제자라고는 할 수 없지만, 가르침을 받았었어요. 기사^{나이트} 고렘의 정비도 도왔고요."

"기사^{나이트} 고렘?"

린이 들어본 적 없는 말에 반응했다. 처음 듣는 고렘이네. 군기병^{솔다트}이나 기사 타입의 경비병 고렘이라면 알지만.

"미래의 브륀힐드에 배치되는 고렘이에요. 기사단의 하부 조직 소속이고 유미나 어머니의 아르부스가 이끌고 있어요."

아르부스가? 유미나가 임시 마스터가 된 하얀색 '왕관'【일루미나티 아르부스】. 아무래도 그 기사^{나이트} 고렘을 이끄는 대장이 아르부스인 듯했다.

"흠. 고렘으로 이루어진 마을 순찰 부대구나. 그건 우리도 생각은 했었어. 레지나와 새로운 고렘을 만들 수 없을까 하는 이야기도 했었고."

"미래에 실용화가 됐다면 여러 문제가 언젠가는 해결된다는 건가. 그럼 추진 안 할 수가 없겠네. 얼마 전의 그거, 쓸만하지 않을까?"

"음~~. 일단은 G큐브의 레플리카를 소재에서……."

바빌론의 '연구소'에 있는 한 연구실에서 우리가 있든 말든 상관 않고 대화를 나누기 시작하는 두 사람. 뭐지? 히죽거리면서 대화하는 저 두 사람을 보고 있으면 괜히 불안해지는데. 너희는 나쁜 짓을 꾸미는 모습으로밖에 안 보여.

"과거도 평소랑 다름없네요."

"미래에도 변함이 없어……?"

변할 리가 없다고는 생각하지만.

미래에서도 온갖 문제를 일으키고 있을까……?

"마스터, 마스터, 마스터! 그 귀여운 따님을 꼬옥 안아 봐도 될까요?!"

"안 돼. 말도 안 되는 소릴."

"불타고 싶어?"

나와 린이 동시에 대답했다.

우리 옆에서 하악하악, 하고 거칠게 콧김을 내뿜는 '연구소'의 관리인 아틀란티카가 당장에라도 쿤에게 달려들려는 듯이 손을 굼틀거리고 있었다. 그만둬, 이 로리콘 자식! 쿤이 무서워하잖아.

그런데 쿤은 슬쩍 보고 한숨을 내쉬었을 뿐 그다지 동요하지 않았다.

"이분도 여전하신 모양이네요."

"그렇구나……."

미래에서 쿤은 바빌론을 오갔다는 모양이니, 어느 정도 내성은 있는가 보다. 부모로서는 별로 익숙해지지 말았으면 하지만…….

골치 아픈 미래 탓에 고민하며 눈썹을 찌푸리고 있는데, 쿤이 코트 소매를 잡아당겼다.

"그보다도 아버지. 전 '격납고'에 가고 싶어요! 프레임 기어가 놓여 있죠?!"

"어? 으, 응. 놓여 있는데."

아까는 장난스러운 눈동자였는데, 쿤이 완전히 다른 사람이 된 것처럼 눈동자를 반짝였다. 뭐야?! 이번에도 귀여운데요?

프레임 기어에도 흥미가 있었구나. 마침 아내들 기체도 정비 중이라 '격납고'에 수용되어 있었다. 로제타와 모니카가 정비하고 있겠지.

어서요, 어서요. 그렇게 재촉하며 쿤이 옷을 잡아당겨, 나와 린은 '격납고'로 이동했다. 의욕이 넘치네.

우리는 '연구소'에서 '공방'을 가로질러 '격납고'로 갔다.

그 사이에 쿤은 시종일관 기분이 좋아 보였다. 이런 면은 역시 어린이답다는 생각이 든다.

"와아……!"

'격납고'에 들어간 쿤이 눈을 반짝이며 죽 늘어서 있는 프레임 기어를 바라보았다. 그렇게 좋아?

두리번두리번 시선을 돌리면서 쿤이 프레임 기어를 하나하나 확인했다. 나의 레긴레이브를 포함해 아내들의 전용기도 전부 각 구획에 늘어서 있었다. 물론 린의 그림게르데도 있다.

"어라? 마스터와 린 님. 오? 그 아이가 미래에서 온 따님인가요?"

"오오~. 린이랑 똑같네. 재미있는걸?"

프레임 기어 옆에 설치된 승강대 크레인이 로제타와 모니카를 태우고 내려왔다.

바빌론 넘버즈 자매에게는 서로의 정보를 공유하는 기능이 있다. '연구소'의 티카 덕분에 쿤에 관해 알게 된 거겠지.

"만나기는 처음이 아니지만, 처음 뵙겠습니다. 쿤이라고 합니다."

로제타와 모니카에게 인사하는 쿤. 응, 반듯하게 인사할 줄 아는 착한 아이야. 나는 무심코 그렇게 부모 시선으로 쿤을 바라보고 말았다. 옆에 있던 린도 작게 고개를 끄덕이는 걸 보면 같은 마음이었는지도 모른다.

"이렇게 많은 프레임 기어를 볼 수 있어 행복해요. 조금 흥분했어요."

"미래에도 프레임 기어는 있잖아? 안 보여줘?"

쿤의 말을 듣고 모니카가 의아하다는 듯이 물었다. 바빌론의 '연구소'에 갈 수 있다면 '격납고'에도 올 수 있을 텐데.

"제가 사는 시대에는 몇몇 기체가 개조됐으니까요. 설마 초기 타입의 전용기를 직접 보게 될 날이 올 줄은 몰랐어요. 감동적이에요."

_{발큐리아}

"그렇군요. 그 마음 잘 이해해요."

이해하는 거야. 이 아빠는 잘 모르겠는데? 새로운 프레임 기어가 더 좋지 않아?

"아버지, 뭘 모르는군요? 좋아하는 물건이 있다면 그 전부를 알고 싶어지는 법이잖아요? 어머니도 '도서관'을 발견했을 때는 아주 기뻐서 흥분했다고 미래의 아버지가 말했는걸요?"

"당·신·은 딸한테 무슨 소릴 하는 거야?"

"아냐?! 그건 내가 아니라……! 아야야야야!"

무서운 웃음을 지으며 린이 내 귀를 잡아당겼다. 나는 나지만, 아무리 그래도 이건 부조리해!

"어머나, 사이가 좋으시네요. 사이가 뜨거운 두 분은 두고 로제타 씨, 모니카 씨, 견학을 해 봐도 될까요?"

"그럼, 물론이지. 여기에 타."

쿤이 두근거리는 듯한 발걸음으로 파라와 함께 크레인에 올라탔다. 저기요, 린 씨? 귀가 아프니 이제 그만 놔주시면 안 될까요?

"참······. 부모를 놀리다니 대체 어떻게 교육을 했길래 저런 걸까?"

내 귀를 놔준 린이 눈썹을 찌푸리며 중얼중얼 투덜거렸다. 으으, 아파.

그런 교육을 시킨 사람은 우리겠지. 다른 사람에게도 많은 영향을 받기야 했겠지만.

뭐라고 하면 될까. 역시 린이랑 닮았다. 흥미가 있는 일에는 타협하지 않고 연구하려고 하는 자세도 그렇고, 변덕쟁이에 사람을 놀리는 성격도 그렇고.

나를 닮은 면은 없나?

"자기 좋을 대로만 행동하는 면이 비슷하지 않아?"

"너한테 그런 말을 들을 줄은 몰랐어."

남의 말 할 처지는 아니잖아? 그렇다면 우리 부부한테서 태어난 저 아이는 자기 좋을 대로 행동하는 면에서는 최강이란 말인가?

나는 크레인 위에서 로제타, 모니카와 프레임 기어에 관해 즐겁게 이야기를 나누는 쿤을 올려다보았다. 정말로 즐거워 보이네.

"원래 요정족은 탐구심이 강한 면이 있으니, 학자나 연구자가 적성에 맞겠지만······. 그러고 보니 쿤도 금색, 은색 랭크 모험자지? 어쩌면 마도구에 사용하는 소재를 모으기 위해 모험자 등록을 했을지도 모르겠는걸?"

맞다, 완전히 잊어버리고 있었어.

그렇다면 쿤도 상당히 강하다는 말인데. 그 힘이 마법인지, 마도구를 활용했기 때문인지는 모르겠지만. 저 아이의 무속성 마법은 전투에 어울리지 않으니까.

나는 한동안 아무 말 없이 크레인 위에서 즐거워하는 딸을 계속 올려다보기만 했다.

"아직 임신도 출산도 안 했는데 딸을 만나게 될 줄은 몰랐어. 600년 이상 살아왔지만 인생은 어떻게 될지 모르는구나."

……아, 그래. 린과 사쿠라의 아이는 요정족과 마왕족. 다른 남매들보다도 수명이 길다. 결혼도 서두를 필요가 없으니 오래도록 브륀힐드에 남아 이 나라를 지탱해 가는 인재가 될지도 몰라. 물론 혼기를 놓치길 원하는 건 아니고.

나는 앞으로 100년 후면 '바빌론'에 은거할 생각이고, 그 이후에는 신계로 떠나기로 결정되어 있다. 물론 아내들은 데리고 가겠지만, 아이들은 지상에 남길 생각이다.

아이들을 내 권속으로 삼지는 않을 거다. 각자 사랑하는 사람을 만나 가정을 이루고 행복한 삶을 보내길 원한다.

죽은 뒤에도 내가 천계로 가면 만날 수 있으니까. 겉보기에는 내가 더 젊어 보일지도 모르지만.

"……왜 그래?"

"아니. 린은 계속 옆에 있어 줬으면 하고 생각했어."

"새삼스럽게 무슨 소린지. 당신이 신이든 뭐든 계속 옆에 있을 거야. 절대 안 떨어지겠어."

"고마워."

나는 듬직하게 웃는 린을 안고 입술에 살짝 키스했다. 그 순간, 찰칵! 하는 셔터 소리와 함께 위에서 플래시가 터졌다.

"어머나, 어머니도 꽤 대담한걸? 부부 사이가 원만하니 아주 좋은 일이야. 딸로서는 안심이 돼."

"……어머니로서는 조금 불안한걸? 달링, 저 아이의 교육 방침은 분명히 잘못됐어."

아니. 올바로 교육했기에 이렇게 됐다는 생각도 드는데? 누구와 완전 똑같지만.

물론 그런 말은 입도 뻥긋하지 않고, 나는 그냥 알겠다는 듯 미소만 지었다.

하아. 앞날이 걱정된다.

후기

『이세계는 스마트폰과 함께.』제22권을 전해 드렸습니다.
즐겁게 읽으셨나요?

맞선 파티에 수수께끼의 방문객에. 새로운 이야기가 시작되
는 권이 되었습니다.

앞으로 더욱 와자지껄하고 떠들썩해지겠지만, 아무쪼록 잘
부탁드립니다.

사적으로도 이사를 끝내 저도 새로운 생활을 시작하고 있습
니다. 하지만 아직 정리정돈도 끝나지 않았습니다. 언제가 되
면 이 가득한 이사 박스를 다 치울 수 있을지…….

그러면 감사의 말씀을.

우사츠카 에이지 님. 또 주요 캐릭터가 더 늘어날 듯합니다.
잘 부탁드립니다.

담당 K 님, 하비재팬 편집부 여러분, 이 책의 출판에 도움을
주신 모든 분께 감사의 말씀 올립니다.

그리고 항상 「소설가가 되자」와 이 책을 읽어 주시는 모든 독자 여러분께도 감사드립니다.

후유하라 파토라

세계의 한쪽 구석에서는
새로운 소동의 싹이 피어나려고 하는데——.

계속해서 미래의 아이들이 나타나
토야와 아내들이 혼란한 와중에

이세계는 스마트

후유하라 파토라 illustration■우사츠카 에이지

미래에서 온 딸, 「쿤」 한 명에게 당황할 새도 없이

브륀힐드에 아이들이 잇달아 찾아온다.

폰과 함께. 23

이세계는 스마트폰과 함께. 22

2021년 11월 19일 제1판 인쇄
2021년 11월 25일 제1판 발행

지음 후유하라 파토라 | **일러스트** 우사츠카 에이지

옮김 문기업

발행 영상출판미디어(주)
등록번호 제 2002-000003호
주소 21311 인천광역시 부평구 평천로 132 (청천동)
전화 032-505-2973(代) | FAX 032-505-2982

ISBN 979-11-380-0726-9
ISBN 979-11-319-3897-3 (세트)

異世界はスマートフォンとともに。22
ⓒ Patora Fuyuhara
Originally published in Japan by HOBBY JAPAN Co., Ltd.